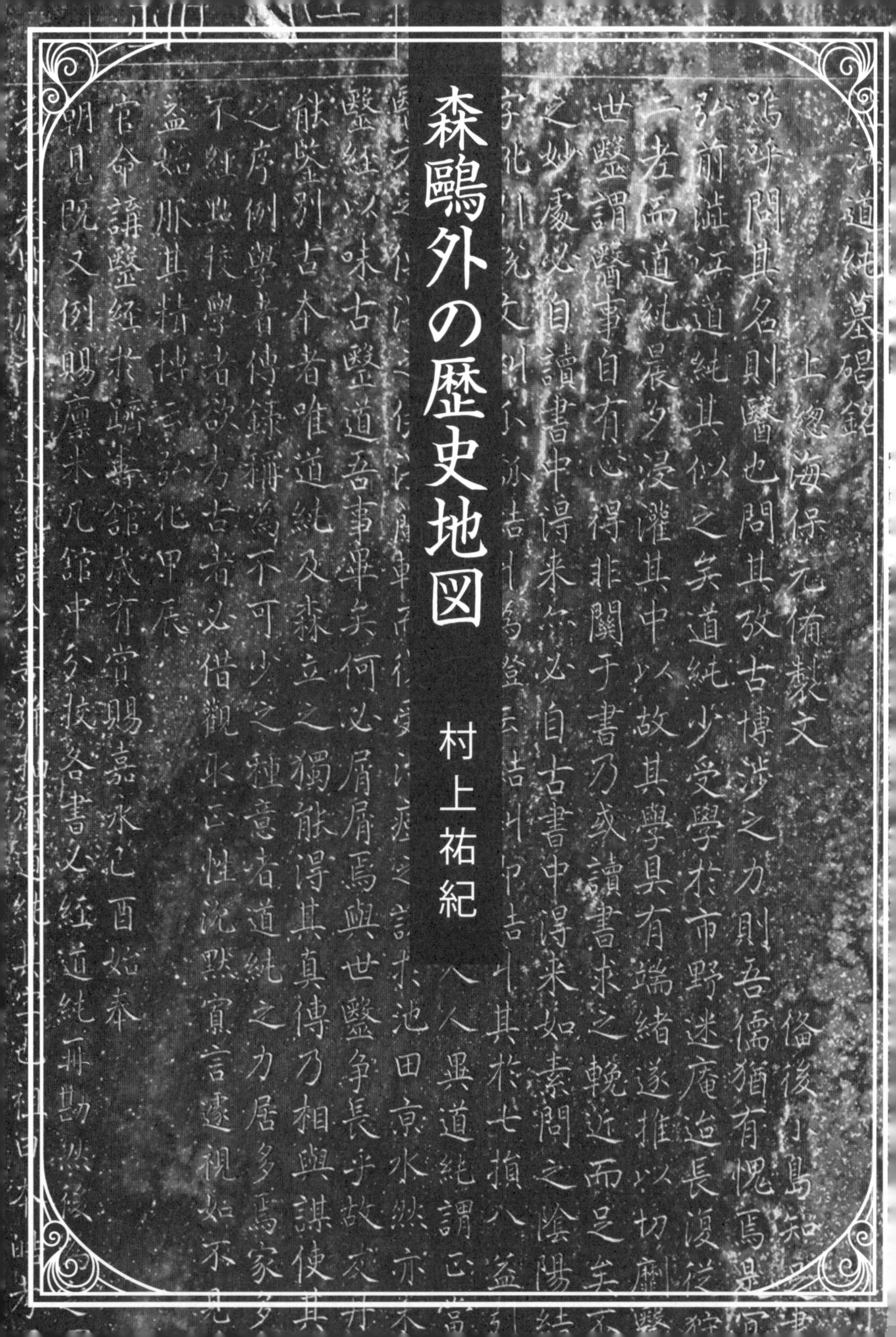

森鷗外の歴史地図

村上祐紀

森鷗外の歴史地図◎目次

第Ⅱ部　歴史を綴る

凡例

1、引用に際して漢字は新字体に、変体仮名は現行の平仮名に適宜改めた。人名に関してはこの限りでない。ルビ、傍点、圏点は略した。旧仮名遣いはそのまま引用した。

2、本文中の引用は「　」で括った。引用文中の論者による注は（＊）で示した。意味上明らかな誤りと認められるものは（ママ）のルビで示した。引用文に附された傍線、波線は全て論者による。また、読みやすさのため適宜原文に句読点や濁点を補った。

3、作品名、論文名は「　」で表記し初出誌紙名、発表年月を順に記した。単行本の書名、新聞・雑誌名は『　』で示し、発表年月、出版社名を記した。ただし、文庫・新書は、それぞれ文庫名・新書名を記した。

4、引用・作品名以外の「　」は、キーワードあるいは強調を表す。

5、『澀江抽斎』『伊澤蘭軒』『北條霞亭』の作品名は『渋江抽斎』『伊沢蘭軒』『北条霞亭』に統一した。

6、森鷗外の本文引用は『鷗外歴史文学集』（平成一一年一一月～一四年三月、岩波書店）、『鷗外近代小説集』（平成二四年一〇月～平成二五年三月、岩波書店）によった。また、『鷗外歴史文学集』に収録されていない作品は『鷗外全集』（昭和四六年一一月～五〇年六月、岩波書店）によった。

序章　近代史学の歴史地図

一、はじめに

鷗外の歴史叙述を論じる際にしばしば参照される「歴史其儘と歴史離れ」（『心の花』一九一一、大正四年一月）に、次のような一節がある。

わたくしは史料を調べて見て、其中に窺はれる「自然」を尊重する念を発した。そしてそれを猥に変更するのが厭になつた。これが一つである。わたくしは又現存の人が自家の生活をありの儘に書くのを見て、現在がありの儘に書いて好いなら、過去も書いて好い筈だと思つた。これが二つである。

小説の方法としての「事実を自由に取捨して、纏まりを附け」る手段を「全く斥け」たと述べる「歴史其儘と歴史離れ」を受けて、鷗外の歴史叙述は発表当初より「小説だとか、小説でないとか」といった議論を生じさせる、「近代文学」の成立にかかわる特権的な地位を与えられた。そのため、鷗外の歴史文学はその独自のスタイルから、研究の初期においては、作者の創作意図を安易に窺うことの許されない作品として高く評価された[1]。しかしながら、鷗外の史料尊重の側面を評価する研究は、作品の創作部分を見落とすこととなり、鷗外の作家主体を埋没させることになりかねない。こうした危惧から、作品内の「歴史離れ」の部分、すなわち史料との相違点に鷗外の創作意図を追求する論考が昭和三〇年代以降、稲垣達郎[2]、尾形仂[3]らによって提出される。そこで強化されていったのは、官僚と文学者という「二生」を生きることに苦悩する鷗外像である。「二生」を生きる鷗外像は、「権力と個我」[4]「公と私、芸術と実生活、思想と実行の一元化」[5]「国家と作家」[6]など様々に変奏され、現在に至るまで根強く受け継がれている。こうした二項対立的な鷗外像には、鷗外自身の歩んだ近代人としての経歴が多大な影響を与えていると考えられる。

周知のように、鷗外は文学者と同時に、陸軍軍医の顔を持ち、明治初期に西洋を体験した知識人として啓蒙する立場でもあった。本書で問題とするいわゆる歴史叙述の執筆時は、陸軍軍医を退官後、宮内省に帝室博物館総長兼図書頭として務める時期までの時期に当たる。こうした経歴を持つ作家ゆえ、とりわけ鷗外の「作品研究」においては、「文学」と「政治」の問題は周到に区別される。例えば晩年の宮内省図書頭や帝室博物館総長としての業績は、あくまでも宮内省に属する公人としての立場から発信されたものとされ、「文学者」鷗外の「作品」とは一線を画すことによって論じられる。むろん、現存する言説をそれがどのような立場で発信されたものなのか踏まえることは重要なことであり、鷗外の公人としての側面を過度に重視し、「文学」に政治性を考えることは控えなければならない。だが、そもそもテクストが虚構か否かという問題は、「テクストと読者とが相互作用を行う」[7]ことによってもたらされるきわめて相対的なものである。研究史を踏まえるならば、鷗外作品における虚構性の問題はジャンル論の問題というよりも、作家像の問題に密接に関わっている。そこで本書では、鷗外の作品を「公私」によって区別することから脱却し、等しく鷗外のエクリチュールとみなすことからはじめたい。

かつて中野重治[8]は鷗外を「日本の古い支配勢力のための一番高いイデオローグ」と糾弾したが、鷗外の国家検証は、単純な国家擁護に基づくものではない。それは例えば、社会主義に対する態度を見れば明らかである。大正七年頃より賀古鶴所に宛てた書簡の中で、鷗外が社会主義の問題に度々触れていることはよく知られている。また、小泉信三によって「知識の広汎でかつ正確」であり「博学的（且つ、遠慮なくいえば、衒学的）」[9]とかつて評価された、社会主義や労働問題についての調査を繰り返し行なっていたことも明らかになっている。その一方で、社会主義者を検挙した大逆事件においては、過激な弾圧を加える政府に対する批判的なまなざしも持ち合わせていた。山懸有朋との関係も含め、国家に限りなく近い立場をとる一方で、権力を批判する立場をもとっていたのである。こうした一見矛盾にも見える態度は、過去には「天皇制の矛盾のつじつま合わせ」[10]や「見えすいた折衷主義」[11]と否定的に見なされていたが、今日ではその「折衷主義」は積極的に捉えられている。[12]だが、否定的にせよ好意的にせよ、鷗外の態度を「折衷主義」と捉えることは、いかに鷗外の歴史叙述が特権的に扱われてきたかということを物語っている。鷗外の作品を「文学」の側から評価することと「政治」の側から評価することは、表裏一体である。鷗外の歴史叙述は、「公私」の間で葛藤しながら導き出された独自の到達点[13]とみなされてきた。つまり、「史伝」を「文学」と見なすことが、文学者としての鷗外像を立ち上げる中心的な柱となってきたのである。こうした文学者としての鷗外にこだわり続けることは、中野が提出した鷗外像にとらわれているともいえるのではないだろうか。

鷗外の「歴史」に焦点化する本書が問題としたいのは、これまで語られてきた特権的な鷗外像ではない。むしろ「歴史」を視座として、鷗外の多分野にわたる営為を相対的に捉え直す視点を提出すること、本書の主眼はここにある。そのため、論じる大半はいわゆる鷗外の歴史叙述が対象となるが、本書はただの歴史文学研究ではない。鷗外の「歴史」を考えることは、鷗外像の歴史性を視野に入れながら、鷗外という一人の作家について考えることでもある。そのような問題意識のもと、本書ではまず鷗外の歴史叙述をそれが書かれた同時代の歴史学の場へと差し戻してみたいと思う。以下、概略的ではあるが、日本の近代史学の成立時期において、日本の近代化に積極的に関わった鷗外が、いかにして近代に向き合ったか、考えておきたい。鷗外の歴史叙述の背景の見取り図を描きつつ、鷗外と近代史学が交錯する地点に、その歴史叙述が生起する動因を見ておきたいからである。

二、森鷗外と近代史学（一）――「後南朝」の歴史

「歴史其儘と歴史離れ」のように、鷗外の歴史叙述には、歴史を叙述するにあたっての方法意識が作中にしばしば示される。こうした方法意識は、近代史学、そしてその成立と緊密に結びついた、明治国家の言説空間のなかから生み出されたものと考えられる。陸軍軍医として、また近代小説の確立を担った近代作家として、自覚的に近代の成立期を過ごした鷗外が、なぜ晩年に至って歴史を書き続けたのか。そこでまず本章で取り上げたいのは、幕末維新期を対象とした「津下四郎左衛門」（『中央公論』三〇－四、大正四年四月）である。本作に見られる具体的な問題については、改めて第Ｉ部第二章で触れることとし、ここで着目しておきたいのは次のような一節である。

本文にわたくしは上田立夫と四郎左衛門とが故郷を出で、京都に入る時、早く斬奸の謀を定めてゐたと書いた。しかし是は必ずしもさうではなかつたであらう。二人は京都に入つてから、一時所謂御親兵問題にたづさはつて奔走してゐた。堂上家の某が家を脱して、浪人等を募集し、皇室を守護せむことを謀った。その浪人を以て員に充てむと欲したのは、諸藩の士には各其主のために謀る虞があると慮つたが故である。わたくしは此に堂上家の名を書せずに置く。しかし他日維新史料が公にせられたなら、此問題は復秘することを須ゐぬものとなるかも知れない。

「津下四郎左衛門」は、明治政府に参与として迎えられていた横井小楠の暗殺を、暗殺者の側から描いた作品である。実在する人物を扱っていることに加え、特に事件関係者からの証言や史料によって、初稿発表以後にも加筆

が重ねられたことから、本作には史実への志向を見ることができる。先の一節は、こうした本作の特徴を表す作品の加筆部分にあたり、事件関係者からの新たな証言によって、事件の背景がより詳しく示される場面である。「本文」の内容を語り手自身が「是は必ずしもさうではなかつた」と述べているように、ここで明らかにされるのは、横井小楠暗殺事件の新たな情報であり、事件の裏側ともいうべき事実であった。

備前から「正義」のために上京した津下四郎左衛門は、京で同志たちと出会う。そこで、浪人が多数集められていた「皇室を守護せむこと」に関わっていたという。浪人等の中には、「十津川産の士が多かつた」。ここから語り手である「わたくし」は、横井小楠暗殺事件の背後にこの「十津川産の士」の影が見えることを明らかにしていく。その一人である中瑞雲斎は「四郎左衛門等の獄起るに及んで、三子と共に拘引」されたとされ、「瑞雲斎と事を与にした十津川産の宮太柱」は「四郎左衛門等の獄に連坐せられて、三宅島に流され」たとされる。同様に十津川の士である上平主税、一瀬主殿も連坐され、それぞれ新島、八丈島に流されたとされている。加筆部分では、津下四郎左衛門の関わった暗殺事件の背後に「十津川」の影が見えることが示されるのである。

十津川とは「吉野郡南部広大の地を十津川郷と称す[14]」とされ、「神代の昔より特に皇室と関係深きことは誠に顕著なる所にして、畏くも皇祖神武天皇東征の軍を帥ゐて、大和入御の砌十津川を経由し給ひしことは国史の根源たる古事記によりて解釈さるゝ所である。而して皇軍を熊野より御案内せし八咫烏（武津之身命）は十津川の祖先にして当時皇軍の先鋒となり、十津川に居住せる者の子孫は代々相承継して、二千数百年間一郡結束一身を皇室に捧げて忠誠を致してゐるのである[15]」と説明されるように、極めて勤王心の強い土地であった。ペリー来航を受けての国内の混乱を機に、「十津川郷士起って力を国家に効さんと[16]」上京、中川宮朝彦親王の令旨を受けて禁中の警備に当たった。十津川の勤王心は「由緒勤王」と称されるように、あくまでも朝廷を守ることを目的としていた。そのため、中山忠光擁する天誅組の乱へ参加するものが現れるなど、過激な尊攘派の活動へと接続する可能性を持っていた。そして十津川の士はその厳格な勤王心ゆえに、王政復古の直後には御親兵として徴用される一方で、明治政府に敵対する過激な尊攘派の生き残りともなった。津下四郎左衛門が出会ったのは、まさに十津川の勤王由来の尊攘の志士たちであった。

「わたくし」はここで「十津川産の士」が関わった「御親兵問題」について触れ、今は明らかにできないが「他日維新史料が公にせられたなら、此問題は復秘することを須ゐぬものとなるかも知れない」と述べる。この一文には、ここで挙げた事実が現状の歴史（＝維新史料）では明らかにされていないことが述べられている。ここからは、同時代の維新史料編纂への「わたくし」の意識を見ることができる。同時代の維新史料編纂を中心的に担っていたのは、後に詳しく見ていくように維新史料編纂会である。暗殺事件の背後が描かれること自体は、「津下四郎左衛門」が暗殺者側から書かれたものである以上、別段不思議なことではないかもしれない。だが、それが具体的な維新史編纂事業を睨んでのことであったとすれば、ここに現れる「十津川」という語には、何か深い問題が孕まれてはいないか。というのも「十津川」は、明治国家の根幹に関わる様々な問題を喚起させる単語であったからである。それは「後南朝」の歴史である。

「後南朝」の歴史を考えるためには、南北朝正閏問題前後の歴史的経緯を踏まえる必要がある。南北朝正閏問題とは、明治四四年一月、尋常小学校国定第二期児童用、教師用教科書中の南北朝両立の記述が南朝正統論者によって問題とされたことに端を欲する一連の騒動をいう。南北朝正閏問題が起こる以前には、南北朝両立の立場や、南朝を正統としつつも北朝の存在も記すというような歴史叙述が混在していた。しかしそうした歴史叙述が、明治国家の根拠そのものを揺るがすものとみなされ大きな問題を引き起こしたのである。抗議の結果、それまで曖昧にされてきた南北朝時代（建武三年－明徳三年）の歴史において、南朝を正統とすることが定められた。そして、教科書記述においては、南北朝時代は「吉野朝」と記述し、北朝は存在しないこととなったのである。そもそも明治政府は、国家の出発点として「王政復古」を「建武の新政」を重ね合わせたため、南北朝時代をどのように位置づけるのかは明治政府の成り立ちに直接関わるものであった。『大日本史』（明治三四年完成）[17]以来の南朝の勤王の志は、近代においては、倒幕派志士たちによる「王政復古」の原動力になったとされた。こうした明治政府の成り立ちからすれば、南朝正統の立場を採るのは必然的であった。

宮内省による『大政紀要』（大正元年九月、文教会）[18]は、早くより南朝正統の立場を採った歴史叙述の一例である。しかし、北朝が歴史叙述において「抹殺」となるのは南北朝正閏問題以降のことであり、この問題以前に書かれた『大政紀要』には南朝を正統としつつも、北朝の存在が記されている。その上で、「凡例」に「但北朝五帝ハ。竝ニ帝ト書シ。天皇ト称セズ。以テ正閏ノ別ヲ明カニス」とあるように、南朝の「後醍醐天皇」に対して、北朝の「光厳帝」と記すことでその差を明確にした。さらに「凡例」には、「我邦国体ノ特ニ海外各国ト異ナリ。皇統一系万世不易君臣ノ名分確定シテ。動カス可ラザルヲ表示スルニ在リトス」と編纂の目的が掲げられており、だからこそ南朝正統の立場をはっきりと打ち立てたのだといえる。つまり「皇統一系万世不易」を明らかにするためには、「天皇」「帝」と記述を区別することは重要な課題だったのである。

こうした区別をした際に問題となったのは、現皇室が北朝の血統を引くということである。北朝の血統を引く明治天皇までの「万世一系」を補強するためには、二君が存在したとされる南北朝両立の時代があってはならず、「建武の新政」以降の南朝を正統とした上で、南朝が滅び、北朝へと正統が移ることの説明をしなければならない。そのため、『大政紀要』は『大日本史』以来の神器の所在を問題とする論を持ち出すことによって、南朝から北朝へと神器が戻された時点を南北朝の統一と見なした。例えば、次のような記述には、神器の移動から南北朝の合一を説く見解が見られる。

後小松院天皇。後伏見帝ノ玄孫ナリ。先ニ足利氏ノ為ニ擁立セラレ。北朝閏位ノ君タリ。元中九年。閏十月。神器ヲ後亀山帝ニ受テ正位ヲ嗣ギ。尋デ後亀山帝ヲ尊テ。太上天皇ト号ス。（上編「総記十二」）

このような記述に見られるように、宮内省をはじめとする政府の歴史は、北朝の後小松天皇が神器を後亀山天皇から受け取ったことを受けて、明徳三年を南北朝の統一と捉えた。しかしながら、実際には南北朝統一によって南朝は滅んだわけではなく、南朝の遺臣たちの抵抗がしばらく続くことになる。しかも、嘉吉三年には神器が強奪されるという事態が勃発し、その後一五年間南朝に保持されていたのである。これが「後南朝」と称される時代である。そして、この「後南朝」の抵抗の中心になっていたのが「十津川」であった。『十津川之記』には「然るに南方に伺候しける人々猶吉野にのこりとゝまり吉野十八郷并十津河を領して北京に降らず[19]」とある。神器を強奪した南朝の遺臣は、南朝の後胤数名と共に、神璽を奉じて吉野十津川周辺に立てこもったとされるのである。この後、神器が奪い返されたことにより、一七年にわたる神器を巡る南北朝の争いは終止するが、南朝の復興を望むものはあとをたたなかったという。

南朝を正統とすることで決着した南北朝正閏問題以後の政府にとって、南北朝の統一以後に別の王朝が存在したなどという歴史はあってはならない。ましてや、「後南朝」の歴史には、明治政府のより所とした神器の強奪という事態が示唆されているのである。南北朝正閏問題によって禁忌とされた記述の一つが「後南朝」であった。中村直勝は大正六年という時代においても「後南朝」という題目で論じることの困難さを、後年次のように語っている。

いうまでもなく、南朝というのは、北朝にたいしての詞である以上、南北両朝が合一して皇統一に帰した後に於いて、北朝のあろう筈はなく、随って南朝の生じよう筈はない。故に「後南朝」という詞は全く意義をなさぬものであらねばならぬ。[20]

このように、南北朝正閏問題以後、「北朝のあろう筈はなく、随って南朝の生じよう筈はない」という決着がついたわけであるが、その後「後南朝」の歴史がどのように変化したかということは、萩野由之の歴史叙述を見れば分かりやすい。次の引用は『日本歴史』（明治二四年六月、博文館）中、「近古史」の叙述である。

南方ニハ此度コソ小倉宮後亀山天皇ノ二皇子ヲ位ニト思ヒ頼ミシニ、又其約ニ違ヒシカバ大ニ怒リ、南朝ノ再興ヲ図ルモノ多シ、嘉吉三年一統ノ後五十一年ニ至リ、楠某越智某等、吉野十津川河内紀伊ノ兵ヲ集メ、小倉宮ノ子尊秀王ヲ奉ジテ、兵ヲ挙ゲ、御所ニ乱入シテ神璽ヲ奪フテ去ル、（中略）其余党尊秀王ヲ奉ジ、神璽ヲ奉リテ天子ト称シ、吉野ノ奥ニ行宮ヲ造リ、年号ヲ天靖ト称ス、

萩野の立場は基本的には南朝を正統とするものであり、やはり神器の移動を南北朝統一の根拠としている。引用部分には南北朝統一後、両統迭立が守られなかったことに不満を感じた南朝の遺臣たちが「南朝ノ再興ヲ図」ろうと挙兵したことが記されている。しかしながら、南北朝正閏問題以後に書かれた、萩野『註釈日本歴史』（大正八年一〇月、博文館）においては、この引用部分以降の「後南朝」の歴史がなくなっており、南北朝統一以後の動きはわずかに「南北合一の後も、関東西国は尚兵を収めず、懐良親王は征西大将軍となり、五條菊池阿蘇の諸族之を護し、東国には新田小山の諸氏兵を挙げて綏服せず、然れども幕府の勢いは日日に強くして、南方諸藩の勢は漸微なるに至れり」とされ、将軍義満の治世へと話題は移っていく。ここでは「後南朝」の歴史はなかったことにされているようにも見える。萩野の歴史叙述からは、南北朝正閏問題を経た後の「後南朝」の歴史の変化が見られる。それで

は、早くに南朝正統という方向性を示していた『大政紀要』では、「後南朝」はどのような扱いをしているかというと、次の引用の通りである。

南朝ノ遺臣藤原有光、資親、楠次郎等潜ニ興復ヲ図リ。後亀山帝ノ皇子ヲ奉ジテ。主ト為シ。中興ノ宮ト称ス。夜、禁内ニ入テ神器ヲ奪フ。兵ヲ遣シ追撃シテ神鏡宝剣ヲ獲タリ。文安元年。八月。有光、資親南朝ノ皇子ヲ助ケ。神璽ヲ擁シテ叡山ニ拠ル。大和、紀伊、河内ノ兵竝起テ之ニ応ズ。（中略）後醍醐帝南山ニ幸セシヨリ五十七年ニシテ。南北一ニ帰シ。其後五十年ニシテ皇曾孫再ビ吉野ニ起リ。更ニ十五年ニシテ。神璽亦北朝ニ帰ス。総テ一百二十余年ニシテ南朝ニ関スルノ事終レリ。（上編「総記十二」）

ここでは南北朝統一以後、「南朝ノ遺臣」らによる「後亀山帝ノ皇子」を据えた南朝復興の動きが見られたことが記されているが、萩野の叙述が「天子」を擁した王朝の成立を示唆しているのに対し、『大政紀要』の叙述はあくまでも正統な王朝に対する反乱でしかない。南北朝統一によって、北朝の天子が正統であるとされた以上、「南朝ノ遺臣」が復興を図ったところで、建てられた王朝は正統なものとは認められない。『大政紀要』では隠蔽は見られないにせよ、南北朝合一の論理を補強するための歴史のすり替えが行われているのである。

南朝の立場からすれば、神器を奪い、後亀山帝の血統を引く皇子を擁した王朝は、北朝に対する新たな王朝としての復興であった。しかしながら、明治政府は南北朝正閏問題が起こるにあたって、この「後南朝」の存在を正統な王朝ではなく、北朝の天皇に対する反乱として、意味づけ自体を変えてしまったのである。

瀧川政次郎[21]は「後南朝」について論じる中で、明治四五年宮内省諸陵寮によって、「後南朝」の天子であったとされる「一ノ宮自天王」「二ノ宮忠義王」の墓の修理が行われたことについて、次のように言及している。

これ現皇室が、後南朝の天子の墓を修め、その霊を慰めた始めである。しかし、自天王・忠義王は、共に後亀山天皇の皇玄孫としてその墓が守られただけで、天皇としてその陵が築かれたわけではない。時は既に明治の末、教育勅語煥発以後に属し、南北朝合一以後における南朝諸帝の皇位は、これを認めない方針が確立されていたからである。

「後南朝」の歴史は、その拠点となった吉野十津川の周辺では伝統として語り継がれている。そうした歴史がある以上、これを全くなかったことにするのは不可能である。だからこそ、宮内省は代々村民によって守られてきた「自天王」「忠義王」の墓に修理を加え、皇位継承者ではないということを明確にしたのである。

宮内省が早くより保持してきた南朝正統の立場は、南北朝正閏問題によって、より先鋭化した形で正統性を得ることになる。明治政府の歴史叙述において、「南朝ノ遺臣」による南朝復興を正統な王朝に対する反乱として位置づける態度と、過激攘夷派による暗殺事件を明治政府に対するテロリズムとして処理する態度は論理的に通底している。例えば、先に参照した『大政紀要』は、明治初年に相次いだ暗殺事件について、「其縁由各同ジカラズト雖モ。究竟スルニ。朝廷ノ国是。尋常意想ノ外ニ在リテ。守旧ノ人心ヲ刺激シ。不快ヲ感ゼシメタルノ結果ニ外ナラズ」とし、攘夷派の生き残りたちは「守旧ノ人心」と捉えられる。そして、横井小楠暗殺事件も同様に「守旧ノ人心ヲ刺激シ。不快ヲ感ゼシメタルノ結果」とされる。対して、鷗外は横井小楠暗殺事件に「十津川産の士」という単語を提示した。初稿の段階では分からなかった暗殺事件の背後に、「十津川産の士」の存在があったことが明らかになったためである。しかし、十津川という単語には、単に真相を明らかにしたというレベルのものではない、明治国家の根幹に関わる様々な要素が孕まれていたことは見てきた通りである。「津下四郎左衛門」における鷗外の叙述は、南朝を正統とすることによって整合性をつけた歴史叙述に対して、その整合性を壊してしまう可能性を持っているのである。次節で詳しく見ていくが、南北朝正閏問題によって南朝正統が決定したことと、維新史料編纂会が政府による正統な歴史編纂事業として成立したことは無関係ではないだろう。後年、維新史料編纂会は、南朝由来の尊王論を「維新史の序幕」と捉え王政復古の達成を到達点と見る、明治維新の大きな道筋を描く『概観維新史』（昭和一五年三月、明治書院）を編むことになる。そして鷗外は「興津弥五右衛門の遺書」（『中央公論』大正元年一〇月）以降、「其文章の題材を、種々の周囲の状況のために、過去に求め」（『渋江抽斎』「その三」）る歴史叙述に着手する。こうした背景を踏まえ、鷗外の歴史叙述を考えるためには、同時代の近代史学の歴史性についておさえておく必要がある。

三、森鷗外と近代史学（二）――維新史料編纂会と史談会

明治四四年五月の維新史料編纂会の成立は、近代史学史上における転換点とされる。箱石大[22]は維新史料編纂会の成立を「通史叙述としての「維新史」や、歴史資料（史料）の一つのカテゴリーとしての「維新史料」という枠組みを、近代天皇制国家が新たに創出し（それ以前に存在した幕末維新史に関する歴史観、歴史研究、歴史教育、修史・史料編纂事業などの成果のうち、国家に適合的なものは継承し、敵対的なものは排除するということ）、それを定式化していくための制度的基盤が整備された」と捉え、「国家権力による歴史学への政治的介入という事実」を指摘している。あるいは田中彰[23]は、「藩閥中心の明治維新観と近代天皇制とが一体化し、史料編纂の形をとって法制的に確認された」と述べている。すなわち、維新史料編纂会の立場こそが、維新史の正統性を得たということである。以下、維新史料編纂会の特徴とその成り立ちについて、見ていきたい。

維新史料編纂会の編纂した維新史は、「王政復古」の歴史である。『概観維新史』は、「緒言」において明治維新

を「曠古の偉業、皇国空前の盛挙」とし、その由来として「宏漠を神武天皇の古に則り、兵馬の大権を朝廷に収め、武門執政の制を廃して天皇の親政に復し給うた」ことを述べている。そして、「国家の大生命に蘇つた国民精神が、復古と維新、伝統と発展とに融合して、渾然一体と為つて大成せられた」ことが示されている。明治国家は「文明開化」と同時に「王政復古」をイデオロギーとして掲げ、その根拠を「神武創業」の「記紀神話」に求めた。「王政復古」の歴史は、「神話」という曖昧な根拠に支えられた明治国家の正統性を改めて強調する必要があったのである。そのため、維新史料編纂会は自らの歴史を正統とみなすことで、それ以外の歴史の選別を行っていく。

維新史料編纂会の母体は、前年に発足した彰明会であるとされている。[24] 彰明会がどのような組織であったかは、維新史料編纂会総裁を務めた金子堅太郎が次のように述べている。

抑々維新史料の採集及編纂の事業は、明治四十二年六月の頃井上（＊馨）侯爵が主張されて、伊藤（＊博文）、山縣（＊有朋）、大山（＊巌）、松方（＊正義）、土方（＊久元）、田中（＊光顕）の諸元老と協議の上井上候が　先帝陛下に拝謁を願はれて其の事を詳細に奏聞せられた時　陛下御嘉納あらせられて優渥なる勅諚を賜はられたに依り井上候は更に伊藤、山縣、大山、松方、土方、田中の諸元老と華族会館即ち此處に寄り合つて、彰明会を創設せられて其の由を　先帝陛下に上奏されました處、　先帝は深く御嘉納あらせられて、然らば井上に其の総裁になつて其の事業を完成せよとの御沙汰があり又た彰明会の費用として金一萬円を　陛下から御下賜がありました、依てそれを基本として薩長土を始め諸藩の華族及其他有志家の寄附金を以て出来たのが彰明会であります、[25]

このように彰明会の事業は薩長中心の元勲たちの集まりであったが、活動においては井上馨が述べているように、

「薩長土その他勤王の旧諸藩の人々は勿論、その他広く同志が集つて、御下賜金一万円を基本として一般に寄附金を募集し、同時に勤王・佐幕の孰を問はず頗る広く材料の蒐集を行ふこと」、「その論題に基づいて当時を回想し、誤れるは正し、足らざるが補ふといふ方法で談論し、それを速記せしめるといふ手段を執ること」[26]という目標を掲げた。このようにスタートした彰明会だったがやがて、彰明会を国家的事業とし、宮内省に維新史料編纂会を設けるべきだという意見が持ち上がった。しかし薩長の旧臣らが天皇の威徳に頼って自身に有利な史料を収集するのではないか、という批判が起こる可能性を考慮した山懸有朋の反対によって、政府の事業として維新史料編纂会は文部省の管轄下に置かれることとなった。山懸の当初の予想通り、既に帝国大学の史料編纂所掛があるにも関わらず、新たな編纂局を設けたことに「薩長の頌徳誌を編纂するのではないかと云ふ疑念」[27]を持つ者もあった。例えば、「史料編纂会の正体」(『大阪毎日新聞』明治四四年五月一三日)には、「従つて薩・長・土・肥殊に長州の弁護、長州の主張のために作られた彰明会を事実上の前身とする維新史料編纂会が、果して公平な記述をなし得るや否やは甚だ疑はしき次第である」という批判が掲載されている。こうした批判が予測され得たからこそ、維新史料編纂会は殊更に「公平」を強調したのだといえる[28]。

一方、明治以降、旧大名家は各家に編纂委員を設け、藩史や歴代藩主の事蹟を取りまとめる歴史編纂を個別に行っていた[29]。こうした家史編纂の延長として、明治二一年発足した「旧大名諸家の連合による幕末維新史料調査の団体」[30]が史談会である。史談会の活動は明治、大正、昭和と長期間にわたり継続されていくが、史談会の活動の変遷は、明治四四年の維新史料編纂会結成にも関わっている。以下、史談会の発足から、維新史料編纂会の設立に至るまでの過程を整理したい。大久保利謙によると、史談会の淵源は島津家、特に島津久光から出ているという[31]。久光の旧藩主としての憂いが、幕末の栄光を編纂するという史談会発足の基盤となっていると大久保は指摘する。それは、新政権を維新の功労者と強調する維新史への不満でもある。史談会は、この薩摩藩を中心とした旧大名家の集まりとして始まったが、「区域窄少に流る、ときは為めに偏見偏思に陥るの嫌あり、故に維新の大業は国家一革新の偉業と見做し、交互胸襟を開て其実勢を明にし、後世の謬伝惑説を絶つに若かず[32]」と維新史の調査を全般的に行う目的から、藩閥政府の外に立つ宮内省に編纂局を設け、そこで諸家を統合して史料を編集することを目指した。史談会の目指した方向性は、後年「往昔の沿革一斑を敍して之を世間に紹介する」ために書かれた「史談会設立之来歴」に次のように見える。

明治中興ノ大業ハ開闢以来未曾有ノ革新ナレバ詳密精確ノ歴史ヲ編成シテ之ヲ千載ニ伝ハザル可カラザルナリ、詳密精確ノ歴史ヲ編成スルニハ世ニ伝ハル所ノ文書未ダ蠹蝕セズ、当時大業ヲ翼賛シ之ニ関係シ其事実ヲ目撃セシ人士ノ未ダ存在スル今日ニアラザレバ千緒万端ニ渉リタル事情ノ真相ヲ知得シ難キ事ハ少シク事理ヲ解スルモノヽ能ク確認スル所ナリ、然ルニ今日編輯スル所ノ家記ハ即チ此大業ニ関スル事実ノ大部分ヲ占メ別ニ特異ノ事蹟アルニアラザレバ寧ロ家記ヲ編輯スルト同時ニ明治中興ノ史料ヲモ集成スル事トセバ事ハ即チ容易ニシテ功ハ即チ之ニ倍蓰スベシトノ旨趣ヲ以テ更ニ進ミテ天保二年　先帝御降誕ノ時ヨリ明治四年廃藩置県中興ノ基礎大ニ定マルノ時ニ至ル、四十一年間ノ事実ヲ細大洩ラサズ網羅集成スル事トナシ益其規模ヲ拡張シテ弘ク各家ニ交通ヲ開ク事ヲ勉メタリ[33]

史談会の特徴は、各家の史料、文書を集めていけば、それが直接維新史料の編集につながると考えている点である。各々の旧藩諸家が独自に編輯した史料を公開し、集大成として「明治中興ノ大業」の事実を網羅した歴史を編纂しようというのである。そのためには、より多くの旧幕関係華族や旧大名家の協力が必要となる。多数の旧藩諸家が集まることによって、より広範な史料を蒐集することで「偏見偏思」に陥らない、公平な歴史を描くことにあった。こうした史談会の要請から、宮内省は次々と旧藩に対して、「旧藩ニ於ケル国事並ニ時運ニ関スル文書類当時秘密ニ属スルモノト雖モ取捨ナク取束ネ差出スベシトノ命[34]」を出す。まず、明治二三年に池田家を始め六家に、さらに、翌二四年蜂須賀家始め八六家、続いて同年徳川家（達道）以下一一家、同二五年に尚家はじめ一三九家に同じ趣旨の命を下した。そのため、諸家の史談会への加入は相次ぎ、明治二五年には会長副会長といった役職の選出をはじめ、宮内省の特別補助金のもと、より組織化されるに至った。諸家編輯員をはじめとした会員らの会合が毎月一回開かれ、その成果として『史談会速記録』（明治二五年七月〜昭和一三年四月）[35]が刊行された。しかし、明治三二年の特別金二〇〇〇円を最後に、宮内省の補助金は打ち切りとなる。史談会に求めていたのは、独自の歴史編纂を行うことではなく、秘蔵史料を開示することであった。宮内省の求めた「旧藩に於ける国事並に時運に関する文書類[36]」の提出、採集が終了し、史談会の事業は終局とみなされたのである。次の史談会幹事の寺師宗徳の報告は、当時政府の中心であった伊藤博文の立場を端的に述べている。

此歴史の大体の問題に付伊藤侯爵抔に頗る意見が有る様子でござります、歴史といふものは其要領を記して置きさへすれば宜いものである、且大筋の所に於てした仕事を筋さへ判れば、さう細かに調査する要もないものである、と申す様の説で、到底史談会を必要視せられぬものと思はれます[37]

宮内省の求める役割を終えたとみなされ、国庫補助金を打ち切られた史談会は、その方向性を大きく変えていく。明治三三年一月、史談会規約は「本会ハ明治中興ノ史料ヲ採集シ之ヲ編纂保存スルヲ以テ目的トス」と変更される。発足当初は「編輯史料トナス」ことが目的であったにもかかわらず、ここでは「編纂保存」へと変えられているのである。そして法人化とともに、会長に由利公正、副会長に東久世通禧が就任した。やがて史料編纂掛の編纂事業へ史料提供の協力を申し出、明治三七年七月には「編纂保存」の文字も削除される。

日露戦後になると史談会の規模は拡大し、それとともに活動は急進化していく。明治三九年六月殉国士英霊弔慰会を開催、それに伴って『戦亡殉難志士人名録』（明治四〇年一一月、共同出版）を刊行する。広く公平に史料を蒐集するという史談会の活動は、その過程で、これまで政府が国事犯として処理してきた人物の事蹟を掘り起こすことになった。そうした中で、井伊直弼銅像問題が起こるにあたって、史談会の危険性が切実に政府に認識されることとなる。明治四二年横浜開港五〇年祭にあたって、「開港の恩人」として井伊直弼の名が挙げられ、その事蹟を顕彰するため銅像が建設された。井伊直弼は「安政の大獄」で弾圧を行った人物であり、顕彰には大きな困難があった。神奈川県知事の要請により、七月一日に予定されていた銅像除幕式が一一日に延期されたという事態をうけて、その是非をめぐって社会的論争が起こったのである(38)。

日露戦争後、国事殉難者は忠姦正邪の区別なく祀ることを要請する史談会の急進化を実感した井上馨は、既に述べたように、彰明会を組織し、維新史編纂事業に着手することを決意した。井上は当時の状況を次のように述べている。

> 此会が起つた原因とも言ふべきは一昨年（*明治四四年）でありましたか、井伊掃部頭の銅像を建てると云ふ論が起つて、井伊は我邦の開国の元祖であるから、其紀念として横浜に建立すると云ふ旨趣でありましたが、私共はさうは思はぬ、それで伊藤とも相談して、どうか維新前の歴史を後世に能く分るやうにして置かぬと、今の様な誤解が起るから、此際精確なる歴史を調べて置くの必要があると云ふ所から、遂に彰明会と云ふものが起つたのであります(39)

これは明治四四年に行われた温知会の講演における、井上の発言である。明治四〇年、急進化した史談会の志士表彰を巡る対立から、水戸徳川・毛利・島津家が史談会を脱退し、これらの家史編輯員たちは温知会という有志団体を結成した。そして維新史料編纂会の前身である彰明会と協力関係を築いた。多くの志士を祀る史談会の立場を「官賊混同」[40]と捉えたのである。井上は温知会との提携からもうかがえるように、史談会に対する危機意識を持っていた一人であった。

一方の史談会はこうした反応を感じ取っており、彰明会及び後身の維新史料編纂会について批判している。[41]「尽力したる史談会は除けものになって」という言葉からは、彰明会及び維新史料編纂会が史談会に対立するものとして認識されていたことが分かる。史談会は結果として急進化することになったが、その出発点は、薩長が中心となって成し遂げた「王政復古」の歴史に対抗し、諸藩の歴史を寄せ集めることによって維新の歴史を作り上げることにあった。

史談会以前の政府による歴史編纂は、『復古記』（昭和四年六月〜六年一〇月、内外書籍）や『大政紀要』に見ることができるが、これらはいずれも「王政復古」の歴史を示し、明治政府の正統性を説いたものといえる。それに対し、史談会は「事実ヲ細大洩ラサズ網羅集成スル」ことを目的とし、政府の歴史編纂とは異なる幅広い史料蒐集を行った。そのため、薩長に限らず、東北諸藩や会津、彦根といった諸藩も取り込んでいった。つまり、史談会の発掘する歴史には、政府にとっては都合の悪いものも含まれていたのである。こうした史談会の活動を維新史料編纂会は批判したが、それは維新史料編纂会によって「正統」とみなされた歴史以外の事実を埋没させる事態を招いたともいえる。史談会は、以後も独自の活動を続けるが、位置づけは傍流にすぎなかった。

先に挙げた「津下四郎左衛門」の「他日維新史料が公にせられたなら」という一文は、具体的な歴史叙述を指しているわけではないが、同時代に維新史料編纂の「正統」を担っていたのは、既に見てきたように維新史料編纂会に他ならない。発足当初より、「公平」を掲げる維新史料編纂会に対する疑念があったことは既に指摘した通りである。とするならば、鷗外は近代史学の歪んだ歴史性にきわめて意識的であったと考えることができる。それは「正統」「公平」が掲げられることによって、「事実」が選別されていく同時代史学に対する危機意識にも見える。

四、森鷗外と近代史学（三）――「かのやうに」

見てきたように維新史料編纂会の成立は、同時代における歴史の揺らぎに密接に関わっていた。以下、日本近代史学のはじまりと、その後近代史学がどのような過程をたどっていくのか、いくつかの事例に即しながら見ていきたい。

日本のアカデミズム史学は、東京帝国大学史学科にベルリン大学よりルードヴィッヒ・リースが招聘されたことに始まるとされる。リースは、ベルリン大学でレオポルト・フォン・ランケに学んだ人物であり、リースを経由する形でランケの実証主義は日本に移植された。当時の日本は、基本的な史料の整備もされておらず、定まった歴史研究法もなかった。リースはこうした現状を憂い、まずは史料研究を行う環境を整えるため、ランケ史学の実践の場としての史学会を設立、機関誌『史学会雑誌』を刊行させた。リース「史学会雑誌編纂ニ付テ意見」（『史学会雑誌』五、明治二三年四月、小川銀次郎訳）からは、「従来日本ニ於テハ、鄭重ニシテ完全トイフベキ批評的ノ書甚ダ少ク」という現状から『史学会雑誌』に研究材料としての史料を開示する役割を期待していることが窺える。そして、「寧ロ諸学者ノ協賛一致ニヨリ、各其熟知セル時代ヲ担当シ、互ニ其書目ヲ製シ、異説アレバ互ニ相討議シ、成ル可ク誤謬想像等ヲ脱去シ、完全ト称スベキ書ヲ編スルニ如カザルナリ」と日本における史料調査の重要性を唱えている。リースによる西洋史学の輸入以後、日本のアカデミズム史学は、史料批判を基礎とした客観的で科学的な歴史編纂を目指していったのである。

しかし、その後アカデミズム史学は偏った史料主義に陥ることになる。久米邦武「神道は祭天の古俗」（『史学会雑誌』二三〜二五、明治二四年一〇月〜一二月）は、実証主義の立場から「蓋神道は宗教に非ず」、古くからの習俗であると述べた。そして「其習俗は臣民に結び着て。堅固なる国体となれり」と習俗に過ぎなかった神道が、明治期に国教化することによって佛教や基督教と同じように宗教として扱われている現状を考えていかなければならないと「史学の責任」を唱えたのである。神道は習俗であるという捉え方は、神道を国教とする国家の方針と矛盾するため、とりわけ神道家や国粋主義者の非難を受け、久米は大学の辞職に追い込まれる。やがて久米の辞職後、アカデミズム史学は久米らが行っていた編年史編纂を中止する。当時アカデミズム史学に携わっていた三上参次の証言には、「これまでの臨時編年史を罷めて、今度は専ら史料の編纂に主義を変えたということと、それから今度は史料の編纂であるから、真偽の取捨はもちろんしなくちゃならぬけれども、好む好まぬによってみだりに一個の見識を加えて史料を取捨してはいかぬ[42]」と、歴史家の取捨選択の判断を禁じる史料編纂へと方針転換したことが述べられている。

こうした同時代の歴史の揺らぎを受けて、鷗外は歴史を書くことの困難さを作品に表現していた。「かのやうに」（『中央公論』明治四五年一月）における五條秀麿の姿である。ここではとりわけ、五條秀麿が国史を志す歴史家として造型されていることに着目したい。秀麿は文科大学歴史科を卒業し、卒業後ただちに洋行した人物とされる。「国史は自分が畢生の事業として研究する積りでゐる」と決意し、卒業論文に「阿輪迦王の事」を選んだ頃から、病気というわけでもないのに顔色が悪くなっていった。秀麿を診察した青山博士は「少し物の出来る奴が卒業する前後には、皆あんな顔をしてゐますよ」と述べるが、歴史科を出た秀麿が認識したのは、明治国家成立の根拠であった。しかし、それは秀麿に限らず、秀麿自身が「まさかお父う様だつて、草昧の世に一国民の造った神話を、その儘歴史だと信じてはゐられまい」と考えているように、明治の末年には周知の事実となっていた。「かのやうに」で描かれるのは、この認識に対する反応である。秀麿と父五條子爵は全く異なる反応を見せる。洋行先の秀麿から手紙を受け取った子爵は、「内々自ら省みて」、次のように考える。

今の教育を受けて神話と歴史とを一つにして考へてゐることは出来まい。世界がどうして出来て、どうして発展したか、人類がどうして出来て、どうして発展したかと云ふことを、学問に手を出せば、どんな浅い学問の為方をしても、何かの端々で考へさせられる。そしてその考へる事は、神話を事実として見させては置かない。

子爵は、神話が事実ではないということをはっきりと認識している。そして「世間の人」も自分と同じであろうと感じる。その上で、「世間の人」は「一切無頓著でゐるのではあるまいか」と考え、さらに気づいていることを言明することは「世間の無頓著よりは危険」と気づかないふりをすることを決心する。帰国した秀麿は、子爵から「どうも人間が猿から出来たなんぞと思つてゐられては困るからな」といわれ、「お父う様の此詞の奥には、こつちの思想と相容れない何物かが潜んでゐるらしい」と感じる。神話が事実でないということを認識した子爵は、それを言明することは「危険」と気づかないふりをしてしまうのである。従って、秀麿が父を説得するための手段としてドイツから持ちこんだ「かのやうにの哲学」を持ち出したところで、友人綾小路に否定されることになるのは必然である。秀麿と子爵の決定的な差は、事実の語り方にあるからである。秀麿は国史をなすために葛藤を抱えているが、「かのやうに」において目下のところ問題となっているのは、父五條子爵との関係である。神話と歴史の混淆を認識しているにもかかわらず、気付かないふりをする五條子爵の思考過程は、正統性を掲げることで、学問的根拠から起こる疑念を封じるという方法を採択した維新史料編纂会の論理と似通っている。秀麿は、国史を書くことは「どうも神話と歴史との限界をはつきりさせずには手が著けられない」という。しかし「それを敢てする事、その目に見えてゐる物を手に取る事を、どうしても周囲の事情が許しさうにないと云う認識」があるとも述べている。こうした認識が、南北朝正閏問題を経てもたらされたことはいうまでもない。鷗外の認識は、このような明治末期の共通認識から導かれたものであり、近代という時代の中で遂行的に獲得されていったと見るべきである。その限りで、鷗外の歴史叙述における問題意識は、狭義の歴史叙述にとどまらず、多岐にわたる鷗外の文業に相渉るものであったに違いない。以上のような近代史学の見取り図を踏まえ、以下の各章では、鷗外がいかに近代史学と向きあい、歴史叙述を生成していったかについて、具体的な作品に即して見ていく。各論をもって、鷗外文学を捉え直す契機として、「歴史」という視座が有効であることを明らかにしていきたい。

以下、本書の構成について述べる。基本的に各論は、それぞれの作品にしたがって論を展開している。その上で、鷗外の歴史叙述を「歴史を語る」「歴史を綴る」「歴史を創る」とし、三つの観点から考察を加える。まず、第Ⅰ部「歴史を語る」は、『渋江抽斎』(『東京日日新聞』大正五年一月一三日〜五月二〇日、『大阪毎日新聞』大正五年一月一三日〜五月一七日)「津下四郎左衛門」「相原品」(『東京日日新聞』『大阪毎日新聞』大正五年一月一日〜八日)の三作品に焦点を当て、同時代の歴史学との直接的な関係を明らかにしたものである。いかに具体的な歴史叙述を意識しつつ作品が生み出されていったか、その動態を明らかにした。「津下四郎左衛門」「相原品」はともに、その創作時期が『渋江抽斎』連載の直前であることから、『渋江抽斎』をはじめとする史伝の萌芽的作品として位置づけられてきた。しかし、こうした位置づけは「歴史其儘と歴史離れ」で鷗外の示した「歴史離れ」から「歴史其儘」へという見取り図に従ったものといえ、後世からの評価と考えることもできる。本書では、まず第一章で『渋江抽斎』に見られる歴史の方法を明らかにした上で、鷗外の歴史叙述が生成する上での模索の一端を第二章「津下四郎左衛門」、第三章

「相原品」を通して検証する。第Ⅱ部「歴史を綴る」は、『渋江抽斎』『伊沢蘭軒』（『東京日日新聞』大正五年六月二五日～大正六年九月五日、『大阪毎日新聞』大正五年六月二五日～大正六年九月四日）を中心とした各論である。鷗外の史伝には多くの情報提供者たちが存在するが、そうした情報提供者たちとの影響関係や、彼らとのやりとりが直接作品に現れることの意味を考察した。とりわけ、同時代の歴史家や好古家たちとの関係を捉えることによって、史伝のみを扱うだけでは見えてこなかった、抽斎や蘭軒に対する関心のあり方を明らかにした。第Ⅲ部「歴史を創る」は、主に、帝室博物館総長兼宮内省図書頭としての鷗外の業績を取り上げる。第一章では宮内省図書頭としての、第二章では帝室博物館総長としての業績から、鷗外がこの時期に何をなそうとしていたのかを明らかにする。ただし、これらの業績は従来「公人」の仕事として、文学作品とは区別されてきたものである。本書では先に述べたように、こうした区別は設けない。また本書の関心は、この時期鷗外がおこなった制度的な整備に対するものではない。むしろ、この時期に残された記述や議論を手がかりとして、鷗外の歴史に対する関心を位置づけようとするものである。第三章『能久親王事蹟』（明治四一年六月、春陽堂）は陸軍省の依頼で執筆された作品であるが、そうした背景よりも親王の描かれ方に着目し、鷗外の歴史叙述の一端を明らかにする。以上をもって、本書では、最終的に歴史叙述を通すことによって、鷗外文学を捉え直すことを目指す。

なお本書は、拓殖大学研究叢書の出版助成をうけて、刊行されるものである。

注

1　石川淳『森鷗外』（昭和一六年一二月、三笠書房）など。
2　稲垣達郎『森鷗外の歴史小説』（平成元年四月、岩波書店）
3　尾形仂『森鷗外の歴史小説　史料と方法』（昭和五四年一二月、筑摩書房）

4　前掲、尾形仂『森鷗外の歴史小説　史料と方法』
5　小泉浩一郎『森鷗外論　実証と批評』（昭和五六年九月、明治書院）
6　山崎一穎『森鷗外・歴史文学研究』（平成一四年一〇月、おうふう）、『森鷗外　国家と作家の狭間で』（平成二四年一一月、新日本出版社）など。
7　中村三春『修辞的モダニズム―テクスト様式論の試み』（平成一八年五月、ひつじ書房）
8　中野重治『鷗外　その側面』（昭和二七年二月、筑摩書房）
9　小泉信三「森鷗外と社会主義」（『小泉信三全集第十三巻』昭和四三年二月、文藝春秋）
10　磯貝英夫「鷗外歴史小説序説」（『文学』三五―一一、昭和四二年一一月）
11　渋川驍『森鷗外　作家と作品』（昭和三九年八月、筑摩書房）
12　大塚美保「国家を批判し、国家を支える――鷗外「秀磨もの」論」（『文学』八―二、平成一九年三・四月）など。
13　例えば、平岡敏夫「歴史小説と史伝・森鷗外」（『国文学　解釈と鑑賞』臨時増刊、昭和三五年一〇月）は、「鷗外の深くシンパシイを感じる抽斎にむかってのこの熱っぽい追求は、過去三十五年間の鷗外の「不幸」なあり方をエネルギーとしていた」と史伝執筆を「傍観者」から「行為者」への前向きな転換と捉えた。
14　吉田東伍『大日本地名辞書　第二巻』（明治三三年三月、冨山房）
15　西田正俊『十津川郷』（昭和二九年一二月、十津川村史編輯所）
16　前掲、西田正俊『十津川郷』
17　明暦三年水戸徳川家当主水戸光圀によって編纂が開始され、明治三四年に完成した。
18　宮内省は、太政官から帝国大学へと移った歴史編纂とは異なる経路で、岩倉具視を中心に独自の歴史編纂を行っていた。明治九年、太政官が編纂していた『明治史要』（昭和八年一〇月、金港堂書籍）を目にした岩倉具視は、表面的な事実を羅列しただけにすぎない記述内容に危惧をおぼえ、明治一六年宮内省編纂局総裁心得に就任、「皇国上古以来維新以後今日迄ノ大政ノ沿革ヲ簡明ニ編纂シテ一部ノ略記」(『岩倉公実記　下』昭和四三年五月、原書房)を作ることになった。これが『大政紀要』である。編修委員長には、参事院議官福羽美静と元老院議官西周が指名され、上編は福羽、下編は西の担当となった。しかし、同年七月の岩倉の死によって編纂は行き詰まり、脱稿は一〇〇余巻ともいわれているが、結局「総記」のみが印刷に付されることになった。大久保利謙「明治憲法の制定過程と国体論――岩倉具視の『大政紀要』による側面観」(『大久保利謙歴史著作集七　日本近代史学の成立』)参照。

19　近藤瓶城編『改訂史籍集覧　第三冊』(明治三三年八月、近藤活版所)

20　中村直勝「南朝の後」(『南朝の研究』昭和二年六月、星野書店)、引用は『中村直勝著作集　第三巻』(昭和五三年四月、淡交社)

21　瀧川政次郎「後南朝を論ず」(『後南朝史論集』昭和三一年一二月、新樹社)

22　箱石大「維新史料編纂会の成立過程」(『栃木史学』一五、平成一三年三月)

23　田中彰『明治維新観の研究』(昭和六二年三月、北海道大学図書刊行会)

24　「彰明会と維新史料編纂会」(井上馨侯伝記編纂会編『世外井上公伝　第五巻』昭和九年九月、内外書籍)、牧野伸顕「彰明会のこと」(『松濤閑談』昭和一五年六月、創元社)など参照。

25　「金子総裁演説」(『事業の経過　明治四十四年五月至大正四年十一月』大正四年一一月、維新史料編纂会)

26　前掲、「彰明会と維新史料編纂会」(『世外井上公伝　第五巻』)

27　『維新史料編纂会の過去と現在』(昭和一〇年四月、文部省維新史料編纂事務局)

28　例えば、当事者として活動した森谷秀亮は次のように証言している。「終始、金子総裁をはじめとして上席の編纂官の方々は、何も歴史を書くのが目的ではないのだから、勤王、佐幕を問わないで公平に全国から史料を集めるのだと、ただ史料を網羅するだけなんだから、勤王に片寄って幕府側を無視するようなことは全然やらないんだと、薩長側の材料ばかりをたくさん集めて、幕府側の材料はわざと集めない、なんてことは全然ないと言っていました。もちろん、われわれ仕事をする者は、一方に都合のいい史料ばかりを全国から集めるとか、反対側の立場にある者の史料はわざと集めないというようなことは、毛頭考えていないのです。ただ薩長土や藩閥的な色彩をもっておられた方が、史料蒐集の仕事をやっておったことは事実で、私はこれはやむを得ないと考えるのです」（「座談会　維新史研究の歩み――維新史料編纂会の果した役割――」『日本歴史』二四六、昭和四三年一一月）

29 広田暢久「毛利家編纂事業史（其の一）」（『山口県文書館研究紀要』三、昭和四九年三月）に、家史編纂と史談会の関係について言及されている。

30 大久保利謙「王政復古史観と旧藩史観・藩閥史観」（『大久保利謙歴史著作集七　日本近代史学の成立』昭和六三年一〇月、吉川弘文館）

31 前掲、大久保利謙「王政復古史観と旧藩史観・藩閥史観」

32 『近世史料編纂事業録　附史談会設立顚末』奥付なし。冒頭に明治二六年六月の寺師宗徳の例言がある。

33 「史談会設立之来歴及現行規約」（『史談会速記録』三九〇、昭和六年五月）

34 前掲、「史談会設立之来歴及現行規約」

35 引用は復刻版『史談会速記録』（昭和四六年七月～五一年四月、原書房）による。

36 前掲、「史談会設立之来歴及現行規約」

37 寺師宗徳「史談会席上報告概要附伊地知貞馨氏恩典願書中修正提出の事」（『史談会速記録』八五、明治三二年一一月）

38　海南子「予が井伊直弼論につきて」（『東京日日新聞』明治四二年七月六日）など。なお、阿部安成「横浜開港50年祭の政治文化――都市祭典と歴史意識」（『歴史学研究』六九九、平成九年七月）、「横浜歴史という履歴の書法――〈記念すること〉の歴史意識」（『記憶のかたち――コメモレイションの文化史』平成一一年五月、柏書房）参照。

39　井上馨「維新史編纂に就て」（『温知会速記録』一、明治四四年二月）

40　寺師宗徳は「史談会が斯く志士の為め弔慰会を催すことに付て或向の人々が史談会は、賊を祭るとか或は官賊混同であるとか種々の非評を為せしと時々耳朶に触れたることもありました」（『史談会速記録』二二一、明治四四年七月）と当時の状況を述べている。

41　村松恒一郎「志士弔慰会に対する所感附史談会創立以来維新史料収集と志士表彰の事業に効顕あるを感謝するとの事」（『史談会速記録』二二一、明治四四年七月）に「申上げる迄も無く此史談会が成立以来今日迄維新史料の蒐集並に維新の際国家に功労のあつた人々を表彰すると云ことに付て力を尽されました其効績は実に非常なものでありまして、今日維新史の真事実を発揚するといふことに付ての真実の機関と申しますれば、此史談会の外には私はあるまいと思ひます、（中略）今日迄史談会が、維新史の編纂をしなければならぬと言って、事実の上にも力を尽し、国庫補助の事にも力を尽したにも拘らず其尽力したる史談会は除けものになつて、イツ如何なる場合に出来たか知らぬ所の或る団体を其儘維新史料編纂局へ承け継いだといふことは甚だ私の奇怪に考へる所であります」とある。

42　三上参次『明治時代の歴史学界』（平成三年二月、吉川弘文館）

第Ⅰ部　歴史を語る

第一章　探墓の歴史――『渋江抽斎』（一）

一、はじめに

鷗外の史伝の一つの特徴として、作中に叙述者「わたくし」が登場することが挙げられる。『渋江抽斎』における「わたくし」は、抽斎を中心とした人々の事蹟を記述すると同時に、探索の過程を丹念に報告する役割を果たしている。それは、「その二」から展開される抽斎の探索に顕著である。この「わたくし」は、「その作品の進行の司会者」であり、「その作品の叙述者」であり、「史料の、採択の判断者としての「わたくし」」であると位置づけた渋川驍[1]をはじめとして、テクストの構造を読み解く視座として着目されてきた。例えば、柴口順一[2]は『渋江抽斎』の「わたくし」について、『伊沢蘭軒』における「資料を直接引用しながらその解説を行なうという記述」になっていないことに加え、登場の仕方に偏りが見られることから、『伊沢蘭軒』の「説明的表現」に対する『渋江抽斎』の「物語的表現」を指摘する。そして『渋江抽斎』を歴史記述としては不徹底なものとしている。柴口は『伊沢蘭軒』に歴史記述の達成を見ていることから、物語性の排除されたものを「歴史」と捉えているといえる。しかし、鷗外が描こうとした「歴史」とは物語性を排除したところに達成されるものだったのだろうかという問いも成り立ち得る。こうした問いに対しては、近年『渋江抽斎』をひとつのエクリチュールとして評価する視点が提出されている。山崎一穎[3]は、「一人称の私語りによる三人称（抽斎、蘭軒）の伝記という新しい様式を創出」した点において「新しい歴史叙述の誕生」を見ている。加えて酒井敏[4]は、「希有な書き手である「素人歴史家」の描いた「歴史」が達成した途方もなく斬新なテクスト」とし、叙述者の自覚する営みが「歴史」であったということを改めて指摘した。『渋江抽斎』は叙述者「わたくし」の意識からすれば「歴史」なのである。

本書はこうした先行論の蓄積を踏まえ、『渋江抽斎』を鷗外の試みた歴史叙述の一つと捉える。本章ではその上で、なぜ「わたくし」は必要とされたのか、そのスタイルが採択された所以を同時代の歴史学との関係から検証してみたい。その際に、手がかりとしたいのは『渋江抽斎』における探墓の場面である。「その七」において、抽斎の後裔終吉から渋江氏の墓の所在を教えられた「わたくし」は、続く「その八」で早速谷中感応寺へ墓参する。墓参りはいわば「わたくし」の抽斎探索の出発点として位置づけられている。「わたくし」は抽斎の後裔や知人と交わっていく過程と並行する形で、墓を訪れているのである。『渋江抽斎』には、この他にも「わたくし」の探墓の場面が描かれるが、墓参りが単なる娯楽でないということは、酒井敏[5]が別途「明らかに、叙述者（当時の読者には、そのまま作者と見えるであろう）が、その目論見や主人公に対する「敬愛」・「敬慕」の情、あるいは探索行や史料入手の経緯を、作品空間に取り込む方法が意識的に用いられている」と指摘している。ここで「意識的に用いられている」と指摘される方法にこそ、「わたくし」の機能を見定める契機があるのではないだろうか。

『渋江抽斎』において、「探索行や史料入手の経緯」が示されるのは、何も探墓の場面だけではない。しかし、「わたくし」の探墓は、決して鷗外の独創によって編み出された行為でも、普遍的な行為でもなく、同時代における歴史叙述の探究と関わりながら、新しく獲得されたものと覚しいのである。まずは探墓を巡って考えていきたい。

二、池田京水の墓

「その八」に描かれる渋江氏への墓参りについて、「わたくし」は「自己の敬愛してゐる抽斎と、其尊卑二属とに、香華を手向けて置いて感応寺を出た」と述べている。ここから「わたくし」の墓参りは、抽斎への敬意を払う行為と捉えられるが、そもその目的がそれだけではないことは、その前の叙述を見れば明らかだろう。墓参りの前に「わたくし」は郷土史家外崎覚より、海保漁村の撰んだ墓誌銘の略を手に入れていた。さらに抽斎の墓が谷中感応寺にあることが判明したため、「そこへ往けば漁村の撰んだ墓誌銘の全文が見られるわけである」と墓参りに向かう。ここで抽斎の墓は、史料としての墓誌銘を読む、一種のメディアとして捉えられている。

感応寺に着いた「わたくし」は抽斎の墓、そして渋江氏の墓について次のように詳述する。

抽斎の碑の西に渋江氏の墓が四基ある。其一には「性如院宗是日体信士、庚申元文五年七月十七日」と、向つて右の傍に彫つてある。抽斎の高祖父輔之である。中央に「得寿院量遠日妙信士、天保八酉年十月二十六日」と彫つてある。抽斎の父允成である。其間と左とに高祖父と父との配偶、夭折した允成の女二人の法諡が彫つてある。（「その八」）

「わたくし」は墓に彫刻された戒名、没年月日からその人物を推測し、抽斎の家系を明らかにしていく。その記述は、墓を手がかりに展開されており、家系図さながらの描写である。墓を訪れたことによって、「わたくし」は抽斎の嗣子渋江保と対面する前に、抽斎一族の構成についてまとまった形で目にすることができたわけである。

そもそも墓誌は中国では墓中に置かれるものであったが、日本では一般的に、戒名・俗名・生没年・行年などを記した誌石をいう。人物の生涯を凝縮して示しているのが墓誌である。「わたくし」が抽斎の墓を訪れたのは、敬愛を示すための行為であると同時に、墓誌の情報を得るための行為でもあった。注意したいのは、『渋江抽斎』に描かれる墓参りが、単に史料を得るための行為にとどまらないということである。それは「その十六」からはじまる池田京水探究の場面に示されている。(6)

池田京水の事蹟が語られるのは、「抽斎の師となるべき人物を数へて京水に及ぶに当つて」、「京水の身上に関する疑」が生じたためである。しかし、京水の墓は失踪していた。ここから「わたくし」の探墓が始まる。それは「文書を捜り寺院を訪ひ、又幾多の先輩知友を煩はし」という方法の繰り返しであり、「わたくしは常泉寺に往つた」、「わたくしは本堂の周囲にある墓をも、境内の末寺の庭にある墓をも一つ一つ検した」など、足を使った文字通りの探索である。以降、「わたくし」の執拗な調査が詳細に描かれていく。

ここに描かれるのは、まさに失われた墓を探索するという意味においての探墓[7]である。目的は「失踪」した墓を発見することにあるが、作中、京水の墓は見つからない。目的が達成されないにもかかわらず、「その十六」以降には探墓の過程が詳細に記録されているのである。換言すれば、京水の墓を発見するという最終成果の出ない探索過程そのものを、「わたくし」は順を追って説明しているということになる。こうした描き方からは、事実ではなく、むしろ事実を明らかにしていく過程そのものを描こうとしたと考えられる。

このように考えるのは、ここでの探墓が、やがて考証の過程を披瀝することにつながっていくからである。探墓が徒労に終わり、途方に暮れた「わたくし」に朗報をもたらしたのは、弘福寺の住職奥田墨汁師と富士川游である。富士川の抄記した京水の墓誌銘の一部と、墨汁師の借りた池田氏過去帖が「わたくし」の手元に届いたのである。墓にまつわる史料を、一部とはいえ手に入れたことで、「わたくし」は池田京水の事蹟を巡って、以下のように考証をはじめる。

　そしてわたくしは撰者不詳の墓誌の残欠に、京水が刺つてあるのを見ては、忌憚なきの甚だしきだと感じ、晋が養父の賞美の語を記して、一の抑損の句をも著けぬのを見ては、簡傲も亦甚だしいと感ずることを禁じ得ない。わたくしには初代瑞仙独美、二世瑞仙晋、京水の三人の間に或るドラアムが蔵せられてゐるやうに思はれてならない。わたくしの世の人に教を乞ひたいと云ふのは是である。（「その二十」）

「わたくし」は京水が「凡庸でなかったことは、推測するに難くない」にもかかわらず、「家を嗣がせず、更に門人村岡晋を養つて子とし、それに業を継がせた」背後の「或るドラアム」を、限られた史料から推測する。ここからは、墓誌銘を基に人間関係の物語を読もうとする「わたくし」が浮かび上がる。「わたくし」にとっての墓誌銘は、撰者と故人との関係、また生前の状況などについて様々な想像力を喚起させるものである。「わたくしは大いにこれを疑ふのである。そして墓誌の全文を見ることを得ず、其撰者を審にすることを得ざるのを憾とする」と述べるのは、墓誌の情報不足によって、京水を巡る物語が浮かび上がってこないことに対する憤りである。さらに、ここでは「わたくし」が墓を訪ねることで偶然起こる出来事も、「ドラアム」を探る行為に連なる一つのエピソードとして置かれている。探墓の場面は、探墓する「わたくし」という主体の行為そのもの、そして墓誌などの史料を基に「わたくし」の想像力から導かれる過去の物語、その両者によって構成されている。

　ここで展開されている行為が、掃墓・掃苔ではなく、探墓であることには、改めてこだわってみるべきであると思われる。掃墓・掃苔は、墓の苔を掃くという意から墓参りを表す。しかし、単なる墓参りを指すのみならず、江戸時代の文人趣味の一つであり、故人に対する敬慕を表す行為である。一方、探墓には、掃墓・掃苔とは異なり、墓を探す行為そのものも含まれているようである。『しがらみ草紙』には、文人たちの墓の由緒や外観を記した随筆が見られるが[8]、その一つに磯野秋渚「探墓の記」（『しがらみ草紙』三七、明治二五年一〇月）がある。そこでは「壬辰九月二十五日は、安息の日にも当り、かつは彼岸の終りにもあればとて、家事打ちすてゝ、未明よりかの墓さぐりにと出で立つ」と探墓の発端が語られ、その日の季候から「われ」が目当ての墓に辿り着くまでの過程が描かれている。そして、探墓の過程と同時に、「碑面のさまは左の如し」と墓の題表や碑文が引用される。どのような日に、どういった手段で墓を訪ねたのか、という過程が探墓には含まれているのである。

中国では中唐以降、とりわけ晩唐になってから、詩人の墓や旧居が一種の「詩跡」化する事態が生じ、詩人の墓が詠じられるようになっていったという[9]。その際故人を偲んで墓参する行為そのものが、尊敬を表すものとして重要となる。日本では、江戸時代の文人たちの典雅な趣味として広まり、墓の発見や保存が唱えられた。そのため、墓碑文集や墓所一覧などが刊行され、明治になってからも受け継がれていく。明治三四年に翻刻された老樗軒主人『墓所一覧』（文化一五年板行）はその一つである。「附記」には「江戸府内及び関以東に散布せる慶長以来文化に至る諸名家」の「墓所及び名字称号職業歿年月等を詳記」した書であること、「全く跡を書肆の架上に絶」っていたために、近時の「世の学者好古家の希望」にこたえる形で印刷された経緯が述べられている。また、この時期「掃苔会掃墓会等起りて所謂墓癖の事熾に行はれ」たことにも言及している[10]。そうした動向の一例として「わたくし」の問い合わせ先である「東京の墓の事に精しい武田信賢さん」が中心となった東都掃墓会を挙げることができる。刊行雑誌『見ぬ世の友』（明治三三年六月〜三五年一〇月）には、墓の外観、墓誌などとともに、伝記が付されている。この雑誌は、好古家の手助けを自負しており、近世の文人趣味を受け継ぐものとして位置づけられる。そうした近世の延長にある墓参りに対して、新たな近代的な意味づけを、主に歴史叙述の動向から見出すことができる。例えば、池田京水の情報を「わたくし」にもたらした富士川游の著書『日本医学史』（明治三七年一〇月、裳華房）は、墓誌を歴史史料として用いている好例である。『日本医学史』は日本ではじめての「医史学」の確立を目論んだものであり、富士川は「医史学」を構成するものとして、「文化史」「医家ノ地位ノ歴史」「疫病、殊ニ国民病ノ歴史」を主張する。「医史学」を確立するためには、「文化ノ歴史ト相関連スルコト」が重要だという。従って、富士川は、時代順に医学の歴史を追いながら、その学問を修めた人々の伝記を併記していく。池田京水の名は痘科医に列記されており、そこでは京水の身上を表すものとして墓誌の一部がそのまま引用されている。

ここで墓誌は伝記の縮図として捉えられている。このように伝記には、しばしば墓誌がそのまま引用され、とりわけ末尾に補足されることが多い。一例を挙げれば、戸川残花『海舟先生』（明治四三年三月、成功雑誌社）には「先生の墓誌は左の通りである」と伝の終末部に掲載され、『小島蕉園伝』（大正七年四月、文部省）には「付録」として墓誌や由緒書が引用されている。注目したいのは、伝記に墓誌の引用が見られるようになる時期が、「実証的伝記」[11]の輩出される時期と重なるということである。伝記の実証性を保証するため、墓誌は個人を知る歴史史料として引用されていく。墓そのものを記録する武田信賢らの一連の業績は、そうした歴史学の動向と不可分な形で進行していたのである。

一方、『渋江抽斎』における探墓には、考証という営為とのつながりを見ることができる。すなわち、墓誌から「ドラアム」を読む態度である。鷗外の探墓には、抽斎に対する「敬愛」が端的に表現されていたように、尊敬の念の表れである文人趣味的な要素も含まれている。同時に墓誌を、抽斎や京水の事蹟を明らかにする歴史史料として用いている。その上で、探墓を巡る考証が展開されているのが『渋江抽斎』である。『渋江抽斎』には、文学的営為から歴史的営為へと変遷していく、同時代の墓参りへの視点が如実に表されている。『渋江抽斎』の探墓は、この文人趣味から歴史史料、更には考証の対象として扱うという三段階の変遷を含み込むものとして捉えられるのである。この考証という営為を伴う探墓は、極めて新しい歴史学の方法だったのではないか[12]。もちろん探墓そのものが新しいといいたいのではない。探墓の再発見によって、新たな、近代的な視点が獲得されたことを指摘したいのである。

三、紋章学

探墓の近代性は、同時代に確立しつつあった沼田頼輔の紋章へのまなざしを媒介にするとより明らかになろう。以下見るように、「わたくし」の探墓と沼田頼輔の紋章学は同一の方向を目指したものと捉えることができる。『渋江抽斎』において、「わたくし」が沼田と交わることは、両者の方向性の一致を示す証明となるだろう。『渋江抽斎』において、沼田頼輔の紋章学は「どれだけの種類の書を武鑑の中に数へるかと云ふ、武鑑のデフィニシヨン」を定めるための、武鑑探索の過程で登場する。

沼田さんは西洋で特殊な史料として研究せられてゐるエラルヂックを、我国に興さうとしてゐるものと見えて、紋章を研究してゐる。そして此目的を以て武鑑をあさるうちに、土佐の鎌田氏が寛永十一年の一万石以上の諸侯を記載したのを発見した。即ち治代普顕記の一節である。沼田さんは幸にわたくしに謄写を許したから、わたくしは近いうちに此記載を精検しようと思つてゐる。（「その三」）

ここに描かれるように、沼田はまさにこの時期、日本における紋章学の体系化を進めていた。ヨーロッパの紋章学は、「紋章を所有する個人や団体が、いかなる時代および社会においてどのような位置を占める存在であったのか、身元を明らかにすることができる」(13)ものであるが、日本の家紋は、西洋の紋章とは異なり、同一家紋を代々継承するため、個人を特定すると同時に、個人の属す家系を明らかにするものである。沼田は、紋章の意義、意匠、沿革などを体系的に研究することによって、家の系図を構築していくことを目論んでいる。紋章学は、家系を糺し、過去を明らかにする学問といえる。しかし、沼田が見据えていたのは、家の系図を糺していくことだけではない。沼田は、『日本紋章学』（大正一五年三月、明治書院）において、紋章の果たす役割を次のように述べる。

抑紋章は、氏族と密接の関係を有せるものなるが故に、家紋の研究が国史の研究に最も緊要なるものなることは論を俟たず。（中略）中にも系譜学とは輔車相依るの関係を有し、系譜の誤謬もこれに由りて是正することを得べく、従うて史伝の疑義も、亦これに拠りて判定することを得べし。

沼田は紋章学を「家紋の研究が国史の研究に最も緊要なるものなることは論を俟たず」と、「国史の研究」との関連から捉えている。沼田は日本紋章学の嚆矢である。紋章によって過去を見定めようという発想は、新しい歴史を構築しようという試みに他ならない。「その三」に描かれるように、沼田は家紋調査のために、武鑑をあさるうち、最古の武鑑と思われる『治代普顕記』（寛永一三年成立）中の一節を発見したという。[14] このことによって、「其文章の題材を、種々の周囲の状況のために、過去に求めるやうにな」り、「武鑑を検する必要が生じた」「わたくし」と接点を持つことになる。しかし、「わたくし」と沼田の交わりは、単に両者の求める史料がともに武鑑だったからということだけに由来するのではない。両者の出会いは、ふたりの歴史語りの探求者の必然的な出会いでもあったはずである。[15] 紋章学が家系を定めるものであったのと同じく、墓には戒名などとともに家紋が刻まれており、墓そのものが家を表す印でもあった。家紋には様々な家の情報を表す意匠が組み込まれている。家紋を構成する意匠を読むことは、その家の情報を読むことである。同様に、墓には戒名や家紋が刻まれ、墓誌銘には生前の情報が載せられている。家紋も墓も家系調査の手段として用いられているのである。

そもそも武鑑を史料として用いていたという点においても彼らの先駆性を見ることができる。武鑑は徳川時代に出版された大名家や幕府役人の名鑑であり、基本的には大名の本国・系図・家紋・領地高などの項目が絵入りで記載されている。武鑑の果たした役割については、各所の武鑑を集めて翻刻出版した橋本博編『大武鑑』（昭和一〇年四月、大洽社）が、「緒言」において「猶その当時にありては、単にその時代の武家の分限を知るの範囲」であったが、「た丶時代を経過せる今日に於て之を看れば、全く別箇の意義を以て存在し、縦には歴史を築き、横にはその時代々々を展開せしむる」ものとなったことを端的に説明している。武鑑はあくまでも民間の出版物であり、旧を改めて版行が重ねられることから、出版当初、人々は情報を得るための実用書としてこれを活用した。

例えば、抽斎は大名行列を見ることを好んだとされるが、「その六十四」には「家々の鹵簿を記憶して」、「新武鑑を買つて、其図に着色して自ら娯んだ」と描かれる。抽斎の楽しみ方は、ガイドブックとして武鑑を用いた当時の利用方法と類似したものである。やがて、武鑑には新たな価値が付与される。すなわち「新しい武鑑と過去の武鑑とを照合して記事の変化を確認[16]」するという利用法である。こうした利用法によって、武鑑は『大武鑑』に述べられるように「縦には歴史を築き、横にはその時代々々を展開せしむる」史料として用いられるようになる。そのような武鑑の用い方をしたのが、鷗外であり、沼田である。[17]「わたくし」は武鑑について、次のように述べる。

> 武鑑は、わたくしの見る所によれば、徳川氏を窮むるに闕くべからざる史料である。（中略）さて誤謬は誤謬として、記載の全体を観察すれば、徳川時代の某年某月の現在人物等を断面的に知るには、これに優る史料は無い。そこでわたくしは自ら武鑑を蒐集することに着手した。（「その三」）

「徳川時代の事蹟」を探るようになった「わたくし」は、「人物等を断面的に知る」という武鑑の史料的価値を認めている。史料的価値があるからこそ、その「デフイニシヨン」が重要とされたのである。加えて『渋江抽斎』には、単に史料的価値が述べられるのみならず、実際に武鑑を史料として用いる作業が描かれている。例えば「わたくし」は、抽斎の初登城を述べる際、「始て武鑑に載せられる身分になつた」ことに言及し、所蔵する武鑑で実際に確認したことを報告している。あるいは、「その七十五」では柴田常庵という人物を調べるにあたって、武鑑を繙いたが、「わたくしの蔵してゐる武鑑には載せてない」と述べられる。『渋江抽斎』は、武鑑に史料的価値を見出した先駆的作品と位置づけることができる。同時に、武鑑を用いる過程が作品に刻印されていることから、武鑑を用いる方法そのものを作中において示しているのだといえる。

こうした『渋江抽斎』における武鑑の扱われ方は、過程が報告されていく探墓の場面の孕む意味を示唆してくれる。すなわち、探墓の場面には、「わたくし」によって歴史を描くための方法が開示されているのではないか。そして、「わたくし」の探墓の過程が執拗に示されることは、こうした先駆的な歴史の方法を示すためでもあったと考えられるのである。さらにいえば、墓や紋章へのまなざしは、同時代に起こっていた歴史叙述の探究の中に位置づけることができる。明治末から大正にかけては、社会のあらゆる面において変化の激しい時期であったが、歴史学の分野においても例外ではなかった。史料考証と政治史を中心とするアカデミズム史学主導の研究に対する疑念から、歴史学の対象として従来描かれてこなかった諸分野への視点が開かれ、新たな歴史叙述の方法が模索される。

一つには、政治史以外の分野からのアプローチを試みた内田銀三や中田薫が挙げられる。内田銀三は「日本経済史」の分野を開拓、中田薫はヨーロッパとの「比較法制史」の観点から日本史を相対化することを試みた。一方で、民衆や地方への視点に基づいた学問も活性化した。吉田東伍による『大日本地名辞書』の編纂が明治三三年から始まり、幸田成友による『大阪市史』が明治三四年に編纂を開始している。また、一年で頓座したものの三浦周行による堺の市史編纂の動きが、明治三五年に起こっている。民俗学も活発な動きを見せる。明治四三年に『遠野物語』を上梓した柳田国男は、雑誌『郷土研究』を大正二年に創刊している。のちに第Ⅲ部第一章でふれるように喜田貞吉は、南北朝正閏問題による受難を経て、大正二年より民族史へのアプローチを本格的に開始、大正八年に個人雑誌『民族と歴史』を刊行する。沖縄学の父として名高い伊波普猷が『古琉球』（明治四四年一二月、沖縄公論社）を発表し、柳田や折口信夫と交流をもったのもこの頃である。この時期、どのように歴史を描くかという意識は、様々な方面から同時多発的に芽生えていた。それは歴史学のパラダイム転換ともいうべきものである。

紋章学は、沼田によって「系譜学とは輔車相依るの関係」と述べられていたが、系譜学は歴史学の方法の中でも発達しにくかった分野のようである。例えば、黒板勝美は『国史の研究』（明治四一年三月、文会堂）において、系譜学の重要性を唱える一方で、「欧州に於ても近来漸く発達した位で、我が国ではまだ専門に科学的研究をやつて居る人は出て居ない」と述べている。むろん、系図は古くからあったものであるが、学問として科学的に捉える視点はいまだ見られないとしているのである。また、坪井九馬三『史学研究法』（明治三六年一〇月、早稲田大学出版部）にも類似した見解がみられ、「学術的に系図と系譜とを研究致しまして、之を一の科学として立てやうといふ考へを起して、この方針で研究し始めたのが、この四五年以来である」と述べる。こうした言説からも、鷗外や沼田の方法の先駆性を指摘することができるだろう。さらに坪井は、系譜学が歴史学に対して貢献するのは、「唯一個人が何年何月何日何時に、どこそこに於てなにがしを両親として生れ、何年何月何日何時どこそこに於て何々の原因によつてなくなつたといふことだけを申」すのではなく、「一の家におきまして、代々その家の人が家風を相続し、家の思想を執り行なひまして、社会に立って居ることを証明」するときであるという。家系を明らかにすることが歴史学に接続されるのは、家と社会の関係を証明することにおいてである。ここで、系譜学は歴史学を補足するものとして捉えられている。

墓や紋章は、家系を明らかにするための手段であり、何よりも、その人物の社会的、時代的状況を掴むための歴史史料であった。「紋章学は家門の冒称を飽くまでも拒否し、正しい歴史的反省を促すのである」[18]と述べられるように、紋章学の方法は実証性を保証するものと自負されている。沼田の紋章学が「正しい歴史的反省を促す」ために見出された方法であるのと同じように、『渋江抽斎』も歴史を捉え直すために描かれたものだったのではないだろうか。そのために、抽斎の歴史を調査する過程を報告し、新たな方法を作品内において提示したと考えられる。

四、「抽斎殁後」

『渋江抽斎』に特徴的な「わたくし」による語りは、同時代の歴史学との連関のもとで生成されたと見るべきである。探墓の場面には、「わたくし」の訪ねていく行為そのものが描かれていた。そしてそれは、探墓という同時代においては新しい歴史の方法を開示するものであった。ここまでの考察に基づいて『渋江抽斎』全体を眺めたならば、「わたくし」の歴史を描く上での方法の開示は探墓の場面に限ったものではないことが明らかになる。例えば、作中には、その人物の生没年や年齢に関する記述が執拗に繰り返されている[19]。この年齢へのこだわりは、探墓によって歴史を糺していく方法と切り離せないものである。年齢を考証し、判断していくのは「わたくし」である。探墓や紋章が家系を明らかにしていく手段であったことを考え合わせれば、『渋江抽斎』の大きな特徴として論じられてきた「抽斎殁後」という、抽斎の死後も一族を描き続ける記述もまた、歴史を描く上での方法を開示したものとして捉え直すことが可能なのである。以下、探墓の場面に顕著に見られる方法が、作品内容と密接に関わっていることを明らかにするため、探墓の歴史の実践と捉え得る「抽斎殁後」の記述を中心に考察する。

まずは、年齢に関する記述を検証していきたい。「わたくし」にとっての年齢は、抽斎と他の人物との関係性を明らかにするための必要不可欠な情報である。同時に、年齢に関する記述は「わたくし」の判断に基づいており、その考証過程が作中において報告されるという構造になっている。次の引用は、五人の死が集中的に語られる箇所として特徴的な箇所である。

抽斎歿後の第十八年は明治九年である。（中略）五百の姉長尾氏安は此年新富座附の茶屋三河屋で歿した。年は六十二であつた。此茶屋の株は後敬の夫力蔵が死ぬるに及んで、他人の手に渡つた。比良野貞固も亦此年本所緑町の家で歿した。文化九年生であるから、六十五歳を以て終つたのである。其後を襲いだ房之助さんは現に緑町一丁目に住んでゐる。小野富穀も亦此年七月十七日に歿した。年は七十であつた。子道悦が家督相続をした。多紀安琢も亦此年一月四日に五十三歳で歿した。名は元琰、号は雲従であつた。（中略）喜多村栲窓も亦此年十一月九日に歿した。栲窓は抽斎の歿した頃奥医師を罷めて大塚村に住んでゐたが、明治七年十二月卒中し、右半身不随になり、此に迨つて終つた。享年七十三である。（「その九十九」）

このように、作中ではほとんどの主要人物に対して生没年が記されている。こうした記述のみならず、「此年抽斎は三十一歳になつた」というように、出来事と同時にその時の抽斎の年齢が明示される。作品の時間軸は、抽斎の人生を中心に設定されている。さらにそのことが顕著に窺えるのは、池田京水探究の場面である。池田京水探究を締めくくるにあたって、「わたくし」は次のように総括する。

わたくしは抽斎の誕生を語るに当つて、後に其師となるべき人々を数へた。それは抽斎が生れた時、四十一歳であつた迷庵、三十一歳であつた棭斎、三十歳であつた蘭軒の三人と、京水とであつて、独り京水は過去帖を獲るまで其齢を算することが出来なかつた。（中略）これに由つて観れば、京水は天明六年の生で、抽斎の生れた文化二年には二十歳になつてゐた。抽斎の四人の師の中では最年少者であつた。（「その二十」）

「わたくし」は、京水と抽斎の年齢差を特定した時点で、京水の探究を中断する。「抽斎の誕生を語るに当つて」「長者のルヴユウをして見たい」ということがさしあたっての目的であったためである。ここでは「長者のルヴユウ」を作るために、抽斎誕生時にその人物が何歳であったかを明らかにすることが優先されている。年齢へのこだわりは、抽斎との関係性を重視する「わたくし」の立場から導かれたものなのである。出来事と同時に抽斎の年齢が示される描写は、抽斎の死後には「抽斎歿後」何年という表現に変わる。すなわち『渋江抽斎』後半においては、「抽斎歿」年が紀元となり、歿後何年であるかということが示される。それでは、「わたくし」は「抽斎歿後」によって何を描こうとしたのか。次の引用は、「抽斎歿後」を描く「わたくし」の宣言として、しばしば参照される箇所である。

大抵伝記は其人の死を以て終るを例とする。しかし古人を景仰するものは、其苗裔がどうなつたかと云ふことを問はずにはゐられない。そこでわたくしは既に抽斎の生涯を記し畢つたが、猶筆を投ずるに忍びない。わたくしは抽斎の子孫、親戚、師友等のなりゆきを、これより下に書き附けて置かうと思ふ。（「その六十五」）

ここで注目したいのは、『渋江抽斎』が「わたくし」のつなぐ歴史だということである。[20] 例えば、「その七十五」に「陣幕の事を言つたから、因に小錦の事をも言つて置かう」とあるように、作中の挿話は、ある人物や事件を軸に有機的に組み立てられている。組み立てる主体はあくまでも「わたくし」である。そして「わたくし」によって組み立てられた最大の話題が「抽斎歿後」の記述と捉えられる。「わたくし」のつなぐ歴史として顕著な例が、「その百十二」からはじまる抽斎の娘陸こと杵屋勝久の伝記部分である。陸は抽斎の生前から家族の一員として登場するが、「その百十二」に至って、長唄の師匠杵屋勝久としてその人生がクローズアップされる。ここで「わたくし」

によって、勝久が「抽斎が好尚の一面」を引き継ぐ存在として提示されていることは重要である。勝久は、抽斎の生きた前近代と自身の生きた近代とをつなぐ存在として描かれていると捉えられるからである。勝久は作中において、抽斎の一面を受け継ぐ存在として描かれる一方で、さらに自身の所属する杵勝分派を分裂の危機から救い、その芸風を近代へとつなぐ役割を担っている。「その百十六」以降には、隆盛を誇った二世杵屋勝三郎の死後、三世勝三郎と弟子勝四郎を巡る対立から、バランスの崩れはじめた杵勝分派の様子が詳細に説明されている。そしてその状況下、事態を収拾しようと躍如する勝久の姿が描かれる。杵勝分派は、勝久の調停によって「これより後睽乖の根を絶つて、男名取中からは名を勝五郎と更めた勝四郎が推されて幹事となり、女名取中からは勝久が推されて同じく幹事となつてゐる」と危機を乗り越え、次世代へと継承されていく。勝久は「今に迨るまで四十四年」長唄の師匠としての生涯を送ったのである。

抽斎の死後、幕末から明治維新という時代の変遷に渋江一族は巻き込まれていくが、人々は時代に対応しながら生き抜いていく。時代の変遷は、環境の変化こそもたらしたが、一族に本質的な影響は与えていない[21]。とりわけ、勝久に対する「わたくし」の視線に顕著なように、勝久は前近代と近代をつなぐ存在として描かれている。このように考える時、『渋江抽斎』が次のような一節で終わることは象徴的である。

牛込の保さんの家と、其保さんを、父抽斎の継嗣たる故を以て、始終「兄いさん」と呼んでゐる本所の勝久さんの家との外に、現に東京には第三の渋江氏がある。即ち下渋谷の渋江氏である。下渋谷の家は脩の子終吉さんを当主としてゐる。終吉は図案家で、大正三年に津田青楓さんの門人になつた。大正五年に二十八歳である。終吉には二人の弟がある。前年に明治薬学校の業を終へた忠三さんが二十一歳、末男さんが十五歳である。此三人の生母福島氏おさださんは静岡にゐる。牛込のお松さんと同齢で、四十八歳である。（「その百十九」）

下渋谷の渋江家は、「脩の子終吉さん」が当主となっていることから、抽斎から数えて三代目にあたる。そして終吉らの生母である「福島氏おさださん」は生存しており、「四十八歳」とされている。大正五年に「四十八歳」であるということは、明治二年生まれということになる。「おさださん」と同齢の「牛込のお松さん」は保の妻であり、婚姻の際に「松は明治二年正月十六日生であるから十八歳であつた」と描かれている。つまり、下渋谷の渋江家は全員が明治生まれなのである。『渋江抽斎』は、近世の儒者である抽斎を当主とした渋江家から始まり、終吉を当主とした近代の渋江家の状況を説明することで幕を閉じる。

『渋江抽斎』には渋江一族の系譜が描かれている。そうした作品内容は、家の系図を明らかにしていく、探墓や紋章学の目的と重なり合うものである。探墓の場面に「わたくし」が墓を訪ねていく行為が逐一報告されているのと同様に、「抽斎歿後」の歴史を形成しているのは、「わたくし」が渋江一族の話題をつないでいく行為そのものである。

五、おわりに

最後に、鷗外の史伝、とりわけ『渋江抽斎』にはなぜ「わたくし」が必要とされたのかという問いについて考えておきたい。序章で取り上げた「かのやうに」における秀麿の立場をここで再び参照する。国史を志す秀麿の葛藤が描かれる「かのやうに」において、その描写が同時代性を持つのは、秀麿に神話と歴史の弁別を主張させている点においてである。裏返せばそれは神話を歴史である「かのように」扱ってきた国史に対する批判に他ならない。従来の歴史叙述には当然のことながら、語る主体である「わたくし」は登場しない。それはすなわち、史実の選択や判断という考証の過程が示されないということである。国史は、むしろ歴史叙述の主体を明示しないことによって、普遍性を確保してきた。考証の過程を明らかにすることは、神話を歴史である「かのやうに」扱っている事態を暴露しかねない。それに対し、鷗外の歴史叙述は「わたくし」の語る歴史である。鷗外の歴史叙述の特徴は、考証の過程を読者に示すことにある。考証の過程を叙述の中で開示するためには、「わたくし」が考証を語る構造を採択する必要があった。『渋江抽斎』の歴史叙述の最終判断は総て「わたくし」によってなされている。叙述の責任は「わたくし」にある。「わたくし」は考証を逐一報告する中で、人々に訂正を請い、新たな情報提供を求める。そして、その分野に精しい人々から新たな観点が提出され、「わたくし」は記述内容を書き換えていく。鷗外は、こうしたやりとりを繰り返していくことによってこそ、歴史叙述の真実性は確保されると考えていたのではないか。多くの歴史学者との交わりは、鷗外の目指す歴史叙述にとって必然的なものだったといえる。歴史叙述の根拠を示すためには、「わたくし」が歴史学者たちと交わっていく行為自体を作中に書いていく必要があった。

このような考え方が如実にあらわれているのが、探墓の場面である。探墓という行為は、きわめて私性の強いものである。しかし、その行為が開示されることによって、墓は公の歴史史料となる。鷗外の歴史叙述は、「わたくし」が語るという一見閉鎖的な空間に見えつつも、「わたくし」が考証の過程を披瀝し、外部へと接触を求めていく点において、非常に開かれた空間である。『渋江抽斎』は、渋江一族の歴史を描くことによって、近世から近代に至る歴史を捉え得る作品として成立している。『渋江抽斎』における渋江家の歴史は、決して小さな世界を描いたのではなく、従来の国史のあり方そのものの「正しい歴史的反省を促す」観点から提出されたものである。このように、『渋江抽斎』に展開される「わたくし」の歴史を語る方法は、明治後期から大正期にかけての歴史への関心が高まっていく状況のなかで獲得された新たな観点と位置づけることができる。

注

1　渋川驍『森鷗外　作家と作品』（昭和三九年八月、筑摩書房）
2　柴口順一「『伊沢蘭軒』と『北条霞亭』――いわゆる史伝の位相」（『講座森鷗外第二巻　鷗外の作品』平成九年五月、新曜社）
3　山崎一穎「歴史叙述と文学」（『森鷗外・歴史文学研究』平成一四年一〇月、おうふう）
4　酒井敏「断崖に立つ人――『渋江抽斎』における「疱瘡」と「虎列拉」――」（『森鷗外とその文学への道標』平成一五年三月、新典社）
5　酒井敏「三つの墓参り――テクストの交響から見えてくるもの――」（酒井敏・原國人編『森鷗外論集　彼より始まる』平成十六年七月、新典社）。氏は、明治三十二年から三十五年の生活記録『小倉日記』の墓参りを取り上げ、後年の歴史小説、史伝との相違を指摘している。
6　蒲生芳郎「歴史と小説――鷗外史伝の始動をめぐって」（前掲、『講座森鷗外第二巻　鷗外の作品』）は、池田京水探究の場面に、「歴史の闇、あるいはその薄明の彼方に向けられた知的探求エネルギー」を見る。氏は史伝の本来的な姿を「歴史」に見ており、保による史料提供が、『渋江抽斎』の「歴史」的性格を薄め、「小説」の要素を強くしたのだと推測している。
7　『東京朝日新聞』（大正五年一月一五日）には「森鷗外博士のお墓調べ　無くなった痘科の泰斗池田瑞仙の墓」と題し、池田京水の墓に関する鷗外のコメントを掲載している。作中には「兎角するうちに、わたくしが池田京水の墓を捜し求めてゐると云ふこと、池田氏の墓のあつた嶺松寺が廃絶したと云ふことなどが東京朝日新聞の雑報に出た」と触れられており、この記事の掲載も、新聞を利用した鷗外の探墓という行為と捉えられる。
8　前掲、酒井敏「三つの墓参り――テクストの交響から見えてくるもの――」は「浪華墓跡考」（『しがらみ草紙』

一一～一五、一八、明治二三年八月～一二月、明治二四年三月）について言及している。

9　二宮俊博「詩人の墓――中晩唐期における前代の詩人評価に関して――」（『中国読書人の政治と文学』平成一四年一〇月、創文社）

10　老樗軒主人『江都名家墓所一覧』（明治三四年二月、東洋社）、引用は『日本人物情報大系　第五五巻』（平成一二年一〇月、皓星社）による。

11　大久保利謙「明治時代における伝記の発達――日本伝記史の一齣――」（『大久保利謙歴史著作集七　日本近代史学の成立』昭和六三年一〇月、吉川弘文館）

12　永井荷風が鷗外の作品に接することによって、掃墓癖が深まり、より考証へと耽溺していったことは知られている。真銅正宏「掃墓の美学」（『永井荷風・ジャンルの彩り』平成二二年一月、世界思想社）参照。

13　「紋章学」（『歴史学事典【第六巻　歴史学の方法】』平成一〇年一二月、弘文堂）

14　沼田頼輔「武鑑の研究（一）」（『典籍』二、大正四年七月）。東京大学総合図書館鷗外文庫蔵本には書き込みが見られる。また鷗外文庫には、扉に「沼田頼輔蔵本大正四年十二月謄寫」と書かれた『治代普顕記』も所蔵されている。

15　この点については、第Ⅱ部第一章で述べる歴史家外崎覚と鷗外との関係を参照されたい。

16　藤実久美子『武鑑出版と近世社会』（平成一一年三月、東洋書林）。他に『江戸の武家名鑑――武鑑と出版競争』（平成二〇年五月、歴史文化ライブラリー）参照。

17　徳富蘇峰は、武鑑について「徳川幕府三百年間ノ鳥瞰図ヲ提供スルモノ」と述べている。（前掲、橋本博編『大武鑑』）

18　中島利一郎「あとがき」（沼田頼輔『紋章の研究』昭和一五年五月、創元社）

19　板垣公一『森鷗外の史伝――『渋江抽斎』論――』（昭和五六年四月、中部日本教育文化会）は、『渋江抽斎』の方法として「一人の人が死んだという一時点に於いて、その人の生涯が回想され、同時に「わたくし」に依って、その人物に対する評価の言葉が述べられている」という「墓碑銘的評語」が見られることを指摘しているが、年齢に対する記述は「死んだという一時点」に限らず、見られるものである。

20　矢作勝美「森鷗外『渋江抽斎』の方法」（『伝記と自伝の方法』昭和四六年九月、出版ニュース社）は、「わたくし」が「対象人物に対して自由な立場を確保していること」を指摘している。

21　酒井敏「矢嶋優善の意味――出会えることと出会えないこと――」（前掲、『森鷗外とその文学への道標』）は、変わったのは人ではなく時代だということを表す存在として矢嶋優善を論じている。

第二章　歴史叙述の実験――「津下四郎左衛門」

一、はじめに

序章でふれたように、横井小楠暗殺事件を題材とした「津下四郎左衛門」（以下、本章では「津下」）は、従来の維新史編纂への批評性を持ち得る作品であった。「津下」における小楠暗殺事件のように、鷗外の歴史叙述には、すでに流通している事件や出来事を小説として語り直していくという側面がある。そしてその関心は、江戸期から幕末維新期に集中している。なぜ、鷗外はすでに流通した事件に対して、度重なる史料調査を行い、小説として語ることを選んだのであろうか。以下の各章では、歴史を語り直すことの意味を改めて問い、それらがどのような試みとして位置づけられるのか検証する。まず本章では、再び「津下」を対象に、同時代の近代史学との関係性を具体的に測定することからはじめたい。

「津下」は、「津下四郎左衛門は私の父である。（私とは誰かと云ふことは下に見えてゐる。）」という一節で始まる。「私」とは、後述のように、まずは作品の題名にもなっている津下四郎左衛門の息子津下正高を指すといってよい。津下四郎左衛門は、明治二年正月五日に起った横井小楠暗殺の実行犯の一人である。四郎左衛門は、暗殺の罪によって斬首となり、事件は過激攘夷派の凶行として葬られた。その息子津下正高は、幼い頃に父を亡くし、しかもその父は犯罪者の烙印を押され、屈辱の中で生きてきたと述べられる。そして、「父の冤を雪ぎたい」という思いから、当時の父の行状をできる限り調べて歩いたという。作中では、この正高の思いを受け、「津下」は書かれたのだとされる。

先に、「私」とは息子正高であると述べたが、本作は二種類の語り手が存在することにその特徴がある。正高を思わせる「私」の語りによって主に展開される本文の終結部に、作品を書いたとする「editeur」を名乗るもう一人の「私」が顔を出し、作品を執筆するに至った経緯を説明するという体裁になっている。「editeur」を名乗る「私」は、「文中に「私」と云つてあるのは、津下四郎左衛門正義の子で、名を鹿太と云つた人」であること、「私は此聞書の editeur として、多くの事を書き添へる必要を感ぜない」ことに触れ、「只これが私の手で公にせられることになつた来歴を言つて置きたい」とその「来歴」を語る。「来歴」とは、「大正二年十月十三日に、津下君は突然私の家を尋ねて、父四郎左衛門の事を話した。聞書は話の殆其儘である」という、作品が「聞書」によるものであるというメタな作品情報にほかならない。

ここで、作品執筆の経緯を確認しておきたい。津下正高は「来歴」に語られる通り、鷗外の弟森篤次郎の大学時代の友人であり、正高の鷗外への来訪は日記によって確認できる。大正二年一〇月一三日に、「津下正高来て、父四郎が事に関する書類を托す。横井平四郎を刺しし一人なり」[1]とあり、その後大正四年二月二六日に「津下四郎左衛門の稿を起す」、同三月四日「津下四郎左衛門を書き畢る」とある。「書き畢る」とあるものの、その日のうちに「志水小一郎に横井平四郎の事を聞く」、同八日に「徳富猪一郎を国民新聞社に訪う」とあるように、小楠の出身である肥後藩に関係のある人物を訪れ、調査をしたことも「来歴」の通りである。[2]このような関係者への調査以外にも、鷗外がこの作品を書くに当たって、『小楠遺稿』（明治二二年五月、民友社）、『肥後藩国事史料』（昭和七月九月、侯爵細川家編纂所）[3]、『続再夢紀事』（大正一〇年八月〜一一年四月、日本史籍協会）[4]といった史料を用いている[5]ことは既に明らかになっている。これらのことから、「来歴」の「私」が語るように、「二三の補正を加へただけで」「聞書は話の殆其儘」という言葉は信用できないということになる。「殆其儘」とあるが、これは正高からの「聞書」ではなく、鷗外が調査し構成した作品なのである。[6]

従来「editeur」を名乗る「私」は、作者鷗外に直結されてきたといえる。「editeur」の「私」である鷗外は息子正高の雪冤の念を代弁したにすぎないとされ、公人としての鬱屈を抱える鷗外の「全身全霊を打込んで生き抜いた人々」への「共感と羨望」[7]や、「否運の青年に同情する鷗外の現代的な問題意識」[8]が執筆動機と捉えられてきた。しかし、正高を思わせる「私」の言葉を追っていくと、「善悪の標準は時と所とに従つて変化する」という表現に象徴されるように、作品には幕末の偉人としての横井小楠と、彼を亡き者にした暗殺者とを隔てた、歴史物語[9]による悲劇が描かれている。そして、「此禍福とそれに伴ふ晦顕とがどうして生じたか」という「私」の問いかけは、いいかえれば、自明とされてきた善悪の区別が、実は人為的に作り出されたものではないかという疑念でもある。「私」は長く培われてきた歴史物語に疑問を投げかける。さらには、「父の冤を雪」ぐため、当時の状況を忠実に再現することによって、従来とは異なる歴史を提出しようとするのである。以下本章では、まずはこうした「私」の雪冤の方法を明らかにするため、「私」の語る横井小楠暗殺事件がどのように描かれているのかを見ていくことが必要な作業であると思われる。事件は明治維新直後の明治二年に起っており、事件への態度はとりもなおさず明治維新をどのように捉えていたかということにも繋がる。「私」の歴史への疑念から始まる「津下」を、歴史を語る行為そのものを主題とした小説として考えてみたいのである。

二、智者と愚者の明治維新

まずは「私」が幕末維新期の状況をどのように語っているか、その中で四郎左衛門と小楠をどのように捉えているのかを確認していくことから始めたい。

「徳川幕府の末造」において、「天下の言論は尊王と佐幕とに分かれた」が、その際に「尊王には攘夷が附帯し、佐幕には開国が附帯」し、それぞれを引き離して考えることは出来なかった。しかし出来ないと思っていたのは群集だけであり、当時の「智慧のあるもの」にとっては都合の良い方便に過ぎなかった。尊王攘夷を唱える「智慧のあるもの」たちの本当の目的は倒幕、「衰運の幕府に最後の打撃を食はせる」ことであり、そのための手段として不可能な攘夷が唱えられたのである。日本よりも勝った文化を持つ西洋を早くに知った「智慧のあるもの」は「開国は避くべからざる事」を知っていた。しかし、多数を制するために、この事を秘していた。「開国の必要と云ふことが群集心理の上に滲徹しなかつたのは、智慧の秘密が善く保たれたのである」。小楠は秘密を知っていた当時の智者であり、父四郎左衛門は知ることの出来なかった多数の愚者であった。

このような状況把握を踏まえた上で、作中ではさらに智者と愚者を巡るエピソードが例示される。『梧陰存稿』（明28・9、六合館）における岩倉具視と玉松操の物語である。この物語は「教科書にさへ抜き出されてゐる」ほど有名であるため、作中では内容は触れられていないが、今必要な限りで述べるなら、おおよそ次のようなものである。国学者である玉松操は、蟄居中の岩倉具視と知り合い、王政復古の画策をしていた。しかし、岩倉は蟄居しながら、裏の隠れ戸より人知れず、大久保利通、木戸孝允らと極秘に通じ合い、既に開国が避けられないことを悟っていた。従って、岩倉は朝廷に戻った際に、断然と開国の国是を唱える。話は「玉松は露ほども此事を知らざりけり。彼れが口惜しくおもひつるも理なりき[10]」と括られている。このエピソードの挿入は、愚者の排除によって、「智慧の秘密」が守られ、維新が成功したという構図を「私」が強調するために設けられたと考えられる。

ここで「私」の語る維新観はそれ自体目新しいものではなく、既に存在した維新観の一典型であると言える。例えば明治二年には太政官による歴史編纂事業によって、序章でふれた『復古記』が編纂されている。本書は「序」に「復古の歴史に関るものは、悉く之を網羅[11]」とあるように、明治政府の勝利を描くものであった。そのため明治政府の正統性が示される一方、旧幕府軍や過激な尊王攘夷派は、政府にとって排除されるべき存在であり、愚者として描かれた。このような智者が勝者となり、王政復古の維新を達成したというわゆる「王政復古」史観は、『復古記』のように早い時期から見られ、最も流通していた維新観である。[12]『明治天皇紀』（昭和四三～五二年、吉川弘文館）の叙述にもそのような歴史観が反映していると考えられるが、そこでは小楠暗殺事件は例えば次のように語られる。

兇徒は、平四郎を以て外国人と通じ天主教を我が国内に流布せしめんとし、国を売る者なりと軽信し、遂に此の暴挙に出でしものの如し[13]

ここでは、暗殺は愚者である兇徒が小楠の思想を、「国を売る者なりと軽信」したために起ったと描かれる。こうした描き方からは、小楠と暗殺者を、智者と愚者という二項対立によって捉えていることが窺える。そして、「津下」の「私」によって展開される維新観は、これらの延長上にあると言える。作中ではこうした維新観を基調に、小楠の智者としての描写が続く。「塾を開いて程朱の学を教へてゐた」程であったのに、いざ肉親の病の際には西洋医学に頼ったこと、西洋流砲術を学んだ池辺啓太に門人を遣って伝習させたこと、さらには姪に海軍を学ばせるため米国に留学させたこと、また吉田松陰や勝海舟、藤田東湖らとの交わりにも触れ、これを「智者の交」と呼んでいる。

小楠は、攘夷がもはや不可能であることを悟り、遥かに文明の進んだ西洋と接触せずして日本の将来はないと早い時期に開国論に転換した一人であった。小楠の思想の特徴は学政一致の実学思想にあり、強兵や富国といった現実に則した政策を唱えた。そのため、実学思想を基盤に近代国家を構想したが、その際「天地の気運」という人為を超えた概念を用い、開国の必然性を主張した。「天」の概念を用いると、世界万国は一律となり、「有道」「無道」[14]

の区別は「天地」に照らして弁別される。即ち「天地の気運と万国の形勢は人為を以て私する事を得ざれば、日本一国の私を以て鎖閉する事は勿論、たとひ交易を開きても鎖国の見を以て開く故、開閉共に形のごとき弊害ありて長久の安全を得がたし(15)」と、すべて「天地の気運」に則って流れを読めば自然と道は定まると言うのである。小楠が、それぞれ異なる主張を持つこれらの人々と通じえたのは、「その時々の流れにあわせておけばよいといった、時流随順の理論(16)」があったからである。とするならば、誤解を受ける要因もこの点にあったと言える。小楠の思想がどの主張も入れ得る枠組を持っていたことは、既に見た「智者の交」のエピソードによって窺える。言い換えれば、智者として描くと同時にその思想がいかに誤解を受けやすいものであったということをも示唆しているのである。

このような小楠に対して「父は愚であつた」。そのことを認めつつも、例えば次の引用のように、「私」は「父を弁護するために」、小楠と比べ父が青年であったこと、身分が低かったことに理由を求めていく。

人の智慧は年齢と共に発展する。父は生まれながらの智者ではなかつたにしても、其の僅に持つてゐた智慧だに未だ発展するに遑あらずして已んだのかも知れない。又人の智慧は遭遇によつて補足せられる。父は縦しや愚であつたにしても、若し智者に親近することが出来たなら、自ら発明する所があつたのかも知れない。父は縦しや預言者たる素質を有してゐなかつたにしても、遂に consacrés の群に加はることが出来ずに時勢の秘密を覗ひ得なかつたのは、単に身分が低かつたためではあるまいか。人は「あが佛尊し」と云ふかも知れぬが、私はかう云ふ思議に渉ることを禁じ得ない。

年齢と身分、ここに小楠と四郎左衛門の二人を分ける差があったのではないかというのである。そして、二人の差を明らかにするために、四郎左衛門の生立ちが細かく記述されていく。その態度は「父が善良な人であつたと云ふことを、私は固く信じてゐるので、父の行状が精しく知れれば知れる程、父の名誉を大きくすることになると思つた」という信念に基づいている。四郎左衛門は里正津下市郎左衛門と備前侯池田家の乳母であったと思われる千代との間に生れ、幼名を鹿太と言い、「何一つ人の目を惹くものもない田舎」で育ったとされる。

鹿太は物騒がしい世の中で、「黒船」の噂の間に成長した。市郎左衛門の所へ来る客の会話を聞けば、其詞の中に何某は「正義」の人、何某は「因循」の人と云ふことが必ず出る。正義とは尊王攘夷の事で、因循とは佐幕開国の事である。開国は寧ろ大胆な、進取的な策であるべき筈なのに、それが因循と云はれたのは、外夷の脅迫を懼れて、これに屈従するのだと云ふ意味から、さう云はれたのである。其背後には支那の歴史に夷狄に対して和親を議するのは奸臣だと云ふことが書いてあるのが、心理上に réminiscence として作用した。現に開国を説く人を憎む情の背後には、秦檜のやうな歴史上の人物を憎む情が潜んでゐたのである。鹿太は早く大きくなりたいと願ふと同時に、早く大きくなつて正義の人になりたいと願つた。

鹿太はここに描かれるように、田舎で人々の話に影響され、自然と開国を唱える人物を憎むようになる。ただし、あくまでも「支那の歴史に夷狄に対して和親を議するのは奸臣だと云ふことが書いてあるのが、心理上に reminiscence として作用した」ためとされる点は重要である。開国を憎むという感情は、四郎左衛門の中で多数から選択された立場ではなく、周囲からの影響にすぎない。備前という小さな国の中で育った四郎左衛門にとってはこれがすべてであった。

四郎左衛門は最後まで自身の正義を疑わない。京での同志たちとの会合の際、軍資を調達するために盗賊のような真似をしようと言った仲間に対して、四郎左衛門は「我々の交は正義の交である。君国に捧ぐべき身を以て、盗賊にまぎらはしい振舞は出来ない。仮に死んでしまふ自分は瑕瑾を顧みぬとしても、父祖の名を汚し、恥を子孫に遺してはならない」といった。また、父の弁護をしてくれた備前出身の丹羽寛夫の「当時の日本は鎖国で、備前は又鎖国中の鎖国であつた」、従って「四郎左衛門を昧者だと云つて責めるのは酷である」という証言からも、四郎左衛門の置かれた状況を窺うことができる。四郎左衛門は正義の志と優れた剣術をもって、尊王家伊木若狭率いる勇戦隊に入ろうとしたが、「身分が低いので斥けられた」。だが、その面白い風采と口振、そして剣術の腕を見込まれ、勇戦隊とその第二隊である義戦隊に参加する。そこで同士となる上田立夫と出会い、小楠暗殺へと進んでいくことになる。(17)

三、暗殺者の論理

これらを踏まえた上で、「私」は小楠事件の新たな解釈を提示する。父四郎左衛門は愚であったが、愚になるべく理由があったと言うのである。父は「善人」であったが、また同時に「時勢を洞察することの出来ぬ昧者であつた、愚であつた」。若さ故に「天分」が「不足」し、身分の低さ故に「父を啓発してくれる人のなかつた」ことを歎かずにはいられないというのである。愚であるが、それは世間一般にいわれるような愚ではない。父は「王政復古の時に当つて、人に先んじて起つて王事に勤めた」からであり、「其の人を殺したのは、政治上の意見が相容れなかつた」からである。

ここで愚者とは別に「昧者」という概念が提出されていることに注目したい。「時勢を洞察することの出来ぬ昧者」であったという点において、四郎左衛門は愚なのである。「私」は、「当時の父は当時の悪人を殺したのだ」という言葉に端的に表れているように、作られた歴史ではなく当時の状況そのものを重んじている。当時の状況を出来る限り具体的に明らかにすることによって、新たな解釈を提出すること、これが「私」の雪冤の方法である。当時の状況を再現するということは、小楠を悪人とする解釈が作られていく様相を浮かび上がらせていくことでもある。少なくとも「当時の父」にとって、小楠は「当時の悪人」であった。そう捉えることによって、智者の勝利によって導かれたとする維新観を共有している限りは見えてこなかった「断案」を「私」は下すのである。

当時の状況を重んじる「私」は、小楠の殺害状況、更には事件直後の状況を詳述していく。事件直後、「市中の評判は大抵同志に同情して、却つて殺された横井の罪を責めると云ふ傾向を示した」と、事件直後の反応に言及し、小楠が当時いかなる人物として捉えられていたのかということを示す。その言及によると同志を賞賛するような風評は、事件後に張り出された辻書が影響しているという。辻書によると、同志たちが暗殺という暴挙に出たのは、「全く憂国之至誠より出でたる」ものであり、「夫れ平四郎が奸邪、天下所皆知也」。そのため、横井の罪悪を許せなかった同志たちは「不得已斬殺に及びしもの」であったという。小楠の罪悪は多くの人の知るところであり、人々の不満を代表して同志が暗殺に踏み切ったというのである。

作中には事件直後の反応として、この暗殺者を賞賛する辻書本文が掲載されている。

抑如此事変は、下情の壅塞せるより起る。前には言路洞開を令せらるると雖も、空名のみして其実なし。忠誠鯁直之者は固陋なりとして擯斥せられ、平四郎の如き朝廷を誣罔する大奸賊登庸せられ、類を以て集り、政体を頽壊し、外夷愈跋扈せり。有志之士、不堪杞憂、屡正論讜議すと雖も、雲霧濛々、毫も採用せられず。乃ち断然奸魁を斃して、朝廷の反省を促す。下情壅塞せるより起ると云ふは即是也。切に願ふ、朝廷此情実を諒とし給ひ、詔を下して朝野の直言を求め、奸佞を駆逐し、忠正を登庸し、邪説を破り、大体を明にし給はむことを。若夫斬奸之徒は、其情を嘉し、其罪を不論、其実を推し、其名を不問、速に放赦せられよ。果して然らば、啻に国体を維持し、外夷の軽侮を絶つのみならず、天下之士、朝廷改過の速なるに悦服し、斬奸の挙も亦迹を絶たむ。然らずんば奸臣朝に満ち、乾綱紐を解き、内憂外患交至り、彼衰亡の幕府と択ぶなきに至らむ。

この辻書に窺われる内容を同時代の状況に即して解釈してみれば、明治政府の矛盾に対する不満の発露を見ることができる。明治政府は、発足にあたり王政復古と公議輿論を掲げたが、確固たる君主政体を目指す前者と民主制に重きを置く後者は本来相容れないものである。即ち、明治政府は発足当時から、矛盾を抱えていたことになる。やがて、この矛盾は「固有ノ国体」[18]の名の下に、矛盾のまま容認されていくことになる。

勤王家にとってみれば、公議輿論は廃帝論を連想するものであった。辻書にあるように、王政復古により国体を維持することが早急であった時代に、公議政体論を唱え「恐多くも廃帝之説を唱へ、万古一統の天日嗣を危う」しようとするように見えた小楠を、政府参与として登用すること自体が「有志之士」にとって「不構杞憂」だったのである。辻書によると「朝廷改過」のために、そして国体の維持のために、四郎左衛門らは小楠の暗殺に踏み切ったのであり、「斬奸之徒」に罪はないという趣旨が窺える。小楠は、矛盾を抱える明治政府発足時の悪の部分として、祭り上げられたとも捉えることができよう。明治政府の矛盾をかくも顕わに指摘した辻書は、当然明治政府の描く歴史には描かれない。従ってこの辻書掲載は近代史学、特に王政復古史観に基づく歴史叙述の限界を示しているといえる。

四、民友社と横井小楠

「当時の悪人」であった小楠が、智者として流通したことには、どのような生成過程が関わっているのであろうか。ここで特に鷗外が用いた資料でもある『小楠遺稿』（以下、『遺稿』）[19]がどのようなものであるかを考えていきたい。『遺稿』は小楠没後、厳選の上編集された遺稿部分に「小楠先生小伝」（以下、「小伝」）という伝記を付して刊行された。編集兼発行人は民友社の同人でもある、小楠の息子横井時雄である。しかし、緒言に「本書材料の蒐集に就ては徳富一敬、江口高廉の両君多年煩紊の労に当られ、且つ其材料の選択順序の配列等の一切の編集事務は右両君、及徳富猪一郎君専ら之に任せられ、小伝及鼇頭篇首の附記小言等は皆江口君の筆になれり」とあり、実際の編集は小楠の高弟である徳富一敬やその息子の蘇峰であったことがわかる。

『遺稿』は再版を重ね、後に完成版とも言われる山崎正董『横井小楠』（昭和一三年五月、明治書院）が出版されるのであるが、これらの編集作業に、蘇峰は常に関わっている[20]。緒言において、横井時雄は出版の目的を、第一に「遺稿を後世に保存する」こと、第二に「公平にありのまゝの材料を出して先人その人の為人と識見とを世人に見せしめんとする」こととし、「人物を品評し、その思想を分析し、西洋に云ふ所のバイオグラヒイーなる者を編成せんとするに非ず」と述べる。しかしながら、「遺稿を読む人の便に供す」という目的で、巻首に「小伝」を設けたことも同時に述べている。小楠の人物像を知らしめるという企図を持ち、また鷗外が主に「小伝」を参考にしていることを考慮すると、「小伝」における小楠像に『遺稿』のスタンスが如実に現れていると考えられる。

小楠の遺稿を編集するという提案は、明治一四年頃からあったという[21]。この『遺稿』は、小楠という人物を後世に伝えるための唯一決定的な資料である。蘇峰は、「その主なるものを挙げたるに止まり、これを増補すべく、且つ順序、排列等、訂正すべき点、甚だ鮮くない」としながらも、「これ迄横井小楠に就いて知るべき根本資料は、単り是書あるのみであつた」と証言している。[22] そのため、『遺稿』以後の小楠に関する数々の記述は、「小伝」に見える小楠像からほとんど逸脱しない。例えば、大野洒竹『少年読本　横井小楠』（明治三三年三月、博文館）は、「小伝」の内容を年少者向けに直したのみといっても過言ではない。以下、波線によって類似箇所を示す。ここでは、二君に仕える「陋習」を笑い飛ばす小楠の姿が描かれ、封建社会においての常識を覆すだけの先見的な思想を持った人物像が強調されている。

先生沼山に閑居すと雖も、名声隠然朝野を動し、沼山の名天下に重し。而して越前春嶽公最も先生を知る。四年其臣村田氏壽を遣して起居を問はしめ贈るに国歌一章を以てす。亦招待の意を言ふ。先生起んと欲す。或は其二君に仕ふるの嫌有るを譏る。先生笑て曰く、今日の事豈此陋習に拘はる可んやと。翌年三月藩主の命を奉して越前に赴く。（「小伝」）

松平春嶽公小楠を懐ふ事久し、安政四年其臣村田氏壽を沼山に下して起居を問はしめ、贈るに和歌一首を以てし、且つ私かに招待の意を伝へしむ、

愚かなる心にそゝけ開けたる君がまことを春雨にして

小楠果して未だ経世の志を絶たず、奮然起て之に応ぜんと欲す。友人の中或は其臣として二君に仕ふるの嫌あるを譏る者あり、小楠笑て曰く、今や国家百年の危機、焉ぞ区々たる此陋習を問ふの暇あらんやと、識見高く當世に絶す。（『少年読本　横井小楠』）

『少年読本　横井小楠』がこのように「小伝」の物語内容を踏まえた上で、さらに小楠没後三〇年祭の模様に触れている点は注目に値する。「朝野名士簇がり来て其生前の知己に感じ、其徳を慕ひ其功を懐ふ、其身既に空うして其人は則猶ほ在り、三十年四十年百年千年の後、猶ほ人を教へて忠君愛国の道に入らしむ、焉ぞ天寿を假さず兇刃其命を奪ふを歎ぜんや、小楠の如きは実に千載の人と謂つべし」と思想の永続性を大々的に主張している。先見的であるが故に誤解を招き、その結果が暗殺である、という論理を展開するのである。こうした記述は他にも見られ、例えば「横井の思想は既に世界的になつて居たのであるから、思うたことは遠慮なく、片端から改革を加へて、全く新しい日本国を造り出さうとしたのである」といった記述や、「横井の言ふことや為すことの総てが、皆非愛国的に見えたのである[23]」という分析と通じる。また蘇峰自身も「横井先生が世間からいろ〳〵責められたと云ふ事は、見識が高かつたと言ふ事にも依りませうが、一方に於て高い見識に加へて天真爛漫に率直に有りのまゝに夫れを吐露されたと言ふ事が、恐らくは先生をして世の中に誤られたといふ主なる原因ではないかと私は考へて居るのであります。然し茲に先生の偉い所があり、茲に先生の本領があると思ふのであります[24]」といった発言を繰り返し行っている。このような論理が、先に挙げたような『明治天皇紀』などの歴史叙述に影響を与えていることは明らかである。『遺稿』において描かれた小楠像は、程度の差こそあれ、その後の小楠像を規定してきたと言える。

　蘇峰が日清戦争を契機に、「尊王心、愛国心と一致し、帝室国民と一致し、茲に始めて三千年来、世界無比の大日本国体を発揮することを得る也[25]」といわゆる帝国主義へ傾斜していくことは良く知られている。『国民之友』時代の在野からの強烈な政府批判は、明治維新後二〇年の今、来るべき「第二之維新」としての革命を目指し、「田舎紳士」の手によって公議輿論に基づく立憲政治を確立しようとするものであった。「嗟呼国民之友生れたり」（『国民之友』一、明治二〇年二月一五日）において、蘇峰は、維新後の二〇年を「改革の一歩」とし、これから来るべき将来に「希望」を見出していた。これから行われるべき第二の維新は、第一の維新で整った「社会の秩序」を「顚覆」するのではなく、「整頓」するものだという。民友社においては、政治への強い関心とともに極めて楽観的な将来への確信が語られる。

蘇峰が唱えていたのは薩長による専制政治の打倒であり、天皇の存在を前提とした国体への疑いはそもそも俎上にさえ載せられていない。蘇峰の主張は国体からは距離を置いているように見えながらも、決して否定するものではなかったのである。そもそも、民友社はそれぞれ異なる立場の人物が、政府批判しいては立憲政体への実現という主張のために統合されていた節があり、そこには天皇を頂点とする国家に対する批判はない。やがて時代の変遷とともに、大々的に天皇、国体を打ち出して膨張策の根拠とするようになったと考えれば、蘇峰の後年の軌跡は「転向」とはいえないだろう。だとすれば、「新日本之青年」としての理想像を描いた『吉田松陰』（『国民之友』一五四～一六七、明治二五年五月一三日～九月二三日）といった試みも、まずは政府の歴史編纂の文脈の中での一つの反措定として捉えるべきだろう。民友社、とりわけ蘇峰は、明治維新の意味を改めて問い直す必要を感じ、強烈な政府批判を込めて歴史叙述を行った。だが、このような民友社の歴史叙述が、国体を無条件に受け入れ、国史と癒着する可能性を含んでいたことは、小楠像の流通に鑑みれば明白である。蘇峰の歴史叙述はいわゆる「転向」以前より、天皇制国家を描く国史を補完していたといえるだろう。

偉人としての小楠像は、蘇峰を中心とした民友社によって規定され、流通していった。民友社の掲げる平民主義を体現する「英雄」[26]として、小楠は彼等にとって欠かせない人物であった。さらに小楠は一般的にも複雑で捉えにくい人物として考えられていたため[27]、特定の小楠像を発信した民友社の力は極めて大きかった[28]。このような民友社による小楠像を踏まえると、愚者と位置付けられてきた四郎左衛門を描き、暗殺者の論理を含めた地点から事件の内容が展開していく「津下」は、民友社の規定した小楠像を相対化していることになる。

「津下」と「小伝」、両者にはいくつかの類似点が見られる。例えば、執筆の動機について、「津下」は「私はもうあきらめた。譲歩に譲歩を重ねて、次第に小さくなつた私の望は、今では只此話を誰かに書いて貫つて、後世に残したいと云ふ位のものである」といい、「小伝」は「先生の遺事記す可き者甚だ多し。然れども時勢多難に際し、交際の人多くは東馳西走而して先生も亦逸居に遑まあらず。往復書簡の類の如きも多く散失し、今や其詳悉を得るに由し無し。故に僅に十の一二を録し読者をして只其綱梁を知らしめんと欲するのみ」と述べる。どちらも後世に知らしめたいという動機である。もう一つの特徴として、「此聞書の editeur」、「津下君は即ち鹿太で、此聞書の auteur」とあるように、編集者と執筆者という区別を明確にしている点が挙げられる。一方「小伝」では、横井時雄が編集人であり、江口高廉が執筆者とされている。また、「津下」は加筆がなされたことからも窺えるように、史料収集の限界を認め、広く情報を求めていた。「小伝」においても、「苟も時事に関し或は先考の身上に関係あるものは皆悉く載せたりと信ず然れども若し遺漏もあらば幸に読者諸君の報知を乞ふ」という表現が見られる。ここから「津下」は、小楠を顕彰する伝記の体裁に戦略的に依拠した上で、暗殺者の伝記を描き、「小伝」を相対化しているのだといえる。小楠の生涯を記述する「小伝」に対して、「津下」が四郎左衛門の家系を明らかにし、出生から死刑に至るまでの生涯を描いている点からも、両者の形式の類似を窺うことができよう。

明治二〇年前後は、社会の広い範囲に転換をもたらしたが、それと符合する形で、日本の史学史上においても、明治の伝記ものの述作、出版が相次ぎ、一種の伝記ブームの呈をなしていた。その中でも、民友社のもたらした影響は甚大で、特に明治二六年より出版された『拾弐文豪』叢書は当時としては画期的なものであった。大久保利謙はこの時期の相次ぐ伝記物出版の背景には、「明治初・中期の読書界に現れた一種の人物論ブーム[29]」があると指摘している。山路愛山の史論に代表されるように、優れた人物の中に平民主義の理想像を探るという人物評論が、人物再検討への流れを引き起こしたのである。しかし、単純に理想像を求めるだけではなく、民友社の史論は、その人物の生きた政治的、経済的背景を描き、その中で何をなしたか分析するという視点を持つ。当時の人物伝の焦点は、愛山に代表されるように「ロマン的とリアリズムとの混在[30]」にあったのである。このような観点にたつと、『遺稿』は民友社の歴史叙述の原型とも考えられる。

「津下」は、民友社にとっての「英雄」であった小楠を別の視点から捉え直すことで、既に流通している小楠像を解体する。そのために、あえて「小伝」と形式を類似させ、「津下小伝」とでもいうべき歴史叙述を提示したと考えられる。小楠は誤解の多い人物であったが、民友社にとっての英雄であると同時に、政府にとっても維新に貢献した智者であった。「小伝」の小楠像は、政府の推進する小楠像と重なるものであった。こうした事態を踏まえた上で、「津下」は小楠の非を小楠顕彰というイデオロギーに左右されることなく客観的に示し、新たな小楠暗殺事件の解釈を提示しているといえる。

五、もう一人の「私」の介入

このような従来の小楠像の相対化という企てが、もう一人の「私」＝「editeur」によってさらに相対化されている構造は見逃せない。そして、この「editeur」である「私」も、『山房札記』（大正八年一二月、春陽堂）に収録される際に追加された、加筆部分の「わたくし」によって相対化されていくという構造に、この作品のもう一つの特徴がある。加筆部分での「わたくし」は新たな事実を貪欲に求め、初稿の大幅な訂正を重ねていく。具体的な人名や履歴などを徹底して用いることによって、事件が抽象化することを防ぐかのようである。例えば、序章で述べた御親兵問題をめぐる記述はその一つであるが、ここでは再度加筆部分で明らかにされた記述について考えてみたい。

まず、加筆部分において、新たな情報が加えられた若江薫子の調査に触れたい。初稿で「四郎左衛門を放免して貰はうとして周旋した」女性としか分かっていなかった若江薫子の素性は、加筆部分に至って明らかにされる。薫子は、「伏見宮諸大夫若江修理大夫の女」であった。昭憲皇太后の侍読を務めたともいわれているが、作中に載せられた宮内省図書寮の芝葛盛の証言によると、「昭憲皇太后御入内後薫子の宮中に出入した事に就ては、その徴証を見出さない。恐くは国事に奔走した事などの為め、御召出しの運に行かなかつたものであろう。後失行があつて終をよくしなかつたのも惜しむべきである」とある。加筆部分には薫子が尾州藩士荒川甚作に与えた、暗殺者減刑の嘆願書が全文掲載されている。この書を所持していた尾張小牧郵便局の倉知伊右衛門を始めとして、尾佐竹猛、宮内省図書寮の本多辰次郎、芝葛盛など、薫子に関して鷗外も正高も様々な方面に調査を進めたようである。中でも尾佐竹猛は「多年、薫子の事蹟に付ては心掛けて居つた」[31]と述べるように、種々の史料を提供した。鷗外の調査が執拗であったことは、次のような尾佐竹の証言からも窺うことができる。

六月十日は雨であつた、朝の内同君（＊津下正高）は来訪して過日貸与した資料を写し取つたからとて、返還しに来たのであつたが、一々紙数を数えて丁寧に返されたのであつた、前日薫子の話の出たとき、いつそ伏見宮家へ伺つたら判るだらうかとの説も出たが、余は駄目だらうと答へて置いたが、同君は熱心に其方面を聞き糾して種々の材料を得て来たのであつた、父が横井を殺した直接の動機は同人の書いた「天道革命論」を読んで、国体を危くする国賊だと憤慨したのであることが判つたといふことから、薫子が醜婦であつたこと、後に失行あつて人望を失し、殆んど相手にするものがなくなつたといふ様な話があり、昨日陸軍省で終日森さんに話して来たとのことであつた。[32]

この証言通り、東京大学総合図書館の鷗外文庫には伏見宮家蔵伏見宮日記より採録し、鷗外自身が書き写した「若江薫子之事」という冊子が存在する。この冊子には、本文で御牧基堅の証言するところの「国事を言つたために謹慎を命ぜられ、伏見宮家職田中氏にあづけられた」時のことや、「後に失行があつた」ことなどが記されている。

薫子の生涯において、四郎左衛門との接点は暗殺者への同情を示した嘆願書を提出したということだけである。しかしながら、「私」は加筆を重ねる中で、薫子の経歴を執拗に報告している。ここから「私」は、薫子の人物像を事件後の状況を知るための重要な手がかりと捉えており、関係者の証言を徹底的に集めることに大きな意味を見出している。薫子への探究もまた、「当時」を重んじる姿勢に由来しているのである。

薫子の嘆願書は、「明治政府開国の方針に反し、攘夷説を主張するものであるから、宮中に斯様な意見を有するものがあつては世人の疑惑を来たすこと大なるものなり[33]」と政府内に危機感を与えるものであった。薫子の立場は、新政府の趣意に反目するものとして捉えられていたのである。薫子は度重なる政府への建言により、明治四年自宅禁錮二年に処せられ、明治一四年丸亀において客死した。女丈夫として、攘夷家として活躍した薫子の事蹟は、その死後長い間歴史の闇に葬られることになる。そして「津下四郎左衛門」を描く鷗外の手によって、その事蹟が公にされるのである。鷗外が薫子の事蹟を探り、単行本『山房札記』の加筆によって、薫子に関する史料を公開したのと同時期、薫子の表彰会が作られ、丸亀の梶原竹軒によって『若江薫子と其遺著』（大正六年一二月、香川新報社）が刊行される。そして昭和二年、薫子に正五位を贈られることが決定する。

先の尾佐竹の証言にも出てきた「天道革命論」なる書も、加筆部分において示される重要な追加情報である。既に述べたように、事件直後はかえって小楠の罪を責めるといった世論が生じ、「裁判官の中にも同志の人たちに同情するものがあつたので、苛酷な処置には出でなかつたさうである」とあるように、暗殺者助命の動きが起こった。その際、横井の罪の傍証として用いられたのが、この「天道革命論」である。加筆部分の記述によると、御親兵問題が小楠らによって阻止されたまさにその時に「天道革命論と云ふ一篇の文章が志士の間に伝へられた」。それは、

「当時の風説に従えば、文は横井平四郎の作る所で、阿蘇神社の社司の手より出で、古賀十郎を経て流伝したと云ふことである」として「天道革命論」が引用されているのである。「天道革命論」には、「帝王血脈相伝え　賢愚の差別なく　其の位いを犯し　其の国を私して　忌憚無きが如し[34]」と、廃帝論の根拠となる主張が見られる。今の世から見て、「これを横井の手に成れりとせむには、余りに拙である」と「わたくし」は判断する。しかし「四郎左衛門等はこれを読んで、その横井の文なることを疑はなかつた。そして事体容易ならずと思惟し、親兵団の事を抛つて、横井を刺すことを謀つたのださうである」とも述べる。

「天道革命論」が小楠の筆によるものかは、不明である。だが、問題は「天道革命論」が小楠の名と共に流通し、暗殺の原因の一つとなったとみなされているということである。かりに誤解であったとしても、小楠の筆だと世間に思わせた非は認められる。それは例えば、「公武合体論者の横井が、純粋な尊王家の目から視て、灰色に見えたのは当然の事であるが、それが真黒に見えたのは、別に由つて来たる所がある。横井は当時の智者ではあつたが、其思想は比較的単純で、それを発表するに、世の嫌疑を避けるだけの用心をしなかつた」という作品を貫く論理と重なる。「津下」は、「当時の尊王攘夷論者の思想は、横井よりは一層単純であつたので、遂に横井を誤解することになつた」と、先に触れた蘇峰の主張と極めて接近していながら、小楠の非をも暴いていくという方法をとっているのである。

作品冒頭に横井家は、津下家と比較して「栄誉あり慶祥ある家」であるという記述がある。しかし実際は、「天道革命論」が小楠の筆である可能性に加え、事件後の暗殺者助命運動が影響を与え、横井家はついに爵位を授与されなかった。小楠と共に参与に任命された人々の中で、華族令制定の際に爵位を与えられなかったのは横井家だけである。松浦玲は、小楠の死後、「爵位をもらう運動を支援するためもあって、小楠は本当は尊皇論者だったという生き残り関係者の証言が、あれこれと作られ、記録されている[35]」と小楠顕彰の運動が活発であったことを指摘する。民友社の小楠顕彰は背後にこのような事情があり、『遺稿』はその役割の一面を担ったといえる。事実、『小楠遺稿』には「天道革命論」に関する記述がなく、また『遺稿』を引き継ぐ形で出版された山崎正董『横井小楠』では偽物であることが強く主張されている。

民友社に限らず、維新の陰の功労者に爵位を熱望する主張は、伝記ブームと関連する形で起こっていた。三宅雪嶺は「爵あるは優り、爵なきは劣るとするか。爵あるも必ずしも優らず、爵なきも必ずしも劣らずとするか。将た爵あるを以て爵なきより優るとするか[36]」と主張し、爵位のある人物だけが忠君愛国であるかに見なされる社会に異議を唱える。そして「明治年間、忠君愛国の情に篤く、之が為めに全力を致し、而して空しく刑戮せられて終りし者[37]」として江藤新平などを挙げ、維新に身を捧げた真の忠君愛国者にこそ爵位を、と主張するのである。このような雪嶺の主張は、民友社の小楠顕彰運動を裏づける。

一方、四郎左衛門も維新の為に犠牲になった一人であるという論理から、贈位を求める運動が行われたことが作中に見える。「明治十九年から二十年に掛けて、津下四郎左衛門に贈位する可否と云ふことは、一時其筋の問題になつてゐた」という。死者の冤を雪ぎたいという思いからせめて贈位を受けたいという主張は、小楠、四郎左衛門どちらの周囲においても、極めて似通っている。また、先に述べた若江薫子の追贈をめぐっても、同じ論理を見ることができるだろう。

本作は正高の「雪冤」のために書かれたと同時に、むしろどちらかに善悪を定める行為自体、無意味であるということを示しているように見える。様々な主体によって、様々な歴史が語られるという事態は免れることができないからである。そして、歴史は常に物語性を帯びる。正高の語る歴史は正高の歴史物語であり、民友社の語る小楠は民友社の歴史物語となる。したがって、暗殺事件の真実を確定することは不可能である。「善悪の標準は時と所とに従つて変化する」のである。

六、おわりに

鷗外が小楠暗殺事件を題材とすることで描き出したのは、新政府に反目する者として排除された人々の歴史であった。政府の歴史には描かれない人物だからこそ、「津下」では情報を収集することによって、「当時」の事実を明らかにする必要があった。

このような「わたくし」の姿勢は、序章で見たような時代の証言や史料を集めていけば事実に近づく、という近代史学の態度に基づいているように見える。しかし、問題は、こうした作業を経て客観的に積み重ねられた歴史が、叙述されることによって、物語性を帯びるということ、そのことを「津下」は戦略的に示しているということである。小楠暗殺事件は、それぞれの当事者の視点によって、様々な評価がなされ、様々な歴史が生まれ得る。そうした認識に基づいているからこそ、正高を思わせる「私」は、常にもう一人の「私」に相対化されていく。そして、「聞書」の「私」の断案は、加筆によって訂正、追加されることで、さらに相対化されていくのである。次々と現れる「私」の存在は、いかなる歴史も「私」が語ることは免れ得ないという事態の報告とも見なせるだろう。鷗外の歴史叙述には、客観的な歴史叙述を描くことの不可能性が根底にあるのだと考えることができる。

しかし一方で、このような歴史叙述の不可能性を認識した上で、鷗外は歴史叙述を続ける。鷗外の歴史叙述は、単線的に史伝の形式へと向かったのではなく、小説において歴史叙述の様々な試みを行う中で獲得されていったものと捉えることができるのではないか。この試みの具体的な相貌を明らかにするために、「津下」と同じく史伝執筆前に書かれたとされる「相原品」を通して考えてみたい。

注

1　この日記に書かれた「書類」が何を指すかは、現在明らかになっていない。
2　作中に「只物語の時と所とに就いて、杉孫七郎、青木梅三郎、中岡黙、徳富猪一郎、志水小一郎、山辺丈夫の諸君に質して、二三の補正を加へただけである」とある。なお、杉孫七郎、青木梅三郎、中岡黙、山辺丈夫に関しては、往復書簡が『津下文書』に残されている。『津下文書』は『中央公論』の初稿に鷗外自身が朱書補筆を加えた切抜き、および本稿作成について諸家と交わした往復書簡などを合綴したもので、現在天理図書館所蔵。
3　「緒言」には、大正二年に、『肥後藩国事史料』『熊本藩国事史料』として全三七巻が完成した後、大正六年に改訂をはじめたとある。昭和四八年七月から昭和四九年四月にかけて、図書刊行会から復刊された。
4　昭和四九年一〇月から昭和四九年一一月にかけて、東京大学出版会より覆刻。
5　尾形仂の注釈（『森鷗外全集　四』昭和四〇年七月、筑摩書房）による。
6　大塚美保「雪冤の戦略——森鷗外『津下四郎左衛門』論——」（『鷗外』九一、平成二四年七月）には、「〈小説的語り〉と〈談話聞書的語り〉」が「組み合わされ」ているとし、「小説的語りが虚構を可能にする」ことが述べられている。
7　山崎一穎「『津下四郎左衛門』論考」（『森鷗外・史伝小説研究』昭和五七年五月、桜楓社）
8　北川伊男「『津下四郎左衛門』の主題と史伝」（『森鷗外の観照と幻影』昭和五九年一月、近代文芸社）
9　野村幸一郎は、「同じひとつの行為もどのような歴史物語（「Systeme」）に位置づけられるかによって異なった意味を持つことになる。津下四郎左衛門の悲劇は、攘夷から開国へという政治的イデオロギーの転換にともなって、歴史という物語が遠近法的に再編成されたことに依拠している。行為それ自体とは関わりなく、その過程において津下による小楠殺害は、彼の主観を超えて価値から反価値へと転落していったのである」と指摘する。（『森鷗

外の歴史意識とその問題圏――近代的主体の構造――』平成一四年一一月、晃洋書房）

10 前掲、『梧陰存稿　巻二』

11 『復古記　二』（昭和五年一〇月、内外書籍）

12 田中彰『明治維新観の研究』（昭和六三年三月、北海道図書刊行会）

13 『明治天皇紀　一二巻』（昭和四四年三月、吉川弘文館）、なお『明治天皇紀』は、大正九年に編修の方針が決定され、昭和八年本紀二五〇巻、画巻一巻が完成した。のち、昭和四三年より明治百年記念事業の一環として公刊された。

14 「凡我国の外夷に処するの国是たるや、有道の国は通信を許し無道の国は拒絶するの二ツ也。有道無道を分たず一切拒絶するは天地公共の実理に暗して、遂に信義を万国に失ふに至るもの必然の理也」（横井小楠「夷虜応接大意」、引用は山崎正董『横井小楠』昭和一三年五月、明治書院）

15 横井小楠「国是三論」（引用は前掲、山崎『横井小楠』）

16 槇林滉二「横井小楠実学の系脈Ⅰ――いわゆる透谷的なるものの反措定――」（『北村透谷と徳富蘇峰』、昭和五九年九月、有精堂）

17 大正四年二月二四日に陸軍少尉であった中岡黙を訪問、後に手紙にて勇戦隊と義戦隊の岡山での宿営地の具体的な地名を問い合わせていることが『津下文書』に見える。

18 伊藤博文『帝国憲法義解』（明治二二年四月）、引用は『帝国憲法皇室典範義解』（明治二二年四月、国家学会）による。

19 鷗外文庫には、再版本（明治三一年五月、民友社）が所蔵されている。

20 「是書（＊『遺稿』）の編纂は、先生の嗣子横井時雄君が、自ら所望したものであつたことは勿論であるが、専らその労に任じたるは、予が父徳富一敬、予が叔父即ち一敬の弟、江口高廉、併せて予であつた。これは明治二十二年の事であり、その出版は専ら勝海舟先生の斡旋に依つて出で来つた。而して巻首に掲げたる『小楠先生小伝』は、江口高廉の執筆にして、実は予の父と合作と云ふも可」（前掲、山崎『横井小楠』）
21 横井時雄「緒言」（前掲、『小楠遺稿』）
22 前掲、山崎『横井小楠』
23 伊藤痴遊『隠れたる事実　明治裏面史』（大正一三年六月、成光館出版部）
24 徳富蘇峰「維新の大業と横井小楠」（『時勢と人物』昭和四年一〇月、民友社）
25 徳富蘇峰『大日本膨張論』（明治二七年一二月、民友社）
26 山路愛山「史学論」（『国民新聞』明治三三年七月二〇日）
27 例えば、「小楠はとても尋常の物尺ではわからない人物だ。（中略）元来物に凝滞《こだわり》せぬ人であつた。それゆゑに一個の定見というものはなかったけれど、機に臨み変に応じて物事を処置するだけの余裕があった。からして、何にでも失敗した者が来て善後策を尋ぬると、その失敗を利用して、これを都合のよい方に還らせるのが常であった」とある。（勝海舟『氷川清話』明治三〇年一一月、鉄華書院。引用は『勝海舟全集　二一』、昭和八年一〇月、講談社）
28 徳富蘆花『黒い眼と茶色の目』（大正三年一二月、新橋堂）、『竹崎順子』（大正一二年四月、福永書店）など参照。
29 大久保利謙「明治時代における伝記の発達――日本伝記史の一齣――」（『大久保利謙歴史著作集七　日本近代史学の成立』昭和六三年一〇月、吉川弘文館）
30 前掲、大久保利謙「明治時代における伝記の発達――日本伝記史の一齣――」
31 尾佐竹猛「維新の女傑若江薫子」（『維新史叢説』昭和一〇年一〇月、学而書院）
32 尾佐竹猛「津下正高附倉知伊右衛門」（『同人』四七、大正九年五月）

33　前掲、尾佐竹猛「維新の女傑若江薫子」（『維新史叢説』）
34　「津下」中「天道革命論」の引用は、「忌憚なき文字二三百言を刪つて此に写し出した」とされており、本章での引用箇所は省略されている。「天道革命論」の引用は、坂田大『小楠と天道覚明論』（昭和三八年四月、坂田情報社）による。筆者が「天道革命論」原文を書き下したものを引用した。なお、坂田氏は「天道覚明論」と表記するが、本論では作品の表記に合わせ、「天道革命論」で統一した。
35　松浦玲『暗殺――明治維新の思想と行動』（昭和五四年七月、辺境社）
36　三宅雪嶺「人爵愈々多く天爵愈々貴し」（『想痕』大正四年七月、至文堂）
37　三宅雪嶺「爵位禄利の伴はざる忠君愛国」（前掲、『想痕』）

第三章　「立証」と「創造力」——「相原品」

一、はじめに

「相原品」は、『渋江抽斎』に先立つ大正五年一月、『東京日日新聞』『大阪毎日新聞』に連載された。そうした発表時期から、第二章の「津下四郎左衛門」と同様、史伝に先行する作品として位置づけられてきた。「歴史其儘と歴史離れ」を前提とし、「歴史其儘」へと向かう過渡期の作品として捉えられてきたのである。加えて、作品発表時、鷗外自身が陸軍退官を巡って、人生の転機となる時期を迎えていたことから、鷗外の内面を反映した作品として読まれてきた。例えば、唐木順三は「鷗外自身が心にもなく引退して閑地につかざるをえないといふ事情が、あらためて綱宗を思ひ出させたのではないか。綱宗をかりて自己を語つたとまではゆかないとしても、綱宗にかつてとは異なるシンパシイを感じたことは事実であらう[1]」と、退官問題を鷗外の意思に反したものと捉え、当時の不満を作品の執筆動機とした。唐木以後、「私は其周囲にみやびやかにおとなしい初子と、怜悧で気骨のあるらしい品とをあらせて、此三角関係の間に静中の動を成り立たせようと思つた。しかし私は創造力の不足と平生の歴史を尊重する習慣とに妨げられて、此企を拋棄してしまつた」という言葉を、作者の中途放棄の宣言とする読みが継承される。これらの読みの背後には、「相原品」の放棄と『渋江抽斎』討究が退官という転換点を契機に起こっているという前提がある[2]。一連の歴史小説から史伝への流れを説明するため、「相原品」は中途放棄された作品として読まれる必要があったのだともいえる。

一方、新聞連載というメディアの側面から論じたのが、片山宏行「鷗外「相原品」私見―その位置と内実への疑義」（『山手国文論攷』六、昭和五九年一〇月）、酒井敏「「相原品」から「渋江抽斎」へ――「東京日日新聞」紙面を場として」（前掲、『森鷗外とその文学への道標』）である。片山は「一個の作品として虚心に眺めるなら、従来の論者が多くこれを中途放棄の作と見做してきたように、その出来は決して良いものとは言えない」とした上で、「新年紙上に穴をあけるような最悪の事態だけは避けるべく、不本意ながら「抽斎」に代わる何らかの作品に着手せざるをえなかった」ために本作が発表されたと指摘する。「現象的には他の史伝物のそれに類似しているものの、そこに両者の本質的な繋がりを見出すことは困難を要する」というように、「相原品」は連載事情から偶然に書かれた「一回限りの現象」であると結論づけている。また酒井は、「相原品」の断念を『東京日日新聞』誌上において連載中の講談速記『怪傑梁川庄八』との内容の類似という「皮肉」によるとする。さらに、作品の最後に語られる「抛棄」の表す作品の断念が、先行論では「鷗外の本音、もっと言えば自身の小説家としての資質についての正直な告白」として「「史伝」へのコースを跡付ける際」に援用されてきた事態にも言及している。

こうした指摘は、新聞連載というコードを導入することによって、従来単線的に作者へと接続してきた先行研究を相対化する試みである。とはいえ、両者の論の背後にはいずれも作者鷗外ないし作者の置かれた状況を想定せねばならず、結果として作品最後の「抛棄」という言葉を、作者の何らかの事情による中途放棄によるものとみなさねばならないことになる。しかしながら、作品の構造のなかで「此企を抛棄してしまつた」という「私」の表明を読み解いていくならば、それは中途放棄などではなく、むしろ鷗外の歴史叙述を巡る積極的な試みであることが明らかになると考える。以下、まずは作品の題材となっている伊達騒動について確認し、その上で作品の構造を見ていきたい。

二、伊達騒動ものとしての側面

仙台伊達家相続に関する騒動は、いわゆる伊達騒動ものとして実録体小説『伊達顕秘録』(明治二〇年二月、東海書館)[3]や歌舞伎「伽羅先代萩」(安永六年初演)によって流通してきた。[4]題名となっている椙原品という人物は騒動の中心人物である藩主伊達綱宗の妾である。この作品は伊達騒動に取材した作品であるということを確認しておく必要がある。必要な限りで粗筋を述べるなら、次のようなものである。

伊達綱宗は伊達正宗後三代目の当主であり、「不行迹の廉」で逼塞を余儀なくされた人物である。そこには伊達家の家督を狙う叔父伊達兵部少輔宗勝を中心とした陰謀が働いており、綱宗の蟄居を皮切りに伊達騒動が勃発したと伝える。綱宗隠居後、幼息亀千代が家督を継いだが、後見役である叔父宗勝が原田甲斐宗輔と謀り、息子東市正宗興に宗家を継がせようと、亀千代の毒殺を計画した。伊達安芸宗重は地境問題を契機に幕府へとこの騒動を訴え、両者は対決を迎える。幕閣酒井忠清邸に招集された一同は争いとなり、甲斐は安芸を斬殺し、甲斐も酒井家の家臣に斬られる。宗勝と宗興は配流され、甲斐の一族も処刑された。こうして伊達家の平定は取り戻された、というのが世に言うところの伊達騒動の定型である。幕府が兵部と甲斐に対して厳罰であったため、兵部・甲斐悪人説が生まれ、その説に従うものが多い。

一方、伊達騒動はその流通過程において、今述べた大筋に脚色が加えられてきた。その妄伝の一つが遊女高尾の存在である。綱宗が吉原の太夫高尾を身請したが、既に他の男に心を奪われていたことを聞くに及んで激怒し、三股で吊るし斬りにするというものである。この脚色は、伊達騒動を室町時代の足利家に置き換えた「伽羅先代萩」の普及によって確固たるものとなった。伊達騒動物はこの高尾の吊し斬りや原田甲斐の壮絶な刀傷場面、亀千代に対する置毒事件とそれを庇う乳母政岡の忠節といった虚構の見せ場によって受容されていったといえる。

このような伊達騒動の流通過程に異議を唱え、歴史上いかなる騒動であったのかを探求しようとしたのが大槻文彦『伊達騒動実録』（明治四二年一一月、吉川弘文館、以下、『実録』）である。「相原品」作中には「これは伝説の誤であつて、しかもそれが誤だと云ふことは、大槻文彦さんがあらゆる方面から遺憾なく立証してゐる」という記述が見られ、『実録』を参照して書かれたことは明らかである。[5] 大槻は膨大な史料の蒐集をもとに、「妄伝を破りて、事実をあきらかに[6]」することを「史筆の任」としている。大槻の『実録』以後、伊達騒動の真相を暴こうといった研究が進められるようになる。それは同時に新たな伊達騒動の謎を生み出していくことにもなる。例えば、田邊実明『先代萩の真相』（大正一〇年一二月、博文館）や山本周五郎『樅の木は残った』（昭和三三年一月、講談社）では、忠臣という新たな原田甲斐像が提出される。このような状況は、伊達騒動が歌舞伎などの劇的な趣向から離れて、一つの歴史的事象として扱われていく状況と指摘できるであろう。そしてその契機となったのが、大槻の『実録』であるということが出来るのである。

三、「私」の目指す「物語」

「相原品」は、高尾の妄伝について書かれた記事を「私」が偶然見つけるところから始まる。「加盟してゐる某社の雑誌」の中に、「仙台の高尾の後裔がゐると云ふ話が出てゐるのを見た」と「私」はいう。既に述べたように伊達騒動物における高尾の存在は妄伝であり、高尾の後裔が仙台にいるというのは誤りである。従って「私」はこの記事を「伝説の誤」であると捉えている。ここで注意しておきたいのは「私」が高尾の妄伝を既知のこととして理解している点である。

この「某社の雑誌」が宮城野萩子「実説伊達騒動」(『家庭雑誌』一〇、大正四年一〇月)[7]であることは既に指摘されている。[8]しかし、実際の記事を見る限り、作品で書かれているように「仙台に高尾の後裔がゐる」云々という話は見えない。それどころかむしろ、綱宗が遊女高尾の元に通ったのは誤りであるということを明らかにしている。[9]先行論においては、この記事の誤りを執筆動機としているが、[10]宮城野の記事には「私」が見たという高尾の話はない。明らかに「私」の語る宮城野の記事内容と本物の記事内容には齟齬が生じているのである。ではこの記事は、作中においてどのような効果をもたらしているのか。なぜ、このような齟齬が生じているのか。しばらく作品に沿ってみていく。

某雑誌の記事は奥州話と云ふ書に本づいてゐる。あの書は仙台の工藤平助と云ふ人の女で、只野伊賀と云ふ人の妻になつた文子と云ふもの丶著述で、文子は瀧澤馬琴に識られてゐたので、多少名高くなつてゐる。しかし奥州話は大槻さんも知つてゐて、弁妄の筆を把つてゐるのである。文子の説によれば、伊達綱宗は新吉原の娼妓高尾を身受して、仙台に連れて帰つた。高尾は仙台で老いて亡くなつた。墓は荒町の佛眼寺にある、其子孫が相原氏だと云ふことになつてゐる。これは大に錯つてゐる。

引用部からは、この雑誌の記事の存在によって話が「奥州話と云ふ書」へと及んでいることが窺える。ここにあるように『奥州話』の説は綱宗が高尾を身請したには違いないが、三股で斬ったというのは誤りであり、そのまま仙台に連れて帰ったというものである。よって、仙台に残っている相原氏が「高尾の後裔」であるという。[11]しかしこの説は大槻の『実録』において既に誤りが指摘されており、更に「私」も「これは大に錯つてゐる」と断定する。しかしこうした事態を受けて、「私」の考証が展開されるわけであるが、それは次のようなものである。

綱宗は万治元年に没した父忠宗の跡を継いだ。そして万治三年二月に小石川の堀浚の工事を幕府から命じられ、三月出府した。工事監視の往来の中で、綱宗は吉原を覚えたらしい。吉原通いは当時の諸侯としては珍しいことではなかったが、「綱宗を陥いれようとしてゐた人達の手伝」によって、幕府に聞え、「不行跡の廉を以て」、七月十三日に逼塞を命じられた。八月二五日には、嫡子亀千代が家督している。『奥州話』の文子はこの吉原通いで高尾を身請したと言うが、「それが決して三浦屋の高尾でなかつたと云ふ反証には、当時万治二年三月から七月までの間には、三浦屋に高尾と云ふ女がゐなかつたと云ふ事実がある」と述べる。従って、吉原で通った女は、高尾ではなく京町の山本屋の薫であったらしいと言う。さらに、綱宗は品川の屋敷に蟄居してから、正徳元年六月六日に七二歳で没する仙台には往かなかった。「私」に言わせれば、「綱宗の通ふべき高尾と云ふ女がゐない上は、それを身受しやうがない」上に、「綱宗に身受せられた女があつた所で、それが仙台へ連れて行かれる筈がない」と二重に否定することが出来るのである。

『奥州話』の文子は結果的に「誤を以て誤に代へた」のだが、意図するところは「綱宗が高尾を見受して舟に載せて出て、三股で斬つたと云ふ俗説を反駁する積」であった。決して、誤りを意図して伝えようとしたわけではない。文子に対する「私」の態度は批判的なものであるが、このような態度から「私」がより真実に近い伊達騒動を語ろうという立場、いうなれば、先に見た大槻と限りなく近い立場にあるという事ができる。「私」の言うように「某雑誌の記事」が「奥州話と云ふ書」に基づいて、誤りを伝えているとするならば、宮城野萩子も意図せずして誤りを伝え続けることに加担してしまっている一人である。『奥州話』からの「誤を以て誤に代へた」例として、宮城野萩子は挙げられ、それを批判する過程で「私」は伝説ではなく、明確な史料による「考証」に基づいて真実を見極めるという自身の立場を宣言している。「私」の態度の正当性を明確に示すために、比較となり得る「某雑誌の記事」は誤りでなくてはならなかったのである。

『奥州話』や宮城野萩子に対して、誤りであると断案を下した「私」は、自ら史実による伝説の破棄を試みる。「然らば奥州話にある佛眼寺の墓の主は何人かと云ふに、これは綱宗の妾品と云ふ女で、初から椙原氏であつたから、子孫も椙原氏を称したのである」と述べる。そして、「余程久しい間、其結構を工夫してゐた」綱宗を主人公にした一つの「物語」を書くという決意を切り出すのである。「私」が書こうとする「物語」は、「単に品が高尾でないと云ふ事実、即ち疾うの昔に大槻さんが遺憾なく立証してゐる事実を、再び書いて世間に出さうと云ふためばかりでなく」、「椙原品と云ふ女を一の問題としてこゝに提供」するものである。なぜなら「私」は、「初子が嫡男まで生んでゐる所へ、側から入つて来た品が、綱宗の寵を得たには、両性問題は容易く理を以て推すべからざるものだとは云ひながら、品の人物に何か特別なアトラクシヨンがなくては愜はぬやうである」と考え、綱宗、正妻初子、妾品の三者の関係性に興味を抱いているからである。

「私」はまず綱宗がどういう人物であったかということから語り始める。「私」は「綱宗は凡庸人ではない」という。そして「十九歳で家督をして、六十二万石の大名たること僅に二年。二十一歳の時、叔父伊達兵部少輔宗勝を中心としたイントリイグに陥いつて蟄居の身となつた」と述べられる。「私」の関心は綱宗の不幸な境遇にはない。綱宗が、「和歌を善くし、筆札を善くし、絵画を善くし」、「蒔絵を造り、陶器を作り、又刀剣をも鍛へた」という芸能に対する深い造詣に興味を示している。そして、「私は此人が政治の上に発揮することの出来なかつた精力を、芸術の方面に傾注したのを面白く思ふ」という。また、「面白いのはこゝに止まら」ず、「品川の屋敷の障子に、当時まだ珍しかつた硝子板四百余枚を嵌めさせたが、その大きいのは一枚七十両で買つた」という事実を挙げ、「その豪邁の気象が想ひ遣られるのではないか」と述べる。

このような綱宗への興味とともに、綱宗と生涯を共にした品へと視線が向けられる。綱宗が蟄居によって「意気を挫かれずにゐた」のは、品と初子両者の存在が大きかったからだと考えるためである。ところが、「私」の「物語」は家系の説明から断片的な情報を提示するにとどまり、「私」が興味を抱くところの初子や品が綱宗とどういう関係を築き、どういう人生を過ごしたかということは全く描かれていない。むしろ、「私」が目指す「物語」とはかけ離れたものなのである。それ故、「私」は「此企を拋棄してしまつ

　しかし、これは中途放棄といえるものではない。「椙原品」は、「椙原品と云ふ女を一の問題としてこゝに提供したのである」と表明し、作中において綱宗、初子、品に関する事実を明らかにしている。冒頭に述べられた動機と、末尾の放棄に至る部分は対応している。ただし、「私」の目指す「外に向って発動する力を全く絶たれて、純客観的に傍観しなくてはならなかつた綱宗」の周囲に「みやびやかにおとなしい初子と、怜悧で気骨のあるらしい品とをあらせて、此三角関係の間に静中の動を成り立たせ」た「物語」は書けなかったのである。ここから、この小説は「物語」を書こうと試みたものの、結果書けなかったことを表明した作品であることが分かる。そうであるとするならば、書こうとしつつも書けないという宣言はいかなる意味を持つのであろうか。

四、「歴史を尊重する習慣」としての「考証」

　ここで「私」が書けなかった理由として「創造力の不足と平生の歴史を尊重する習慣」が挙げられている点に注目したい。なぜなら、「創造力」「歴史を尊重する習慣」の両者は、それぞれが「椙原品」に先行して書かれた歴史叙述の立場に対応していると考えられるからである。まず、本節では「歴史を尊重する習慣」について検討する。「私」が「あらゆる方面から遺憾なく立証」できていると評価するところの大槻の「立証」は、大槻自身が「今日は私も重野安繹先生の門に入ツて拋ろなく抹殺の余流を汲む」[12]と述べているように、アカデミズム史学の中でも特に厳格な考証主義に基づいたものであるといえる。重野安繹を中心としたの一派は「歴史は、何処までも証處裁

判でなければならぬ[13]」と厳密な史料検討を行い、従来史実とされてきたものであっても、曖昧なものは歴史から排除していくという立場を採った。従って、「当時の輿論は、殆んど異口同音余を攻撃して、遂には抹殺博士の称さへ貰ふに至った[14]」。

そもそも、「抹殺博士の称」は、重野や、既に序章でふれた「神道は祭天の古俗」（『史学会雑誌』二三〜二五、明治二四年一〇月〜一二月）で非難を浴びた久米邦武らが、『大日本史』に対する厳密な史料検討を行ったことに端を発する。「近世史学にたいする果敢な挑戦[15]」であったこれらの作業によって、それまで漫然と信じられてきた史実の虚偽や人物の実在が疑われはじめた。歴史編纂のためには、史料を考証し、動かすべからず事実と決定されなければならない。従来事実と信じられてきた事も、確証する史料が不足であれば、本文より細注に落とすこともやむを得ないとされた。このような立場に多くの非難は寄せられたことは既に述べた通りである。

大槻の伊達騒動を巡る言説からは、大槻が考証主義に基づいた上で、伊達騒動の伝説を検証していることが見て取れる。例えば、高尾の伝説について「是は何も高尾を抹殺して綱宗の為めに冤罪を雪ぐと云ふやうな訳でも何んでもない、事実あッたことが斯くの通りである」と述べ、「幾ら探しても」史料が見つからないことから、「抹殺」であるとしている[16]。史料の見つからない伝説は、大槻の立場によれば、歴史ではない。ここから、考証は相原品に及ぶ。品に関して大槻の立場から記述できるのは、品が高尾ではないということ、そして綱宗の妾となって寵愛されたということだけである。品がどういう女であり、綱宗と品がどのように過ごしたかということは想像の域を出ない。だからこそ、品の記述は、『実録』では本文には組み込むことができず、附録「弁妄[17]」の中で、従来の誤りを訂正するという形をとっている。高尾の妄伝は主にここで扱われ、「附録、弁妄四」という形で紙面が費やされている。

『実録』の本文八四篇は、「凡例」に「此書ヲ読ミテ、其要ヲ知ラムトスル人ハ、書中ノ大字（四号活字）ノ文ノミヲ読ミテ、事足ル、細字（五号活字）ノ文ハ、引書、又ハ、考証ナリ」と述べられている。本文には、大槻が事実と確信した事柄が、史料と共に記されている。だが、この書の主眼は、本文八四篇の後に設けられた、「附録弁妄」にある。「序言」において「妄伝を破りて、事実をあきらかに」すると述べられているように、「附録弁妄」では、誤って語り継がれてきた伊達騒動に関する伝説を反駁することを目的としている。こうした目的から附された「附録 弁妄」に本書の重点が置かれているのは、大槻の立場を踏まえれば明らかであろう。「私」の描く伊達騒動は、『実録』の表現を踏襲しているといっても過言ではない。例えば次の波線部を対応箇所として挙げることができる。

綱宗は凡庸人ではない。和歌を善くし、筆札を善くし、絵画を善くした。（中略）綱宗はこれより前も、これから後老年に至るまでも、幽閉の身の上でゐて、その銷遣のすさびに残した書画には、往々知過必改と云ふ印を用ゐた。綱宗の芸能は書画や和歌ばかりではない。蒔絵を造り、陶器を作り、又刀剣をも鍛へた。（中略）綱宗は籠居のために意気を挫かれずにゐた。品川の屋敷の障子に、当時まだ珍しかつた硝子板四百余枚を嵌めさせたが、その大きいのは一枚七十両で買つたと云ふことである。その豪邁の気象が想ひ遣られるではないか。

雄山公の初節を誤られしは、天性鋭気にして、且誘惑する者あるに因れるが如く、固より凡庸の主にあらず、詠歌書画を善くし、旁ら、能技、茶技に及び、又、刀剣を鍛へられ、（中略）其和歌、並に画、数種縮写して、巻首に掲ぐ、其書に、往々、「知過必改」の四字の印を用ゐられき、（中略）又、品川邸内の居室の障子を、硝子にて張らせられたり、皆、長崎渡来のものを買入れられたるにて、大小四百余枚、大なるものは、当時、一枚の値、七十両なりしと云ふ、其豪奢此の如し、五十余年間、隠居消光の情態想ふべし、（『実録』「第八十三篇」）

勿論「相原品」は、『実録』とは分量が違うため、全体としては『実録』から必要な部分を繋ぎ合せた形となっている。しかし、踏襲しているのは表現だけにとどまらず、伊達騒動の解釈についても当てはまる。御家騒動ものの典型的な解釈は、善人である主君を騙す悪臣という図式によるものであるが、大槻はこの図式に則って伊達騒動を捉えている。綱宗は伯父である悪臣伊達兵部少輔らによって、陥れられたというものである。そして「相原品」においても同様に「綱宗を陥いれようとしてゐた人達の手伝があつたものと見える」、「叔父伊達兵部少輔宗勝を中心としたイントリイグに陥いつて」と描かれており、伊達騒動に関して独自の解釈は見られない。表現や解釈において、「相原品」は『実録』に基づいているといえる。

「私」は、冒頭で「誤を以て誤に代へた」例として『奥州話』を挙げ、『実録』と対立するものとして捉えている。そして大槻の立場について「あらゆる方面から遺憾なく立証してゐる」と述べ、その優位性を示している。ここから、大槻の立場を評価する「私」の態度が窺える。「私」は大槻と同じように、事実を重んじ、世の妄伝を排除しようとしている。「私」は『実録』の立場を踏襲して、「相原品と云ふ女を一の問題としてこゝに提供」しようとしているのである。

しかし「私」が目指すのは、「単に品が高尾でないと云ふ事実」を『実録』に基づいて「再び書いて世間に出さうと云ふためばかりでな」い。綱宗と品そして初子との「両性問題」に絡んだ「物語」である。ここに齟齬が生じる。大槻の立場に基づくのであれば、「私」の目指す「物語」は、史実としては書けないことになる。だからこそ、『実録』から逸脱する部分は、例えば「綱宗入道嘉心は此後二十五年の久しい年月を、品と二人で暮したと云つても大過なからう。これは別に証拠はないが、私は豪邁の気象を以て不幸の境遇に耐へてゐた嘉心を慰めた品を、啻誠実であつたのみでなく、気骨のある女丈夫であつたやうに想像することを禁じ得ない」という書き方や「亀千代のかう云ふ危い境遇を見て、初子は子のため、又品は主のため、保護しようとしたかも知れない。就中初子は亀千代の屋敷に往来した形迹があるが、惜むらくは何事も伝はつてゐない」など、「想像」「かも知れない」と断った形でしか書くことができない。

ここでなぜ「私」が作品を「抛棄」するに至ったかは明白であろう。考証主義による歴史叙述では、真実に限りなく近いと断言すると同時に事実でないことは「抹殺」されてしまう。大槻の立場を踏襲すると、「私」の目指す「相原品」は書けないのである。このように大槻の立場を踏まえると、「相原品」は一見挫折したかのように見えて、実は考証主義への批判そのものが示されていることが浮かび上がるのである。

五、「創造力の不足」と「歴史を尊重する習慣」

大槻の「立証」による歴史叙述には限界がある。「私」は限界性に気付き、「物語」の試みを「抛棄」する。しかし、「創造力の不足」を「抛棄」の一要因として挙げる「私」は、「創造力」によっても「物語」を書くことはできない。以下、「創造力」が何を意味するのかを同時代に照らして考えていきたい。

「創造力」を歴史叙述に不可欠な要素として唱えたのは、山路愛山である。[18] 愛山は、考証に重きを置くアカデミズム史学を痛烈に批判したことで知られている。自らを「平民的史家」と位置づける愛山は自身の史学に対する考えを「日本現代の史学及び史論」(『太陽』一五-一二、明治四二年九月)において、「惜む所のものは其智識が多く専門家の壁内に蟄して人民の史学に対する興味の之と並行せざること是のみ。他の語を以て之を言へば史学が史実の考証を専らにして人民の興感を催さしむべき要素を減ずるに至りたること是のみ」と述べる。そして自身が書こうとしている歴史は「考証」に対して「芸術」であるという。さらに、「史学は此事実を基礎として更に国家発達の法則を研究すべき科学なり」と述べるように、[19] 史学の役割は事実を確定するだけではなく、その史実を基に世界や人間を研究することと考えている。いいかえれば、事実と同時に、流布している伝説も歴史として重んじる立場である。事実が何かを決定し、それ以外のものを「抹殺」するのでは、「史学に芸術を与え、興味を与える」ものとはならないのである。「抹殺」による事実のみの羅列は愛山にとっては歴史ではない。

その愛山が御家騒動ものに着手し、『御家騒動叢書第一編　伊達騒動記』（大正元年八月、敬文館）を書いたことは見逃せない符号であろう。次の冒頭の言葉に、愛山の立場は明確にあらわれている。

御家騒動は悪人時を得て善人悲境に陥るに始まり、善人栄えて悪人亡ぶるに終る。是は講釈師のする千篇一律の紋切形なり。さりながら世に醇乎たる善人もなければ、徹頭徹尾の悪人もなし。史学の批判よりすれば御家騒動は畢竟政党の争にして幾篇の権力争奪史に過ぎず。されば誠に御家騒動を研究するものは則ち政治的の人間を研究するものにして、其研究が科学的なればなる程、政界の陰陽二面に存在する秘密の鍵を捉へ得べきものなり。

伊達騒動、ひいては御家騒動には、完全なる善人も悪人も存在しない。愛山は御家騒動の起こる要因を、「政党の争」と捉えている。従って、愛山の『伊達騒動記』は、伊達兵部少輔の策略によって綱宗が蟄居の身となったという従来の伊達騒動の構図には従わない。その代わりに、伝えられている史実から、なぜこのような騒動が起きたのかという「研究」を試みる。史実を基に、その人物がどういう性質の持ち主であったかを「研究」し、法則性を見出すことが同時に「国家発達の法則を研究」することになる。このような愛山の考える史学の役割が、伊達騒動の分析にも如実に表れている。例えば、「権力が一方に偏倚したる所以」の章の中で次のように述べる。

伊達家の政治がだん〳〵面倒になつたのは何う云ふ訳かと云ふに、畢竟上流に人物がなく家老評定役に家老評定役らしいものがなく所謂適才が適所を得ず役に立たない人間が重要の位地を占めるやうになつたからである。若しも上流の家老の中にしつかりしたゑらい人があつてちやんと抑へる所を抑へてさへ居れば、いくら下に悪あがきするものがあつた所で、其為めに一国の政治がごた〳〵になる訳はない。政治社会の不健全といふのは人物が無い。人物が其所を得ないことである。（中略）さう云ふ人物であつたので従つて自ら信ずることが強いからして、一旦かうと思込んだ以上は人が何と云つても容易に動かない。そして善い人とおもへば何所までも信用して事をやらす。一人を信任し過して他の人を用ゐない則ち愛憎が強いといふのが、かう云ふ風の人に往々にして免れない性格である。

ここで愛山は、伊達騒動が起こった遠因について、また兵部少輔の専制のような形になったのは、適所適材でなかったためであるという。そして、兵部少輔は悪人なのではなく、むしろ利口な人間であるために、自らを信じる気持ちが強い性格と分析する。そのため、信用した人間を長く重用するといった傾向がある。愛山がいうところの「かう云ふ風の人に往々にして免れない性格」である。そうした性格が騒動の一要因となった可能性を指摘している。伊達家の悪党が騒動を起したとは認めない愛山は、亀千代の置毒事件についても「疑心暗鬼」と判断する。『実録』では事実と認め、またこれを踏襲する「椙原品」にも描かれてきた事件である。しかし、置毒事件は虚構であると認める一方で、世に伝わっている伝説として紹介するという立場をとっている。ここには独自の解釈を下しながらも、伝説を捨てきれない愛山の立場が浮き彫りになっているといえるだろう。愛山の歴史叙述は、伝説が生まれてくる「創造力」を認めることから出発しているのである。

「私」にとっては、「創造力」も「歴史を尊重する習慣」も真実に辿り着けるという確信を抱く方法ではない。

「歴史を尊重」せず、「創造力」に偏るだけでは、伊達騒動が多くの伝説を伴って流通したように、「誤を以て誤に代へる」だけになってしまう。この作品は「私」が最終的に「物語」を「抛棄」することによって、「歴史を尊重する習慣」と同時に「創造力」の限界性をも示しているといえよう。さらに「私」は、作品冒頭で「著述がどれ丈人に読まれるか」という問題に言及している。

著述が世に公にせられると、そこには人がそれを読み得ると云ふポッシビリテエが生ずる。しかし実にそれを読む人は少数である。一般に読者が少いばかりではない。読書家と称して好い人だつて、其読書力には際限がある。沢山出る書籍を悉く読むわけには行かない。そこで某雑誌に書いたやうな、歴史に趣味を有する人でも、石角の大槻さんの発表に心附かずにゐることになるのである。

ここでは、著述を受け取る側の問題が取り上げられている。『実録』が、どれだけ史料に則った真実の歴史であると豪語しても、読む人の「読書力には際限がある」。つまり、「石角の大槻さんの発表」であっても真実を伝えるには限界があるという可能性が示唆されている。「私」は、歴史を描く側、それを受け取る側、双方を考慮に入れつつ、歴史を描くことの限界性を痛感しているのである。

大槻は厳密な史料批判に基づき、史料を並べさえすれば、そこに自然と真実の歴史が現れると考えている。しかし、事実以外を排する以上、大槻の語る歴史には偏りが生じる。このような事実のみを重んじる大槻をはじめとした考証主義に対して、既に指摘したように愛山は激しく反発した。考証を真実の歴史を記す方法として認めないのは、「私」も愛山も同じであろう。だが、考証の偏りを批判するのと同じように、「私」にとって愛山のような「創造力」に頼る歴史も真実の歴史ではない。むしろどちらかに偏るのではなく、両者を含めた地点にこそ歴史の可能性を見ているのである。

鷗外が高く評価した歴史家の一人として、鼎軒田口卯吉が挙げられる。鷗外は「鼎軒先生」（『東京経済雑誌』六三一一五九一、明治四四年四月）において次のようにいう。

私は日本の近世の学者を一本足と二本足の学者とに分ける、新しい日本は東洋の文化と西洋の文化とが落ち合つて渦を巻いてゐる国である、そこで東洋の文化に立脚してゐる学者もある、西洋の文化に立脚してゐる学者もある、どちらも一本足で立つてゐる、一本足で立つてゐても、深く根を卸した大木のやうにその足に十分力が入つてゐて、推されても倒れないやうな人もある、さう云ふ人も、国学者や漢学者のやうな東洋学者であらうが西洋学者であらうが、有用の材であるには相違ない、併しさう云ふ一本足の学者の意見は偏頗である、偏頗であるから、これを実際に施すとなると差支を生ずる、東洋学者に従へば、保守になり過ぎる、西洋学者に従へば、急激になる、現にある許多の学問上の葛藤や衝突は此二要素が争つてゐるのである、（中略）私は鼎軒先生を、この最も得難い二本足の学者として、大いに尊敬する、（中略）先生は西洋文化の眼を以て東洋文化を観察して、彼を我に移して、我の足らざる所を、補はうとしてゐられた、先生は此意味に於いて種子を蒔いた人である、併し其苗は苗の儘でゐる、存外生長しない、それは二本足の学者でなくては先生の後継者となることが出来ないからである、その二本足の学者が容易に出て来ないからである、そして世間では一本足同士が、相変わらず葛藤を起したり、衝突し合つたりしてゐる、

鼎軒は、スペンサーの社会進化論を背景とした西洋史学や、考証主義の影響を受けつつ、東洋史学への接近から史論体を選択し、「輪切体」史論を提唱した。「史癖は佳癖」（『東京経済雑誌』五七八、明治二四年六月）において、社会

は「一種の有機体」であり、諸々の要素が密接な関連をもって互いに影響し合いながら進んでいくものとする。この変遷を時代順に考究し、記録することが歴史本来の形であるという。その際に、関連している諸々の事項を見るために、もう一つの歴史の形として人物史論を提唱する。これを鼎軒は「輪切体」と名づけ、「紀伝の一種なれども、実は紀伝にあらず、本主は寧ろ其人よりは社会にあるなり、其人を假りて社会の有様を述べたるなり」と述べる。有機的関連性を持つ社会、そして歴史を描くために、鼎軒は「輪切体」という記述スタイルを選択したのである。

ここで鷗外は鼎軒の立場を「二本足の学者」として評価している。鼎軒は、考証を重んじると同時に、西洋文化に立脚し、歴史を一種の社会開化史と見る視点も有していた。史料を重んじる大槻の立場も、「創造力」を重んじる愛山の立場も鷗外にとっては「一本足」であり、偏ったものである。ここで重要なのは、「一本足」が東洋、西洋の問題に限った話ではなく、偏った立場そのものを表しているということである。「榾原品」にはそのような偏った歴史認識への危機意識、そして歴史叙述の限界性が指摘されているといえる。

六、おわりに

大槻はいわずと知れた『言海』（明治二二年五月～二四年四月、私家版）の編者であるが、その活動は頗る多岐にわたり、明治一四年頃から活発化した、かな文字運動の中心的役割も担った。大槻は無教育の人々にも普通教育を施すことが国民創出、国運の隆盛に不可欠であり、そのためには勉学に容易なかな文字を使わなければならないという考えを早くから持っていた。その根本には全ての人民に浸透する仮名遣の実施という目標があった。そのような立場から、明治四一年から開かれる臨時仮名遣調査委員会において「歴史的仮名遣」の廃止、「表音式仮名遣」の採択を唱えるようになる。大槻にとって全ての人民が用いることのできる「発音の儘の言葉」が本当の「大日本帝国の言葉[20]」なのである。『実録』の中に「弁妄」を設け、史実と伝説を弁別する態度には、「正しさを現実としたい[21]」と指摘される国語改良運動と一貫した態度を指摘できる。[22]大槻に限らず、国民創出という点において、歴史を語ることと国語の問題は構造的に類似している。鷗外にとっても、仮名遣論争は歴史叙述に通底するものとして認識され、取り組まれた営為であっただろう。臨時仮名遣調査委員会第四回委員会（明治四一年六月二六日）において述べられた鷗外の意見は「仮名遣意見」として全集にも収録され、「実に行き届いた懇切鄭重な意見、筋道の通った穏見公正な議論[23]」として称賛されてきた。この鷗外の意見は、大槻の意見を「感歎シテ聞キマシタ」と一旦認めながらも「少数者ノ用ヰルモノハ余マリ論ズルニ足ラナイ、多数ノ人民ニ使ハレルモノデナケレバナラヌト云フノガ御論ノ土台ニナツテ居リマス、併シ何事デモサウ云フ風ニ観察スルト云フト、恐クハ偏頗ニナリハスマイカト思フノデアリマス[24]」というものであった。大槻の立場を一旦は認めつつも、その方向で進むと「偏頗」になる恐れがあるという意見は、「相原品」で見られる大槻の立場を踏襲しつつ、その限界性を示すという方法に酷似しているといえる。このような論法は、同時に大槻の立場に対する根本的な批判となり得る。

同委員会において「口語コソ変遷ヲ致シマスケレドモ、文語ニ変遷ト云フコトハナイノデアリマス」と述べるように、鷗外は仮名遣が変遷するのは口語だけであり、文語は変遷しないという立場に立脚している。そして、「歴史的仮名遣」を仮名遣の「正則」と認める。この「正則」を使う者がたとえ「少数」であっても、その人々は最も優れた「国民中ノ精華」であり、それを教育によって浸透させるのが望ましいと説く。但し、注目すべきは「歴史的仮名遣」を「正則」として教育が徹底されるならば、大槻の主張する「表音的仮名遣」も「許容」するという点である。このような鷗外の「許容」は、あくまでも絶対に譲れない本質さえ守られれば、それ以外の変化は認めざるを得ないという立場に基づいている。

このような立場を踏まえるならば、「相原品」という作品には、正しい歴史叙述は「立証」や「創造力」といった一つの方法に「偏頗」になっている限り不可能であるという、鷗外の危機的認識が示されている。そうした同時代の歴史叙述の方法を巡り、事実とは何かという問題を積極的に論じた作品として「相原品」を捉えることが可能なのである。こうした「相原品」での「立証」と「想像力」の問題は、史伝においても継続的に論じられ、『伊沢蘭軒』末尾では「主観」「客観」を巡る「わたくし」の表明がなされるに至る。続く第Ⅱ部では、鷗外の史伝を対象とし、「歴史を語る」行為がどのように展開していくのか、考察していきたい。

注

1　唐木順三『森鷗外』（昭和二四年四月、世界評論社）、引用は『唐木順三全集　第二巻』（昭和四二年七月、筑摩書房）による。

2　陸軍退官を巡る時期に執筆されたという「相原品」の位置は、その後も「歴史小説と史伝との中間項」（平岡敏夫「歴史小説と史伝・森鷗外」『国文学　解釈と鑑賞』昭和三五年一〇月臨時増刊号）、「ひとつのスプリング・ボード」（小泉浩一郎「「相原品」」『森鷗外論　実証と批評』昭和五六年九月、明治書院）、「一連の史伝ものの、いわば序章的なもの」（須田喜代次「相原品――陸軍退官期の鷗外をふまえつつ――」『鷗外の文学世界』平成二年六月、新典社）と論じられてきた。

3　のちに三田村鳶魚校訂『柳澤越後黒田加賀伊達秋田騒動実記』（昭和三年八月、博文館）収録。

4　伊達騒動物の普及過程に関しては、中村幸彦「実録と演劇――伊達騒動物を主として」（『中村幸彦著述集　第十巻』昭和五八年八月、中央公論社）、高橋圭一「伊達の対決――実録『先代萩』攷」（『国語国文』六六―一〇、平成九年一〇月）参照。

5　『森鷗外全集』第四巻（昭和四〇年七月、筑摩書房）の語注に「資料としては、もっぱら、明治四十二年吉川弘文館発行、大槻文彦著「伊達騒動実録」乾坤二冊（以下「実録」と略称）による」とある。

6　以下、特に断りのない大槻文彦の引用は全て『実録』による。

7　ちなみに鷗外は博文館の名誉賛成員として名をつらねている。また、『太陽』『文芸倶楽部』『文章世界』といった博文館の雑誌に作品を多く掲載している。「鸚鵡石」（『昴』五、明治四二年五月）には博文館（＊作中では樂文館）との仮名遣いを巡る衝突も描かれている。このような事情も含めて、またこの他の鷗外の作品掲載誌にそれらしい記事も見えないことから、博文館『家庭雑誌』の記事を指すと考えられる。

8　前掲、平岡敏夫「歴史小説と史伝・森鷗外」

9　宮城野は冒頭で「講談や小説がたゞ面白く読ませやう、俗受けをとらうとして、歴史上の事実はよい加減に切り盛りして、その結果は飛んでもない誤りを世の中に伝へてゐる。これは読む方でも迷惑だし読まれる方でも迷惑なことである。そこで世上に名高い話で平気で誤りを伝へてゐる重なるものについて、その実説を記してみたいと思ふて、先づ手始めとして伊達騒動を選んだのである」と述べる。ここから窺える限り、その立場は大槻の『実録』「序言」と相違ないといえる。

10　前掲、平岡敏夫「歴史小説と史伝・森鷗外」

11　『奥州羽奈志』「高尾がこと」に「高尾はやはり御たちにめしつかはれてのち老女と成て老後跡をたてくだされしは番士杉原重大夫又新大夫と代々かはる〳〵名のりて」とある。引用は、『近古文芸　温知叢書第十一編』（明治二四年一一月、博文館）による。

12　大槻文彦「伽羅仙台萩の話」（『史学雑誌』一三－九、明治三五年九月）

13　重野安繹「歴史研究法」（『成功』一一－二、明治四三年三月）、引用は薩摩史研究会編『重野博士史学論文集上』（昭和一三年二月、雄山閣）による。
14　前掲、重野安繹「歴史研究法」
15　大久保利謙「日本歴史の歴史」（『大久保利謙歴史著作集七　日本近代史学の成立』、昭和六三年十月、吉川弘文館）
16　前掲、大槻文彦「伽羅仙台萩の話」
17　附録では高尾の弁妄の他に、「弁妄一」には「伊達綱宗は、将軍家光の胤にして、亀千代丸は、水戸黄門光圀の子なりといふ事」や「綱宗の生母」の事など、「弁妄二」には浅岡（＊政岡）や松前鉄之助の事が挙げられる。浅岡（＊政岡）、松前鉄之助は伊達ものでは置毒事件で亀千代を守る忠臣として描かれている。浅岡（＊政岡）は亀千代の生母初子が脚色されて作られた人物と言われている。「弁妄三」には遊女勝山の事、「弁妄五」にはいわゆる伊達騒動ものの内容について言及されている。これらの「弁妄」はすべて伊達騒動ものの中で脚色されていった部分である。
18　伊藤雄志『ナショナリズムと歴史論争――山路愛山とその時代――』（平成一七年一〇月、風間書房）参照。
19　山路愛山「史学論」（『国民新聞』明治三三年七月二〇日）
20　文部省『臨時仮名遣調査委員会議事速記録』（明治四二年一月、文部大臣官房図書課）
21　田中恵「大槻文彦にとっての表記と国民」（『日本史学集録』二四、平成一三年五月）。大槻の「「正しさ」の現実化」という立場に対して、鷗外の立場は「「正しさ」への教導」と表現されている。
22　臨時仮名遣調査委員会については、築島裕『歴史的仮名遣い――その成立と特徴』（昭和六一年七月、中公新書）、佐瀬三千夫「鷗外の「仮名遣」をめぐる考察」（『文京女子短期大学英語英文学科紀要』二三、平成二年一二月）、前掲、田中恵「大槻文彦にとっての表記と国民」など参照。

23　澤柳大五郎『鷗外剳記』（昭和二四年八月、十字屋書店）

24　前掲、『臨時仮名遣調査委員会講事速記録』

第Ⅱ部　歴史を綴る

第一章　鷗外と外崎覚——『渋江抽斎』（二）

一、はじめに

鷗外の歴史叙述には多数の情報提供者が存在する。彼らはただ執筆の際に情報を提供するだけではなく、作中にその名が登場したり、詳細なやりとりが描かれたりする。第一章でふれた富士川游や沼田頼輔も、鷗外の歴史叙述の周辺にいた人々である。こうした描写は、鷗外の歴史叙述においてどのような意味を持つのだろうか。第Ⅱ部では、情報提供を巡る作中の記述を手がかりに、鷗外の歴史叙述との具体的な影響関係を探っていきたい。

まず本章では、『渋江抽斎』に登場する津軽の郷土史家外崎覚を取り上げる。外崎は、渋江抽斎の事蹟を探りはじめた鷗外に、抽斎の嗣子保の存在を教えた人物である。その出会いは『渋江抽斎』に次のように描かれる。

> 探索はこゝに一頓挫を来さなくてはならない。わたくしはそれを遺憾に思つて、此隙に弘前から、歴史家として道純の事を知つてゐさうだと知らせて来た外崎覚と云ふ人を訪ねることにした。外崎さんは官吏で、籍が諸陵寮にある。わたくしは宮内省へ往つた。（中略）諸陵寮の小さい応接所で、わたくしは初めて外崎さんに会つた。飯田さんの先輩であつたとは違つて、此人はわたくしと齢も相若くと云ふ位で、しかも史学を以て仕へてゐる人である。わたくしは傾蓋故きが如き念をした。（「その五」）

ここに描かれているように、「一頓挫」していた「探索」を前進させた存在として、外崎は作品成立において重要な役割を果たした人物であるといえる。しかし、外崎の与えた影響は、単なる情報提供を超えた、『渋江抽斎』の歴史叙述に関わる本質的なものだったのではないか。数多存在する情報提供者の中から、とりわけ外崎に着目するゆえんである。ここでさらに注目しておきたいのは、大正五年一月一二日に鷗外宅で開催された「渋江道純翁紀念会」である。この宴は、『渋江抽斎』連載開始前の「執筆の見透しが一応ついた上での安睹感と、心やさしい思いやりからの記念の催」[1]と説明されている。出席者は渋江保、抽斎の娘杵屋勝久、孫渋江終吉、保の娘乙女、そして外崎である。この宴に招かれたという一事から推して、外崎は作中に描かれる以上に、渋江家、特に保と鷗外の直接的な仲介をしたのではないかとも考えられる。だがここでは、そうした人間関係にのみ着目したいのではない。この宴が、『渋江抽斎』執筆を紀念して開催されたものだった以上、『渋江抽斎』生成に寄与した主要人物として外崎は出席したと考えるべきであり、そうした視点は『渋江抽斎』を考える上でも重要なものではないだろうか。

『渋江抽斎』が、抽斎の嗣子保の提供する資料に大部分依拠しつつ鷗外によって作品化されたことは、先行の研究により夙に明らかになっている。[2]本章では、そうした指摘を踏まえ、鷗外が保の資料を作品化する過程において、歴史家外崎覚がいかなる役割を果たしたのかをそれぞれの著作から再考してみたいのである。以下、外崎の関係した四つの書物を主たる考察の場として、鷗外と外崎の関係を検証していく。すなわち、『徳川十五代史中津軽の條を弁論するの書』(明治二六年九月、私家版)、『史談会速記録』、『修補殉難録稿』(昭和八年一〇月、吉川弘文館)[3]、そして『渋江抽斎』である。『徳川十五代史中津軽の條を弁論するの書』および『史談会速記録』では、そこに記録された言説を中心に分析し、外崎の歴史家としての立場を検証する。『殉難録稿』では、鷗外と外崎の出会いの意味について、主に歴史叙述のスタイルの問題から考察する。その結果として、外崎覚という存在は、『渋江抽斎』の歴史叙述にとって看過できないものとして見えてくるはずである。

二、『徳川十五代史中津軽の條を弁論するの書』

外崎の歴史家としての立場はどのようなものだったのか。外崎の生涯の営為は多岐にわたるが、その営為を貫いていた外崎の歴史への態度を見定めることで、『渋江抽斎』への影響を再考する端緒とすることができるはずである。

外崎の学問に多大なる影響を与えたのは、実父工藤他山である。津軽藩儒であった他山は、藩校稽古館の助教から一等教授となり、明治一〇年からは東奥義塾の教壇に立った。東奥義塾は、明治五年八月の稽古館廃校後、有志によって設立された私立学校である。東奥義塾は洋学受容に力をいれていたが、他山は主に漢学教育を担っていた。明治一七年より他山は、津軽藩史編修に着手、一九年以降は東奥義塾教授を辞し、修史事業に専念した。[4]「他山の真価は、教育者としての評価とともに、他方においては津軽地方史の発展に基礎を築いた人であり、津軽地方史を発展させるために史学を築いた先駆者の一人であったと評価されねばならない[5]」と評されるように、他山の本領は藩史編纂であった。外崎は他山の伝記『永懐録』（明治四三年八月、私家版）に、当時の様子を次のように書く。

> 同（＊明治）十七年二月先考奮て津軽藩史を修めんと欲す、親ら諸家の旧記雑説等数百部を網羅し、折衷を加へ、取捨を明にし、日夜孜々編修に従事せり、門人内藤昌及覚等傍にあり、竊に其業を賛くと雖も、先考の過度労瘁せるを以て、或は為に病を生せん事を懼れ、屢々之を言ひしも寸時も息む事なし、

外崎の生涯は、こうした他山の修史事業を受け継いだものといえる。彼の生涯の中心はあくまでも藩史編纂に

あったように見えるからである。そこでまず取り上げたいのが『徳川十五代史中津軽の條を弁論するの書』である。本書は、内藤耻叟『徳川十五代史』（明治二五年一〇月〜二六年九月、博文館）二〇巻中、津軽藩に関する記述七点に反駁する外崎・内藤宛書簡、およびその後の両者の応答を敢えて公刊したものである。[6]「例言」に「知人共余に勧めて従来世人津軽家の由緒事実等を知らざりしより種々の誤謬を来せる者多けれバ今之を印刷に附し広く世間に頒布して旧藩家の系譜来歴等を知らしむる方然るべしと再三の勧言に及はれたれバ」とあるように、外崎の反駁は「津軽家の由緒事実」の「誤謬」を解明することを企図していた。

外崎にとって「憤懣に堪へさる者」であり、「大に著者に向て抗論せんと欲するもの」だったのが、内藤の「世々南部氏に臣たり」という記述である。そもそも津軽藩は、大浦為信が南部氏の勢力下にあった津軽地方を軍事行動によって統一、豊臣秀吉によって津軽三郡の領有を認められ、津軽氏を名乗るに至ったことからはじまるといわれる。しかし為信の軍事行動の細部については、津軽南部それぞれ見解の相違が見られ、その歴史は度々問題とされてきた。[7]とりわけ津軽家は南部家の臣であったという認識は根強く残っていた。しかし外崎はその史実はないとし、「著者津軽家を以て南部氏の臣とするは抑何書に拠りて断定を下せしものなるや」と主張する。外崎の内藤宛書簡は、正確な津軽の歴史を伝えるために訂正を迫るという強固な信念に貫かれている。しかし、内藤の反論は「此儀ハ既ニ天下ノ定論ニモ相成居候如キ次第故」という、外崎の要求に対して極めて曖昧なものであった。対して外崎は次のような書簡を載せている。

御存知之通り津軽地方ハ東奥僻遠の地にして一向世人の交際も無之且つ二百年来これと云ふべき程の学者も無之処より世間に於て如何の事を書綴り候もの有之候へ共之を辯説する者無き處より遂に今日の如き有様と相成候儀ハ遺憾至極と奉存候

ここでは、「誤謬」が定説として伝わってしまっていることと、津軽という土地の問題が重ね合わせられている。外崎を駆り立てていたものは、僻地であるが故に不当な歴史の描かれ方をする津軽の雪冤であった。こうした態度は外崎の歴史家としての立場と無関係ではない。他山が若き日に遊学したのと同様に、外崎は明治一六年に上京、川田甕江の下へ入塾している。川田は、明治政府の正史編纂を担った修史局から修史館にかけてのメンバーであり、重野安繹、久米邦武らとともに、近代史学の確立を担った人物である。川田門下として青年期を過ごした外崎の学問の根底には考証学があり、史料を駆使し、いかに正しい歴史を導くかという点に歴史家の使命を感じていたと考えられる。それは次の内藤宛書簡からも窺える。

凡そ史を修する者證を正確の記録に採り信を諸家の雑説に考へ論を立つるに慎重審備事を叙するに細大漏さず綱目並挙ぐる者にして而後良史家と称すべきなり

外崎は歴史を叙述する際の「慎重審備」の姿勢、これが欠けたものとして内藤を批判しているのである。だが結局、外崎の反駁にもかかわらず、内藤は『徳川十五代史』の改修には応じなかった。しかし、こうした外崎の弁論とその後の応酬は、やがて『渋江抽斎』と交錯することになる。『渋江抽斎』「その二十五」には、抽斎家督相続の話題とともに、「抽斎の相続したと同じ年同じ月の二十九日」に「江戸小塚原で刑せられた」相馬大作についての記述が見える。相馬大作は、津軽藩主寧親を参勤交代で弘前に帰る途上、襲撃しようとした。結局計画は露見し、捕縛、処刑されたが、大作の行動を義挙とする評価も現れ、「桧山騒動」として広く人口に膾炙した。この事件の背後にも、やはり「津軽家の祖先が南部家の被官であつた」という両家を巡る因縁があった。南部に仕えていたはずの津軽が、北方警備の功績により加増したことに対して恨みをもったのが事件の発端だとされてきたのである。

しかし、「わたくし」は津軽が南部の臣であったという俗説に対し、「津軽家が南部家に仕へたことは未だ曾て聞かない」と述べる。

津軽家の祖先が南部家の被官であつたと云ふことは、内藤耻叟も徳川十五代史に書いてゐる。しかし郷土史に精しい外崎覚さんは、嘗て内藤に書を寄せて、此説の誤を匡さうとした。（中略）光信は彼の渋江辰盛を召し抱へた信政の六世の祖である。津軽家の隆興は南部家に怨を結ぶ筈がない。この雪冤の文を作つた外崎さんが、わたくしの渋江氏の子孫を捜し出す媒をしたのだから、わたくしは只これだけの事をこゝに記して置く。（「その二十五」）

ここでの「わたくし」の考証は、内藤に反駁した外崎の「雪冤の文」と明らかに重なり合う。「わたくし」は、外崎からの情報によって抽斎その人に辿り着いた。そこから調査は抽斎の祖先にまで及ぶ。その過程で津軽信政が抽斎の祖を召し抱えたということが明らかになり、「津軽家の祖先が南部家の被官であつた」という説の誤りに気づいたのである。こうした叙述の過程は、外崎の説を補強するものであり、渋江氏の歴史に基づいた新たな側面から内藤の説を覆すものでもある。藩史編纂に従事する外崎は、自身の知る抽斎の情報を鷗外に与え、鷗外はその情報を用いて抽斎の事蹟を調べることで、津軽家の正しい史実を導いた。外崎が抽斎の情報を惜しみなく鷗外に提供したのは、新たな津軽の歴史の発掘を期待してのことであっただろう。結果として、鷗外は外崎の説を擁護することとなった。『渋江抽斎』「その二十五」からは、両者の歴史叙述が影響し合いながら生成していく様が浮かび上がるのである。「傾蓋故きが如き念をした」外崎の史学家としての活動、そしてその歴史叙述が『渋江抽斎』に与えた影響は、『渋江抽斎』を考えるうえで看過できない。

三、『史談会速記録』

外崎は正しい津軽の歴史を伝えることに使命を感じていた。そうした態度は、津軽家代理として参画した史談会において一層顕著となる。既に序章で述べたように、史談会は各大名家の代表による史談の場であり、「史談会約」第一條には「本会ハ史談会ト称シ各家主及各家編集員相会シ近世歴史ニ関スル内外ノ実蹟ヲ談話討究シ材料ヲ交換保存シ編輯史料トナスヲ目的トス」[8]とある。外崎の史談会での活動は『史談会速記録』に見ることができ、そこで外崎は「こちらの一方と他の一方では見方が違って居るから」「津軽家の方にはどういふ事があつたかといふ事」[9]を証言すると述べている。その際、「書籍にも明かに書いて居る訳でなく又記録にも留めて置くものでなくして其家に取りては最も必要、最も名誉である事柄」を重んじ、これを「歴史外の歴史」[10]と呼んでいる。記録には書かれていないが、家の重大事として、遺していかなければならないものを伝えるという使命をもち、外崎は津軽の歴史を発信し続けたのである。

史談会での活動以外にも外崎は歴代の津軽藩主の伝記編纂に関わっていたが、その一端について、史談会で証言したのが「贈従三位津軽信政公伝の編纂に就きて」[11]である。この談話からは、とりわけ外崎の藩史編纂に対する立場を窺うことができる。まず、外崎は藩主の経歴を叙述するにあたって、何よりも「政事」について明らかにしなくてはならないとする。それは「読者には定めし面白くもないもの」かもしれないが、君主の徳業を明瞭にするためには、「政事的の諸制度」を詳述する必要があるからである。加えて外崎は、その際の史料の扱いについて、「主観客観」という区分を用いて次のように主張する。

故に私は其本人の記せる手帳とか日記とかいふ様なもの、即ち主観ともいふべきものと、他人の記録せる事蹟とを参酌して之を調ふるといふ事に致しました、左様致しますと、主観客観内外の二様とも能く明瞭となりて真実の伝を得る事であると断定して居ります、

従来の古記雑録を史料とするだけでは、伝記として不十分であり、正式な記録類のみならず、「其本人の記せる手帳とか日記とかいふ様なもの、即ち主観ともいふべきもの」を参酌しなければならないという。外崎は、「主観客観」どちらに偏っても完全な伝記とはいえないと唱えている。こうした立場からは、「主観客観」を問わず、できる限りの史料を蒐集することが必要となる。そのため、外崎は様々な方法を用いて、史料を探索する。

その探索の一過程がこの条では示されている。例えば山鹿素行の事蹟については、「わからぬ事は大分ありまして、松浦伯爵家、牛込の宗参寺を初め、處々へ詮索して始めて明瞭となりしものもあります」とされ、様々な情報源を辿った、その調査の過程が明らかにされる。また、吉川家の唯一神道に関しては、いかに捜索の手を広げたかが披瀝される。「最初は其書類のなき處より種々人に頼みまして借入の事に骨を折りましたけれども、容易に手に入」らなかった。それ故「吉川の子孫を見出し」、「段々人にも聞合せ、又は古き江戸の絵図などにて詮議せしに、なお史料発見には至らない。そこで「津軽家の秘庫を詮索する事に決心し、段々取調ますと、実に地獄にて阿弥陀に逢ひたる様に、多くの神道の書籍を見出しました」と発見までの過程が、逐一報告されるのである。

しかし、こうして集められた史料は単に蒐集されるだけではなく、その上で「撰択」されなくてはならない。「沢山のうちから真正のものを択り抜く事と、余りありふれて居りません資料を得る事と、其人自身の記録せられたものや、関係の書簡上書詩歌等を集め之に諸旧記を総合して其人の真面目を摸写するといふ事が一番必要」と外崎は述べている。外崎の唱える歴史編纂は、できる限り蒐集された史料と、それを選択する歴史家の目が必要とさ

れる。

外崎は史談会に参加する前年の明治二七年一月に宮内省殉難録取調掛を拝命、宮内省での任務において、全国を巡回し様々な史料や旧蹟などを調査する機会を得た。その過程で手に入れた「歴史上」の「新しき事実」[12]について、外崎は史談会において報告した。外崎にとっての史談会は、津軽の歴史だけに限らず、「隠れたる史料」[13]から新事実を考証し、さらにはその過程そのものを披露する場としても機能していたのである。鷗外が外崎の元を訪ねたのは、大正四年、まさに宮内省諸陵寮出仕時のことである。史料を蒐集する立場であった外崎が、今度はその情報を求めた鷗外の訪問を受ける。そして外崎が自身の史料探索過程を史談会において報告したのと同様に、今度は外崎との出会いに至る過程が『渋江抽斎』において報告される。抽斎の探索を進めていった鷗外の前に、このような方法で歴史編纂を継続していた外崎が現れたのである。

四、『殉難録稿』

『渋江抽斎』における鷗外、外崎の接近は、歴史編纂への態度の共通性から捉えることができる。では両者の関係は、作家論的な水準での出会いにのみ限定されるものだろうか。そうではなく、『渋江抽斎』の歴史叙述の水準で本質的な影響を与えたものと見るべきである。

外崎の歴史叙述の一端は『殉難録稿』に窺い得る。殉難録取調掛としての外崎は、「殉難諸士の伝を編纂し、其職に従ふもの殆ど二十年」[14]に及んだ。『殉難録稿』の編纂主任は、明治一六年に就任した西尾為忠にはじまり、以後死去などの事情により、主任は事業を受け継ぐ形で変わっていった[15]。外崎は編纂完成を達成した、最後の編纂主任二人のうちの一人である。『殉難録稿』の大きな特徴は、「凡例」に「各伝の順序は、専ら其事蹟に従ふ。必ずしも死日の先後に拘らず。例へば戊午の獄、桜田、坂下の変、大和、筑波の役等、毎部各これに関係せし人を類挙せるが如き是なり」とあるように、事蹟によって人物伝をつなぐという体裁にある。この体裁は、紀田順一郎[16]によって「史伝の前駆的な性格」を持つものとされ、鷗外の史伝との形式的な類似を指摘されている。氏は「個々の伝記を積み重ねて全体としての維新史を構成する」、「あるいは維新史の中に個々の伝記を散りばめる」というスタイルと捉えている。ここで指摘されるスタイルは、『殉難録稿』に見られる特徴を端的に表しており、鷗外との関係を測定するうえでも重要に思われるが、しかし両者の類似性は、氏の述べるような単線的な影響関係にとどまるものではない。

『殉難録稿』「巻之一」から「巻之四」は、「戊午黨獄」に関する項である。「巻之一」は「安島信立」から始まるが、その冒頭には人物伝に先んじて、次のように事件の説明がある。

安政五年戊午の秋、水戸の藩士安島信立等以下、斬流の刑に処せられしもの数十人。世の人これを戊午の黨獄といへり。今その濫觴を尋ぬるに、いにし嘉永六年癸丑六月、米利堅国の使臣相州浦賀に渡来して、通信貿易の事を求む。

ここでは、ペリー来航からさかのぼり、戊午の黨獄がなぜ起こったか、どのような事態として位置づけられるのかが洞察されている。こうした洞察は編纂者の歴史意識の表れでもある。それぞれの事件ごとに、命を落とした志士たちの伝記を描くことは、当然どのように命を落としたのかを推測することにつながる。なぜ、どのようにという問いは、時代の動向を探ることと不可分でない。「凡例」によると、そもそも『殉難録稿』は編纂開始当初、「憂国の志士身を非命に失ひし者の為に、作る所の伝記」という目的から、『平家物語』（鎌倉時代（一三世紀前半頃）成立）

『太平記』（南北朝時代成立）のような文体を目指していたのだという。だが後には「専ら事実の真相を得んことに努め、敢て重きを文章の修飾に措かず」と方針を転換した。幕末維新の歴史の流れを示した上で、それぞれの事件に殉じた志士の伝記を著す『殉難録稿』のスタイルは、「事実の真相」の追求のために外崎ら編纂主任によって、意識的に選択されたものである。外崎は、歴史を描く方法について自覚的な史家であった。

では外崎は、いかなる脈絡において「事実の真相」へ向かったのか。『平家物語』『太平記』は、鈴木貞美[17]がいうように、明治期には「古代と明治の中間で、天皇家の権威を回復した「建武の中興」（今日では「新政」）を説く史書として、頻繁に引用された」ものである。わけても『太平記』は明治初期に、その史実に虚偽ありとして、厳密な考証主義にたつ修史館系の学者たちの非難の的となった。一方で『殉難録稿』編纂主任を務めた川田剛は、「太平記」の記述を巡って、考証一点張りでは真実を失う可能性があると考証学の弊害を挙げ、考証主義の領袖重野安繹と論争を繰り広げていた[18]。川田はこうした論争を経て重野と対立、修史館を退き、宮内省へと移った。そこで編纂に取り組んだのが『殉難録稿』である。『殉難録稿』は、修史館への対抗的な立場から、史実の正否に限定されない『太平記』の価値を積極的に前景化し、その文体に倣うことを戦術的な出発点としていた。川田は修史館系の考証派に属しながらも、史料選択においては柔軟な姿勢を見せた。先に述べたように外崎は川田門下で学んだ経緯があり、こうした川田の姿勢は、史談会において「主観客観」双方の史料をできる限り蒐集することを唱えた外崎の姿勢と重なり合う。そして外崎は編纂主任を引き継ぎ、「事実の真相を得んこと」を重視していく。外崎が「事実の真相」のために人物伝による歴史というスタイルを獲得する背景には、維新史の記述を巡って、事実をいかに書くかが争われた、方法的な追求の歴史があったのである。

永井荷風は、『渋江抽斎』について「伝中の人物を中心として江戸時代より明治大正の今日に至る時運変動の迹を窺ひ知らしめ[19]」るという点を特徴の一つとして指摘していた。鷗外の史伝においても、外崎の場合と同様に、人物伝による歴史というスタイルが追求されていたのだと考えられる。もちろん、『殉難録稿』のスタイルが鷗外の史伝に直接的に影響を与えたわけではないのだろう。鷗外の史伝と『殉難録稿』との類似は、「事実の真相」をいかに描くかという問いにこそあるのであって、人物伝による歴史というスタイルは、ひいては鷗外と外崎との出会いは、あくまで歴史を語る方法そのものの追求の過程において、結果的に、そして半ば必然的に導かれたものと見るべきである。紀田の指摘する「個々の伝記を積み重ねて全体としての維新史を構成する」という『殉難録稿』に採択されたスタイルは、鷗外の史伝においては、「わたくし」による人物の歴史の探究へとかたちをかえつつ、受け継がれているのである。

五、『渋江抽斎』

「抽斎歿後」の渋江一族にとって、中心的出来事の一つと見られるのが、「その七十九」から始まる津軽帰国後の叙述である。渋江保の証言にも「維新の騒動の始まると共に愈々国へ引上げねばならないことになつた[20]」とあるように、渋江氏は明治元年より国元での新生活を送ることとなった。しかし新生活は藩政の厳しい状況から、「弘前に来てから現金の給与を受けたことの無い」というものであった。追い打ちをかけたのが、明治三年津軽藩士の秩禄削減である。「その八十七」で描かれるように、この削減は渋江氏にとって損失の大きいものであったが、「それでも渋江氏はこれを得て満足する積でゐた」。しかし、「成善は医者と看做されて降等に逢ひ、三十俵の禄を受くることゝなり、剰へ士籍の外にありなどゝさへ云はれたのである」。この処置が直接的な契機となって、成善は明治四年に「単身東京に往くことに決心した」。「一には降等に遭って不平に堪へなかつたから」、「二には減禄の後は旧に依つて生計を立てゝ行くことが出来ぬから」であった。このとき藩の方針を決定していたのは、大参事西館孤清である。西館が最も恐れていたのは、脱籍者を出すことであった。そのため、成善の東京行きに対しても西館は、もし脱籍の兆候が見られたならば「我藩はこれを許さぬであらう」と述べ、成善は「悲痛の情」を感じた。

こうした『渋江抽斎』中の西館の描き方は、外崎のそれとは明らかに異なる。だとすれば西館の描き方のなかに、鷗外と外崎とのあいだの差異と同一性を見ることができるだろう。西館孤清がいかなる人物かを知るためには、津軽藩の維新史を参照することが必要となる。津軽藩は、東北諸藩の中でも比較的早い時期に勤王へ転じた。明治元年閏四月に奥羽諸藩は、会津藩の「救解」を掲げ、列藩同盟を結成した。これを受けて津軽藩内では、列藩同盟と新政府どちらにつくのかを巡って混乱が生じた。そして明治元年七月に新政府につくことを決定、列藩同盟の脱退に至る。戊辰戦争終結後は、勤王殊功藩として一万石の賞典に預かっている。そのため、戊辰戦争の処分をうけた他の東北諸藩と比して、維新後も強固な藩体制を温存させることができた[21]。勤王へと方針を転換したことが、戊辰戦争後の処分を決定づけたといえる。そして津軽藩を勤王へ導いたのが、西館孤清による説得だったのである。

当時、京で近衛邸の警備をしていた西館は、周囲の動静を見定め、近衛公の力を借りて藩の方針を勤王へとまとめ上げた。津軽藩が幕末からの変動を乗り切るために、藩のために働いたのが西館であった。試みに藩史の「西館孤清」の伝記を繙けば、「後年奥羽同盟官軍に抗するの際、平馬（＊西館の通称）近衛公の命を奉し海に航して国に下り、国論を一定して粉骨内外の事に当り、勤王の功を奏し、当時の言を履むと云ふ[22]」と、「勤王の功」が評価されている。少なくとも、津軽藩史において、西館はそのように評価されている。そして外崎も、西館は「藩中勤王の一途」となることを決定づけた人物として積極的に言及し続けているのである[23]。

さらに、西館を巡る評価をもう少し広い視野で考えてみたい。西館は、明治維新後の藩政を掌握し、改革に乗り出していく。その改革は基本的には新政府の強力な介入の下に行われた。明治二年一〇月の按察使の巡察以降、急速に改革は進んだが、中央集権的な体制に否応なく組み込まれていった。その際、勤王藩であったことを主張することは、「国家」への忠誠をより強固に示すことになる。勤王を選択したことが維新後の津軽藩の位置を左右したのであるから、西館を語ることは津軽の近代化の歴史を語ることでもある。外崎らの西館への評価は、近代化に成功した津軽藩への評価なのである。

それでは、なぜ外崎は執拗に津軽の近代化を主張したのか。東北という地方性を考えることは重要であろう。津軽藩は比較的優遇されたとはいえ、外崎や鷗外が維新史に向きあっていた「一九一〇年代は、東北全県が後進地域に定着する時期として位置づけられ」、「後進地への閉塞化と帝国的膨張への同調化という二つのベクトルのなかで試行錯誤した時代だった」[24]。東北の後進性への自覚が明確化され、帝国日本の一員としての発展を目指していこうとする論調はこの時期散見される。外崎の郷土史の志向も、劣った東北像を払拭しようという認識の延長にあると捉えられる。外崎は東北への認識を改めるために、津軽がいかに勤王に殉じたかを強調する。そうした主張は、同時に国家の一員となるべき方向性を持った東北像を形成する。津軽に近代化をもたらした西館の功績は、劣った東北観を払拭するために必要不可欠なものであったのである。

これに対し、『渋江抽斎』の西館は渋江氏の行く末を阻むものとして描かれている。その顕著な部分が、保が津軽藩の藩政改革に対して「不平」を覚えた件である。結局「津軽承昭の知事たる間は、西館等が前説を固守して許さなかつた」ために、保が五百を東京に呼び戻すことができたのは「廃藩の詔が出て、承昭は東京に居ることになり、県政も亦頗る革まつ」てからの明治五年のことであった。保が医者と見なされたことについて、「わたくし」が「同情が闕けてゐたと謂つても好からう」と言葉を添えることからも西館、そして藩政に対する批判意識は明らかである[25]。

こうした西館像の差は、維新を描く視点の差異に基づくものであろう。『渋江抽斎』における津軽藩の描写は、保の立場に即して語られる。保は津軽藩の一藩士であり、保の目を通した津軽藩の歴史は藩史の文脈とは異なる。

藩史で評価される西館の改革は、保という個人にとってはさらなる困難をもたらすものに他ならなかった。こうした事態は、後に廃藩置県から士族の秩禄処分へと至る事態を考え合わせた時、決して渋江氏だけのものではなかったといえるはずである。外崎覚と渋江保は年齢も近く、共に津軽藩士であったが、それぞれ異なる道へと進んでいった。外崎が津軽という一地方の歴史を遺そうとしたのに対して、鷗外に促されて作成された保の資料は、あくまでも渋江一族の歴史である。この相違のなかに、外崎の紡ぐ歴史に対する、『渋江抽斎』の連続性と非連続性を見ていくことができる。

津軽藩という場所から国家の歴史を描いたのが外崎であったとするならば、保資料によって書かれた『渋江抽斎』はあくまで人々の歴史であった。藩政改革が進行していく中で、まさにその状況の内部にいる人々の反応は様々であったろう。保の反応はその一例である。保にとって医者と見なされたことは「恥」であった。津軽藩を語る歴史は、こうした人々の営みを捉えられない。『渋江抽斎』の鷗外が、外崎を訪ね、保を訪ねる「わたくし」のあり方を表出させつつ、津軽藩の処遇と保の反応を執拗に描いてみせたそのあり様は、外崎の営みの延長にありながら、彼らの語る歴史の一面性を相対化する役割も担っていたのである。

六、おわりに

外崎の歴史的評価は、例えば「たとえ皇国史観による旧時代的枠内のことであったにしろ、やはり貴重な功績であったと思われる[26]」といわれるように、近世の儒学的歴史観の域を出ないと捉えられている。確かに歴史家としての外崎の出発点は他山の歴史編纂に見出すことができ、近世期の儒学者への深い薫陶に基づいているといえる。しかしその一方で、外崎が近代史学の実証性に基づき、津軽の雪冤を唱えてきたことは見てきた通りである。『殉難録稿』の叙述に明らかであったように、顕彰と「事実の真相」を綜合したところに外崎の歴史叙述の面目があったように思われる。その歴史叙述は、皇国史観と表裏一体であり、客観的な考証を基盤とした近代史学と接触することで獲得されたものである。外崎を単に旧時代の歴史家と片付けることはできない。

そうした外崎史学に対する歴史的、政治的な評価はここでは措くとして、最後に外崎が紡いだ東北の歴史が、明治末から大正初期にかけての、まさに『渋江抽斎』生成期に、既存の歴史を相対化する契機となる概念として見直されつつあったことを指摘しておきたい。政治史と、史料の蒐集・考証とを中心とする従来の歴史学の動向に対して、研究対象を拡大することで新しい歴史を構築しようとする試みがこの時期に見られるのである。

原勝郎『日本中世史』(明治三九年二月、冨山房)は、「中世」という歴史概念をほぼはじめて導入した、当時としては画期的な書である。ここでの「中世」は、従来の歴史を相対化する契機として見出された新概念である。原は「中世」を歴史の決定的な転換点として捉えるのと同様の文脈で東北を発見する。『日本中世史』において、「中世」を「本邦史上の一大進歩を現したる時代」と見る原は、進歩の担い手として東北人に着目、「従来の本邦史の缺欠を補はむと欲するの微志」をもって、東北そして「中世」という概念を歴史学に導入した。従来の歴史を補うもの、あるいは捉え直す視座として東北は浮上していくのである。[27] 外崎の発信する津軽の雪冤の物語も、そうした動向の中であらためて再発見されていった歴史の一つであったはずである。正史から排除、もしくは抑圧されてきた東北を描くことそれ自体の中に相対化の契機が内包されていたからである。

そして他ならぬ『渋江抽斎』の鷗外もまた、こうした同時代の枠組みの中で外崎の歴史叙述と出会う。『渋江抽斎』においても外崎は再発見された、ということである。外崎の歴史叙述は「雪冤の文を作った外崎さん」という形で直接作中に表出するのみならず、後半の東北描写においては叙述の方向性に本質的な影響を与えている。こうした『渋江抽斎』の叙述は、外崎の雪冤を公にするものとして機能していると同時に、東北を描くことで従来の歴史を相対化するものとしても機能している。『渋江抽斎』の東北描写の題材は、外崎を再発見することによって、戦略的に選択され、叙述されたと考えられる。保資料を作品化する『渋江抽斎』生成段階で、鷗外が外崎に接したことは、鷗外の史伝の語りや、話題そのものを決定づけたといえる。『渋江抽斎』は、近代作家鷗外が、前近代の事蹟を探るため、旧時代の歴史家外崎と交渉を持ったという、現代から両者の断絶を見るような新旧の図式で単純に捉えられるものではない。両者の歴史叙述は互いに影響し合いながら生成されたはずである。むろん、外崎との関係だけで『渋江抽斎』の全貌が明らかになるわけではない。しかし、同時代の歴史学の文脈に置いてみた時、両者の影響関係は明らかである。『渋江抽斎』が同時代の歴史学の影響下で、時にはそれに巻き込まれながら生成されたことは疑いない。ここまで述べてきた外崎や、同時代の歴史学とのかかわりを踏まえずには、『渋江抽斎』の置かれた場所の精確な見取り図もまた描けないのである。

注

1 川村欽吾「森鷗外と外崎覚――『渋江抽斎』余聞」（『鷗外』一八、昭和五一年一月）。

2 長谷川泉「「渋江抽斎」は小説か――「渋江抽斎」をどう評価するか――」（『日本文学』一一―三、昭和三七年二月）、小泉浩一郎「『渋江抽斎』論――出典と作品――」（『言語と文芸』四七、昭和四一年七月）、山崎一穎『森鷗外・史伝小説研究』（昭和五七年五月、桜楓社）など参照。

3 『補修殉難録稿』の校了は明治四二年一二月。採録された人数は二四八〇余人にのぼった。浄写したものが宮内省図書寮に架蔵され、昭和八年『補修殉難録稿』として公刊された。本論の引用は『補修殉難録稿』によるが、こうした本書の生成過程を視野に入れるため、以下は『殉難録稿』と表記する。

4 鈴木清造「工藤他山伝」（『東奥文化』四三、昭和四七年四月）、「津軽地方史における史学の先駆者・工藤他山

（一）（二）（三）」（『東奥文化』四六・四七・四八、昭和五〇年四月、昭和五一年四月、昭和五二年四月）など参照。

5　前掲、鈴木清造「津軽地方史における史学の先駆者・工藤他山（一）」

6　秋元信英「内藤耻叟の幕末史論——経歴と『安政紀事』の関係を中心に——」（『維新前後に於ける国学の諸問題』昭和五八年三月、國學院大學日本文化研究所）は、内藤の史学に対する態度を教訓的歴史観と指摘し、それは後期水戸学の影響下にあったことと切り離せないと述べている。『徳川十五代史』は、明治以前から徳川時代史に関心を寄せていた内藤によって書かれた大著である。外崎は津軽に関する部分的な誤謬の訂正を迫ったが、内藤の関心はあくまで徳川時代史にあった。

7　外崎覚「南部津軽両家に就て」（『史談会速記録』三六五、昭和二年六月）など参照。

8　「史談会約」（『史談会速記録』三九〇、昭和六年五月）

9　「相馬大作斬刑の時用ひたる太刀に就て」（『史談会速記録』二六七、大正四年七月）

10　「歴史外の歴史」（『史談会速記録』一二〇、明治三五年一一月）

11　「贈従三位津軽信政公伝の編纂に就きて」（『史談会速記録』二六八、大正六年二月）

12　「光厳院天皇譲位御巡錫の事蹟」（『史談会速記録』一七七、明治四〇年一一月）

13　「隠れたる史料」（『史談会速記録』二四五、大正二年七月）

14　「修補殉難録稿を進奏するの書」（『六十有一年』大正一一年六月、私家版）

15　「凡例」に「編纂主任最初は西尾為忠、十九年の五月より川田剛、廿四年三月より足立正聲、同く其任に当りしが、両氏相継て物故せし後、高島張輔代て之を担当せり。起稿の事は佐藤誠、其責に任ぜしが、最初は山田安榮も與かりしといへり。廿二年九月より大橋義三、佐藤と同く其職に努めしが、佐藤死去の後、竹内節其後を受けしも、亦程なく没せしまゝ、廿七年一月より外崎覚後任と為り、大橋と同く斯に従事し、つひに全部の編纂を遂げたり」とある。
16 「史伝としての『殉難録稿』」（宮内省蔵版『修補殉難録稿』平成一七年三月、マツノ書店）
17 鈴木貞美『「日本文学」の成立』（平成二一年一〇月、作品社）
18 川田剛「考証学の利弊」（『皇典講究所講演』三三、明治二三年六月）など参照。
19 永井荷風「隠居のこゞと」（『麻布襍記』大正一三年九月、春陽堂）、引用は『荷風全集　第一四巻』（平成五年一一月、岩波書店）
20 渋江保「維新前後」（『独立評論』三-七、大正四年七月）
21 松尾正人「東北における維新変革の一形態――弘前藩の藩政改革を中心として――」（『地方史研究』一三三、昭和五〇年二月）、工藤威「幕末維新期に於ける津軽藩の動向――戊辰戦争を中心として――」（『史学研究集録』七、昭和五七年三月）など参照。
22 下沢保躬・樋口建良・兼松成言編『津軽藩旧記伝類』（明治一〇年完成）、引用は『みちのく叢書第三巻　津軽藩旧記伝類』（昭和五七年一〇月、国書刊行会）による。
23 「旧津軽藩国事鞅掌に関する事実附旧藩地地理の概略」（『史談会速記録』四六、明治二九年八月）。なお、西館は明治三六年一一月従四位を追贈されている。
24 河西英通『東北――つくられた異境』（平成一三年四月、中公新書）
25 保資料『抽斎歿後』には「藩から研究の妨碍をされた」と半ば恨みのような言説も散見される。引用は松木明知『森鷗外「渋江抽斎」基礎資料』（昭和六三年六月、第八六回日本医史学会）による。
26 川村欽吾「外崎覚略伝　明治の津軽びと（二）」（『東奥義塾研究紀要』九、昭和五一年春）
27 吉田東伍「戦国以後江戸時代の奥州」（『奥羽沿革史論』大正五年六月、仁友社）は、相馬大作事件を東北特定

のものではなく、「此には封建政体の崩壊、日本の変革といふ大事件が中に潜みてある」と、日本全体の問題として捉えている。

第二章　集古会から見る『渋江抽斎』

一、はじめに

鷗外は、抽斎伝を立ち上げるにあたって、抽斎と「わたくし」との「奇縁」を強調している。「文章の題材を、種々の周囲の状況のために、過去に求めるやうになつ」た「わたくし」は、「徳川時代の事蹟を捜」るため、「武鑑を検する必要が生じた」。武鑑を蒐集する過程で目にしたのが、「弘前医官渋江氏蔵書記と云ふ朱印」である。そこから、「わたくし」は渋江氏の探索を始め、この朱印にある渋江氏が『経籍訪古志』（安政三年成立）を書いた渋江抽斎であり、名を道純といったことに辿り着く。こうした経緯が語られる背景として、一つには作中「その二」に述べているように、「抽斎は現に広く知られてゐる人物ではない」という認識がある。確かに、渋江抽斎や伊沢蘭軒など、鷗外の描き出した考証家たちは、一般に著名な人物ではなかった。[1] 従来の研究においても、鷗外の史伝は、歴史に埋もれた人物たちを発掘したものとして、評価されてきた。[2]

しかし、一部の人々にとって、渋江抽斎は決して歴史に埋没した存在ではなかった。本章で取り上げる集古会に集った人々である。彼らは、鷗外が渋江抽斎と出会う以前から、抽斎を含む考証家の事蹟を探っていた。例えば、彼らの機関誌であった『集古』には、三村清三郎、横尾勇之助共輯「蔵書印譜」（『集古』明治三六年三月〜昭和一八年一月）が連載されていたが、『渋江抽斎』連載開始以前の明治四四年一一月、既に渋江抽斎の蔵書印が紹介されている。そこには、「渋江氏珍玩」「渋江叢書」という二種類の蔵書印の図が載せられており、抽斎の簡単な伝が書かれている。以下に全文を引用する。

渋江道純
名全善字道純号抽斎世弘前医官安政五年戊午八月廿九日歿享年五十四葬谷中三崎南町観応寺(3)

ここには、『渋江抽斎』冒頭で「わたくし」が探し求めていた情報が既に記されている。蔵書家であった渋江氏が、抽斎と号し、字は道純であったこと、弘前藩の医官であったこと、墓が谷中の「感応寺」にあることである。鷗外が、この『集古』の記事を直接目にしたかどうかは定かではない。しかしながら、こうした情報が既に公にされていたという事実は、冒頭の抽斎探索の場面の意味合いを変える。集古会を視座として考えた場合、鷗外はもっと大きな枠組みの中で、抽斎以下の考証家たちを見出していった可能性が浮かび上がってくる。近世の考証家であった渋江抽斎を、鷗外がこの時期に発掘し論じる意味を、考証家を眼差す広い動きの中で捉える必要が生じてくるのである。

以下、本章では、集古会とはどのような集まりだったのか、またどのような顔ぶれが見られるのか、追っていくことから始めたい。こうした作業は、鷗外と集古会の歴史叙述における共通性(4)を指摘するのみならず、『渋江抽斎』を読むだけでは見えてこなかった渋江抽斎を扱う意味を浮き彫りにすることにもつながるだろう。

二、集古会の学問体系

集古会の会誌『集古』に集った人々を論じたものとして、山口昌男『内田魯庵山脈〈失われた日本人〉発掘』(平成一三年一月、晶文社)が挙げられる。集古会やその周辺に集っていた人々の情報は、本書によって明らかにされている。本節では、集古会の沿革や人間関係については『内田魯庵山脈』に基づきつつ、さらに集古会の果たした役割や同時代的な意義について考察を加えていきたい。

集古会は、明治二五年、坪井正五郎主唱のもとに林若吉、山中共古、清水晴風らが参加して設立された。「集古会規則」に、「本会ハ談笑ノ間ニ史学考古学ノ智識ヲ交換スルヲ目的トシ其レニ関スル器物書籍書画等ヲ蒐集展覧シ且ツ会誌ヲ発行ス」(5)と述べられているように、集古会は会員の持つ書物や智識の交換を目的に発足された会である。彼らが持ち寄ったのは、学問的な物に止まらず、玩具や武具、絵など多様な物たちであった。『集古』の内容については、『書物関係雑誌細目集覧一』（昭和四九年九月、日本古書通信社）中、『集古』の欄に、以下のような説明がある。

集古の内容は考古学、史学を主とした学術的且趣味的な記事で、貴重文献の翻刻、古書画典籍解題、書物や人物に就ての考証、随筆等みのがせない書誌である。又長年にわたっての蔵書印譜、近世華押譜、江戸商牌集などの連載も特色の一つといえよう。

集古会に見られるような学問の場は、江戸時代後期には多く存在した。清野謙次(6)は、江戸時代における学問研究の連絡方法として、個人の通信、学術集談会、著述の三点を挙げている。その内、学術集談会については、「志を同じうし、趣味を等しうせる人々が相連絡して、其発見事項、研究事項を通信し合つた外に、期日を決めて一定の場所に標本を携へて会合し、各自意見を交換するし、又親睦の助けとした」といい、当初は趣味の集まりであったものが、次第に様々な会へと発展していったと述べる。先に見た集古会の目的やその活動内容に鑑みるに、集古会の人々は、こうした近世の文人達の学問の集まりの延長に自身を位置づけていたといえる。

彼らの念頭にあったであろう会の一つに、山口昌男が「神話的原型とその反復のごとき関係」と指摘する耽奇会がある。耽奇会は、山崎美成を中心とした好古、好事家の集まりであり、文政七年五月から翌八年一一月にかけて、月一回計二〇回開催された。各自が所有の古書画、古器財などの珍品奇物を持ち寄り、展観し、批評するという会であった。耽奇会の参加者は、画家の谷文晁、国学者で蔵書家として知られる屋代弘賢、滝沢馬琴など、錚錚たる顔ぶれであったという。会の記録の集成である『耽奇漫録』第一集（文政七年五月一五日開催）には、山崎美成の序文が掲げられている。

ふるき物は日々にそこなはれ、遙けきものはつねに稀なるものなれば、いとえがたくなん、さるを好みを同じうする友の、これかれひめもたるも少からねど、折にふれ事によらざれば見ざるも亦おほかり、過しころ打かたらふことのついでにいへるは、各おさめたらん書に画に、および調度めくもの、珍きを、月毎に数を定め、もち出て互にうち見つゝ、おのれ〳〵がおもひよれるふしをもいひ出なば、いかにうれしかるわざならずや、かつむかし今のかはれるさまをも見、あだしくにのならはしをもしるたつきなるべき、これぞ飛耳長目の学びとも云べし(7)

ここでは、品物を持ち寄って、語り合うという江戸時代の学問研究の特徴と通じる耽奇会の目的が述べられている。こうした会での交流を通して、人々の知は集積され、組織化されていった。集古会は、近世の知のあり方を意識した上で、成立し、展開したのだといえよう。

ただし、当然のことながら、近世の知の延長にあるといっても、集古会は明治時代に結成された会である。彼らの考証、随筆からは、江戸時代の文化の記録・保存という目的を明確に見ることができる。例えば、明治三三年から開催された「山ノ手談話会」(8)における彼らの立場を見てみよう。「山ノ手談話会」は、正確には集古会の催しではないが、そのメンバーが重なっていることから(9)、集古会の立場にも通じるものであると考える。「山ノ手談話会」

は明治三三年一〇月から明治三五年九月にかけて、計二四回行われ、口述筆記が『同方会報告』（明治三四年四月〜明治三八年一二月）に掲載された。その冒頭に掲げられた以下の文章からは、「山ノ手談話会」の趣旨や意義を窺うことができる。

而して明治も爰に卅有余年、当時少壮気鋭の士も、今は鬢髪霜白きを覚ゆるの年輩たり、まして所謂古老は日に月に凋落し、且つ土人の異動甚しければ、随而土地の口碑伝説逸話等は、今にしてこれを拾集するに非ざれば、漸く滅び行かんこと必せり、

「山ノ手談話会」は、「山ノ手」の町内の様子についての記憶を座談することを通して、再現するというものであり、会の趣旨は、「滅び行かんこと必せり」である江戸の名残について、口述筆記によって残していこうというものであった。同時に、「今にしてこれを拾集するに非ざれば」という認識からは、明治の世の中から近世を客観的に評価し、捉え直そうとする眼差しを見ることができる[10]。

以上、集古会について、彼らが自らを近世の知の延長として位置づけていたこと、近世の文化の記録・保存を目指していたことを明らかにした。旧幕臣によって結成された同方会とメンバーの重なりが見られたように、集古会の活動は内部にとどまらず、同時代において広がりを見せている。次節では、こうした集古会の人々のネットワークについて考えていきたい。

三、集古会のネットワーク

こうした近世への眼差しは、集古会に限らない。集古会のメンバーも所属していた、あるいは関わりのあった団体にも共通して見られるものである。例えば、第Ⅰ部第一章でも既にふれたが、明治の末年には、失われていく名家の墓を探索、保存しようという会が複数存在した。鷗外が池田京水の探索の際に問い合わせた武田信賢を中心とした東都掃墓会や、大槻如電を中心とした探墓会などである。東都掃墓会は機関誌『見ぬ世の友』を発行、探墓会は機関誌『あふひ』（明治四三年五月～九月）を発行し、その活動を報告していた。「名家墳墓の移動」（『あふひ』三、明治四三年七月）と題した記事には、探墓会が「考古学者、歴史学者、古典研究の篤志家等」によって結成されたこと、「古来著名の墳墓が往々其湮跡を止めず其所在を失ふに至りなん」という経緯が結成を促したことなどが記されている。東都掃墓会には、山中共古や坪井正五郎も名を連ねており、また武田信賢は集古会に積極的に参加、寄稿する会員であった。また、武田は探墓会にも参加しており、大槻如電も同じく集古会の一員だった。それぞれの団体の活動からは、失われていく近世の名残を様々な形で残していこうという意図を共通して指摘することができる。

さらに、時代は下るが、大正七年「武蔵野に於ける自然と人文とを学び、また武蔵野に於ける趣味を養はんとする」(11)という目的のもと、雑誌『武蔵野』（大正七年一月～昭和一八年一二月）が刊行されている。この雑誌は、集古会の試みを考える上で見逃すことのできないものである。まず、『武蔵野』には集古会で中心的に活動をしていた人物の名が散見される。鳥居龍蔵、山中共古をはじめとして、三村清三郎、沼田頼輔、尾佐竹猛、中島利一郎、三田村鳶魚などが参加している。これらの人々が鷗外の史伝執筆にあたっての情報提供者であることも注目に値する。また、鳥居龍蔵の述べる「本会は単に狭き一種の専問《ママ》家の会合ではない、広く武蔵野を中心として各方面より研究的に、将た趣味的に之を究め味はんと欲する」[12]という「武蔵野」を記録していこうとする趣意も、集古会に通底するものであるといえよう。ここでは、集古会と人脈の重なる集まりにおいて、共通した過去への眼差しを見ることができることを指摘しておきたい。彼らが行っていたのは、単に趣味や好事という言葉では片付けられない、近世を考証する学問であったのである。このことは、集古会の成り立ちを考えれば、より明らかになるだろう。

集古会の始まりについては、幹事を務めた三村清三郎が、会員名簿「千里相識」（『集古』昭和一〇年九月）に付した沿革史において次のように述べている。

何でも坪井博士が人類学会では堅過ぎるから、少しくだけた集をしやうといふので、当時の若手を発起人にして、明治二十九年一月五日午後から上野の時の鐘の下の韻松亭で、集古懇話会を開催した。

ここに述べられているように、集古会は人類学、考古学といった学問では扱いにくいものを調査対象とすることに特徴があったようである。彼らは、蔵書家であると同時に、古銭、玩具、甲冑、墓、紋章などに詳しい人々であった。明治時代の考古学発達の経緯を述べた、八木静山「明治考古学史」（『ドルメン』四－六、昭和一〇年六月）は、発足当時の考古学界を、「博物館派」「大学派」「集古会派」の三つに分類している。その上で、「要するに集古会は一種古物趣味者の娯楽場でありましたが、併し人類学会や、考古学会が、儼然たる衣冠束帯の人物とすれば、集古会は宛も家庭内の主人公が横になりながら女房や、子供と楽し気に語る、裏面の状態でありますから、矢張り考古界全体上より観察して、大に必要の会合と申さねば為りません」と述べる。山口昌男は、集古会を「野のアカデミー」と位置づけているが、集古会の活動は、むしろアカデミズムと表裏一体の関係であったといってよい。それは、同様に八木が、「集古会も矢張り考古学会と同様、人類学教室から生れたと申て宜しい」と述べていることからも窺える。

考古学という学問の名称が使われるようになったのは、大正二年に高橋健自が「僅々二三十年を出でぬ[13]」というように、西洋の学問が流入した近代になってからのことである。それ以前には「古物学」などと呼ばれていた。考古学が学問として確立する上で大きな役割を果たした坪井正五郎[14]は、考古学について「古物古建設物遺跡等に関する実地研究を基礎として当時の事実を正確に推考するを務めとする学問なり[15]」と述べ、調査対象を「古物古建設物遺跡等」に限定していった。考古学の対象が限定されたことによって、そこから抜け落ちてしまった対象を扱う集古会のような人々が、傍流として位置づけられていったのである。

つまり、考古学という学問が立ち上げられつつあった過渡期において、アカデミズムとしての考古学と、集古会は明確に区別されたものではなかった。発足当初の考古学に対する考え方として「世人は大抵人類学とは斯る古物研究と心得て居つたのであります[16]」といわれているように、発足当初の両者は、成立においても、活動内容においてもつながっていたのである。

一方、考古学が確立するにつれて、集古会の人々は、アカデミズムの学問では扱うことのできない、幅広い分野を研究対象としていった。学問を限定しなかったからこそ、人物関係も多岐にわたり、他分野の学問を対象とした様々な集まりとの交流も見られた。こうして集古会のような学問の体系は、考古学とは異なる形で定着していった。鷗外が史伝の情報提供者として交わった人々も、こうしたネットワークに属していた人々である。彼らの探索方法には、単に興味の対象が類似していたという以上の符合が認められる。

鷗外が、資料や史実の真偽を確かめるため、集古会の人々と頻繁に連絡をとるようになるのは、史伝執筆開始後のことである。しかし、本章で問いたいのは、直接的な人間関係のあり方ではない。史伝に見られる方法意識や発想が、集古会の人々の発想と極めて似通っているということを指摘したいのである。そして、おそらくそれは、何を取り上げ論じるかということと無関係ではない。抽斎を扱うことが、結果として、両者の方法意識の類似を導いたのだといえる。

四、蔵書家の発掘

集古会が、抽斎やその他の考証家を探っていたのは、近世の文人たちの知のあり方を引き継ぎ、残していこうというモチベーションによるものだった。それは、失われつつある江戸の面影を、語ることによって残していこうとする「山ノ手談話会」の態度と通底するものと捉えられる。

江戸時代後期には、多くの蔵書家が存在し、それを貸借したり、会読したりすることによって、知の交流を図っていった。岡村敬二[17]は、こうした江戸時代の蔵書家の一例として、屋代弘賢、小山田与清、近藤正斎、狩谷棭斎を挙げている。そして、蔵書家の死というものを巡って、彼らの蔵書は残るが、「ひとびとの博覧、生き字引、生き証人の記憶というものは消え去っ」てしまうという点を指摘している。江戸時代後期に存在した蔵書家たちの知のあり方は、西洋の学問の影響によって、少なからず変わっていった。考古学や人類学という学問が立ち上げられたことによって、そこでは扱えない対象が生まれたように、である。集古会は、変化を受け止めながら、一方で継承していく立場を採った。まさに、集古会は、散逸した書物や物を収集し、考証するという作業を行うことによって、近世の文人たちの「記憶」を残していったのである。近世では著名な蔵書家であったにも関わらず、死後、その名が埋もれてしまっていたという人物は、渋江抽斎以外にも多数存在した。確かに渋江抽斎は、まとまった伝も立てられず、その生涯は長く伝えられずにいたが、一方で菩提寺に墓石が残っており、子孫も生存していた。鷗外が、抽斎の嗣子保らの筆による史料に基づいて『渋江抽斎』を執筆したことは、周知の通りである。

これに対して、墓石すら所在不明になっていた蔵書家として、尾崎雅嘉を挙げることができる。尾崎雅嘉は、解題書『群書一覧』（享和二年刊行）の著者として知られる。同時に蔵書家としても著名であり、大阪の木村蒹葭堂とも交流があった。雅嘉存命時、「国学者としての尾崎雅嘉の名を知らぬものはな」く、大阪に限らず、「全国的に高名」[18]な人物であった。しかし、死後、大量の蔵書は散逸し、墓石は所在不明となった。こうして死後忘れられていた尾崎雅嘉は、明治期に再発見されていく。その発掘に尽力したのは、大阪の古書店松雲堂主人鹿田静七と幸田成友である。幸田露伴の弟としても知られる幸田成友は、集古会にも出入りしていた歴史家である。東京で集古会が成立し、文人たちの事蹟を発表していた頃、同じように、大阪においても忘れられた過去の人びとを探索する活動が進行していた。雅嘉を発掘する幸田の姿には、抽斎を発掘した鷗外を重ね合わせることができる。幸田は、尾崎雅嘉発掘の経緯について、次のように述べている。

我等読書生の中に、『群書一覧』の作者として尾崎雅嘉を知らぬ者はあるまい。併し雅嘉の伝記としては従来『古学小伝』又は『近世三十六家集略伝』にある位で、委しいことも知れず、墓は大阪口縄坂の春陽軒に在るといふものの、墓石さへ分からなかつたのである。幸に墓石は雅嘉の六十六年忌に相当する明治二十五年の秋、本堂の背後に打捨ててある無縁碑中から発見せられたので、書肆松雲堂鹿田静七氏が発起人となり、同志に詢つて墓石を本堂の南西角に移し、周囲には石垣を廻らすこととなり、工事成就の後、雅嘉の祥月命日に当る十月三日を期して盛な祭典を行はれた。[19]

尾崎雅嘉が生存中の高名にも関わらず、死後長く忘れられた存在になっていたことは、幸田の言説から窺うことができる。明治三十四年より、大阪市史編集に関わっていた幸田は、鹿田が積極的に行っていた雅嘉の顕彰事業に参加、また同じく鹿田が中心となった大阪での古書陳列会「保古会」[20]にも、主要なメンバーとして名を連ねていた。鹿田は、古書の重要性を啓蒙する立場から、大阪の文人発掘に積極的であった。尾崎以外にも、大塩中斎、萩原広道、木村蒹葭堂、山川正宣等の建碑を主唱した。幸田が関わっていたこうした活動には、集古会と同様に、大阪における文人たちを発掘し、残していこうという意識が働いていたに違いない。存命中における、夥しい蔵書数と文人としての業績に対する敬慕や崇拝の念が、人々を埋もれた文人たちの発掘へと突き動かす。おそらく、過去の文人を顕彰するにあたって、このような道筋が一つの定型となっていたのであろう。鷗外の渋江抽斎を語ることの意味も、こうした事業の延長上で考えていく必要がある。

五、おわりに

本章のおわりに、鷗外と集古会との距離を測る傍証として「山中共古記念号」と題した『武蔵野』の記事について触れておきたい。本号は、集古会で中心的な役割を果たした山中共古の死去にあたって組まれた追悼号である。『武蔵野』の幹事、編集主任を務めた中島利一郎は、「巻頭の辞」を述べているが、そこに鷗外の名が見られる。まず、中島は、「徳川時代の学者」として新井白石、貝原益軒を挙げ、両者を対比的に論じている。「常に独善を期して、動もすれば其の才を恃むに過ぎ、自ら権勢に居らんことを欲した」白石に対して、益軒は「飽くまでも自ら卑うし、克く人に譲つた」と言う。その上で、鷗外を白石に、共古を益軒になぞらえて、次のように述べるのである。

吾人は明治、大正、昭和間に於ける森鷗外博士の、鮮やかにして且つ大きかりし学問的業蹟を見て、敬仰の念措く能はざるものがあると同時に、鷗外博士は、どうも白石型の人物であつたやうに思はれた。そこにアカデミックの色彩が濃厚に動いてゐた。而して明治、大正、昭和年代に、近代的の貝原益軒を求めたならば、それがわが山中共古翁ではあるまいか。[21]

ちなみに、中島利一郎は黒田侯爵家記録編集主任を務め、宮内省で『明治天皇御記』の編纂にも携わったという人物であり、鷗外との関わりも深かった。鷗外の史伝にも情報提供者として、その名が登場する。鷗外と学問上の交わりのあった中島が、このように鷗外と共古の対比を述べているということからも、両者の学問には、相隔たった部分があったことを窺わせる。本章では、主に集古会の人々との類似点を強調して論じてきたが、対象と方法意識に類似性が見られるからといって、当然のことながら両者が同一のものであったわけではない。集古会の人々が、「少なくとも従来の文学史のなかでは十分に位置づけられて来なかった人である[22]」と彼ら自身が時代に埋もれてしまったのとは対照的に、鷗外の史伝は現在に至るまで読まれ続けている。

従来、『渋江抽斎』は、鷗外の抽斎に対する「共感」を前提として論じられてきた。鷗外が自身の置かれた境遇に「不平」を抱いていたという見方は早くから論じられており、この「不平」の感情を『渋江抽斎』執筆のモチーフと捉える諸論が積み重ねられてきた。[23]しかしながら、そこでは、あくまでも鷗外が抽斎とどのように向き合ったかという問題に限定されてきたように思われる。作中において、抽斎に対する追慕や敬愛の感情が繰り返されることからも、鷗外が抽斎に好意を抱いていたことは疑いない。しかしながら、『渋江抽斎』執筆以前から活動していた、集古会やその周辺の人々の言説を視野に入れて考えたならば、鷗外が抽斎を見出していった意味は変わってくる。抽斎は、残すべき近世の知の体現者として、集古会やその周辺の人々に認識されていた。抽斎を調べ、書くことの意味は、既に鷗外が『渋江抽斎』に着手する以前に形成されていたのである。そのうえで考えていかなければならないのは、自明のものとされてきた抽斎や蘭軒という考証家たちへの「共感」が具体的にどのようなものであったのかということである。近世の考証家たちを論じる同時代の場の中で、鷗外はいかなるモチベーションによって、抽斎や蘭軒を見出していったのか。そもそも、なぜ鷗外は集古会の人々に接近していったのか。次章では、『伊沢蘭軒』における「わたくし」の言葉を手がかりに、こうした問いを考えていきたい。

本章では、単独で論じるだけでは見えてこなかった、『渋江抽斎』成立の背景や、作品を取り巻く状況を明らかにしてきた。そうした視点は、従来の通説を問い直す契機となり、また鷗外の史伝の持つ意味を考える上での手がかりともなるはずである。

注

1　『渋江抽斎』に先行する抽斎伝は、田口卯吉編『大日本人名辞書』増訂第六版（明治四二年六月）中「渋江抽斎」、足利衍述編「徳川時代無聞の学者　第四十一回」（『日本』明治三五年九月一九日）があるのみである。『伊沢蘭軒』その二に、先行する抽斎伝に関する記述が見られる。

2　例えば、小堀桂一郎『森鷗外――文業解題　創作篇』（昭和五七年一月、岩波書店）は、伊沢蘭軒について「敢て言へば明治の世には学芸史の行間に埋没したやうな名前」とした上で、「鷗外が抽斎に次いで蘭軒の事蹟を探求し、その伝を立てようと思ひ立つた時、蘭軒は先づ大凡この程度に、つまりどう見ても不当なほどに世にその真価を知られざる人として彼の眼に映つてゐた。そしてそのことが同時に、鷗外をして蘭軒伝の執筆に向はしめた動機の一半でもあつた」と述べる。

3　三村清三郎、横尾勇之助共輯「蔵書印譜　其四十四」（『集古』明治四四年一一月）

4　鷗外は集古会の会員ではなかったが、明治四三年の「会員名簿」（『集古』明治四三年三月）には弟森潤三郎の名が見える。また、潤三郎は『集古』に「渋江抽斎父子の雑記発見　附　現存せる抽斎の著述」（『集古』昭和一一年二月）と題した、鷗外『渋江抽斎』を補足する文章を投稿している。

5　『集古会誌』（明治二九年一一月）。なお、本誌は『集古会記事』、『集古会誌』、『集古』、『集古会報』と誌名の改題が度々行われている。本書の引用では、当時称していた誌名に従っている。

6　清野謙次「第八篇　学問研究の聯絡機構」（『日本考古学・人類学史　上巻』昭和二九年九月、岩波書店）

7　引用は、『日本随筆大成・第一期別巻　耽奇漫録　上』（平成五年一二月、吉川弘文館）による。

8　「山ノ手談話会」を機関誌に掲載した同方会は「本会ハ旧幕臣タリシモノ、子孫ヲ以テ組織シ交互智徳ヲ研磨シ友誼ノ親密ヲ謀リ兼テ吾人ノ風気ヲ発揚スルヲ以テ目的トス」（「同方会規則」『同方会報告』一、明治二九年六月）とあるように、榎本武揚を中心に旧幕臣やゆかりの人々で結成された会である。山口昌男は、前掲『内田魯庵山脈』において、集古会の人々を「旧幕臣か、敗け藩の出身者、またはその系譜を継ぐ者、江戸の町人の流れ」であるとし、同方会との重なりを指摘している。

9　明治三三年一〇月、山中共古宅にて開催された第一回の参加者は、坪井正五郎、鳥居龍蔵、関保之助、武田信賢、五十嵐雅言、室賀車山、廣田華洲、岡田村雄、林若吉とある。

10　明治二二年頃から、江戸期の社会、文化や江戸幕府を再評価する動きが相次いで起こっていたことは、拙稿「森鷗外『西周伝』論」（『小山工業高等専門学校研究紀要』四二、平成二二年三月）で述べたことがある。「山ノ手談話会」の掲載された『同方会報告』もそうした動向から発刊された機関誌の一つである。

11　鳥居龍蔵「本会の設立と雑誌発行の趣意」（『武蔵野』一－一、大正七年一月）

12　前掲、鳥居龍蔵「本会の設立と雑誌発行の趣意」

13　高橋健自『考古学』（大正二年七月、聚精堂）

14　斎藤忠「学史上における坪井正五郎の業績」（『日本考古学選集2　坪井正五郎集上巻』昭和四六年七月、築地書館）には、「思うに、当時における史学は、古典を尊重し、史実の考証に重きをおかれ、過去の人びとの文化や生活の究明はとかく看過されがちであった。一方、考古学がようやく文科系の学問の中にそだてあげられたとしても、とかく風俗史や有職故実的な研究、あるいは珍品収集等、好古的な傾向から脱却することは困難であった。このような風潮の中にあって、坪井の考古学研究の態度は、力強く刺戟をあたえ、考古学の地位を確立し、広く認識させた」と述べられている。

15　坪井正五郎「考古学の真価」（『考古学会雑誌』八、明治三〇年八月）

16　前掲、八木静山「明治考古学史」

17　岡村敬二『江戸の蔵書家たち』（平成八年三月、講談社選書メチエ）

18　鹿田文一郎「尾崎雅嘉について」（『上方』一四、昭和七年二月）

19　幸田成友「尾崎雅嘉」（『書籍月報』六八、明治三八年六月）、引用は『幸田成友著作集　第六巻』（昭和四七年五月、中央公論社）による。

20　中尾堅一郎編『保古会出品目録』（昭和五七年一月、中尾松泉堂書店）参照。本書は、明治三十八年五月に発行されたものを復刻したもの。

21　中島利一郎「巻頭の辞」（『武蔵野』一四－一一・三、昭和四年九月）

22　紅野敏郎「逍遥・文学誌（119）「武蔵野」山中共古記念号——鳥居龍蔵・中島利一郎・三田村鳶魚・山田一・川島つゆ・三村清三郎　ら」（『国文学　解釈と教材の研究』四六－六、平成一三年五月）

23　唐木順三『鷗外の精神』（昭和一八年九月、筑摩書房）など。第Ⅰ部第三章参照。

第三章　好古と考古——「烏八臼の解釈」と『伊沢蘭軒』

一、はじめに

第Ⅱ部第二章では、集古会の活動を検討することによって、渋江抽斎など近世の考証家たちが、残すべき近世の知の体現者として捉えられていたことを明らかにした。鷗外の抽斎へのモチベーションは、集古会の認識と共鳴するところがあったと考えられる。しかし、史伝の情報提供者でもあった集古会の人々の活動は、広く知られているものとはいえない。こうした現状には様々な要因があるだろうが、大きな要因として近代という時代の変化が挙げられるだろう。本章では、『伊沢蘭軒』を手がかりに、好古家たちのゆくえと鷗外の歴史叙述との関係を位置づけることを目的とする。

まずは、鷗外と集古会との交わりを示す一例として、「烏八臼」を巡る議論を追っていきたい。鷗外は大正七年、『考古学雑誌』に「烏八臼の解釈」（『考古学雑誌』八－一〇、大正七年六月）「烏八臼の事」（『考古学雑誌』九－一、大正七年九月）を発表する。[1] 烏八臼とは、「烏」「八」「臼」を組み合わせた文字、「䲨」の謂いである。この文字が、主に福島・仙台の「墓所の石碑に法名などを記した上部に」[2] に刻み込まれている。しかしながら、その字義も意義もすでに忘れられていた。はたして烏八臼とはどのような意味を持つのか。なぜこの字が用いられているのか。それが『考古学雑誌』誌上で持ち上がった議論だった。

『考古学雑誌』には鷗外に先んじて清水東四郎が、「烏八臼に就きて」（『考古学雑誌』八－八、大正七年四月）なる小文を寄せている。清水の調査によれば、烏八臼の字義には諸説ある。清水は「為と云ふ字なるべし」「䲨と云ふ字ならん」「日月の合字ならん」という形で、典拠を挙げつつ字義を検証していく。しかしながら、諸説を挙げるものの、「何の意なるかは結局不明」であった。そのため、清水は「同好者の判断を願ふ」と読者に呼びかけている。

鷗外「烏八臼の解釈」は、清水の「烏八臼に就きて」に応えたものである。清水に対して、鷗外は「この解釈につき一寸気付いた点があるから茲に発表して置きたいと思ふ」として、自説を述べている。鷗外によると、烏八臼は鳥の種類である烏鵙に由来しており、「烏鵙は烏よりも小さいがよく烏を追ふ鳥である」。そこから、「此鳥の名を墓標に刻するに至た動機は供物等に近づく烏を逐ひ拂ふ考へから起つたものと思はれる」と述べた鷗外の説に対し、山中笑は「烏八臼の諸説を聞て」(『考古学雑誌』八－一一、大正七年七月)、「烏八臼諸説の追加」(『考古学雑誌』八－一二、大正七年八月)を発表している。これに対し、鷗外は再び「烏八臼の事」と題した文章で、山中説への反駁を試みている。

『考古学雑誌』上の烏八臼を巡る論争は、その後大正十二年に再燃する。集古会の機関誌『集古』誌上においてである。南方熊楠「墓碑の上部に烏八臼と鐫る事(其一)」(『集古』大正一二年五月)は、冒頭において「墓碑の上部に烏八臼とて此三字から合成された鴭の字を彫付る訳何とも定かならず。考古学雑誌八巻八号に、清水東四郎君は其鮮義十説を列ね出された」と述べ、『考古学雑誌』上での議論を引き継ぐ立場であることを示した。南方が烏八臼について論じるに至ったのは、集古会会員三村清三郎よりその「意義」について問い合わせがあったためだという。そもそも、鷗外が反駁を行った山中笑は、集古会の幹事の一人であり、『考古学雑誌』での論争を『集古』が引き継ぐのは自然な流れであった。また黒井恕堂「烏八臼と云ふ合成字に就て」(『集古』大正一二年八月)は、「烏八臼の事に就て其の意義が解らぬ為めに考古学雑誌八巻八号に種々の説を挙げられてありましたが皆な当つて居りませんでした」と述べ、さらに、「森鷗外氏の説とか申された説も見受けましたが鳥の話になつて烏八臼には當つて居りませんでした」と鷗外の説にふれた上で自説を展開している。ここからは烏八臼を巡って、鷗外の説も俎上に載せられながら、論争が展開していく様子を見ることができる。

以上が、烏八臼を巡って繰り広げられた議論のあらましであるが、本章で問題にしていきたいと思うのは、このような、鷗外における過去へのまなざしの向け方である。烏八臼をめぐる鷗外の小文について須田喜代次[3]は、「鷗外はこうして考古学という全く畑違いの分野にまで、その知的好奇心のアンテナを向けている」と評価しているが、このときの鷗外の「知的好奇心のアンテナ」は、「畑違い」の方向へと向けられていたものではないように思われるからである。その方向はおそらく、『渋江抽斎』や『伊沢蘭軒』を書いた鷗外のまなざしと同じ方向を向いていた。そのことを、とくに『伊沢蘭軒』の歴史叙述の考察を介して、以下に浮かび上がらせてみたい。

二、「素人歴史家」の歴史叙述

『伊沢蘭軒』の末尾において、「わたくし」は三回分の紙幅を費やして「此の如き著作を敢てした理由の一面」(「その三百六十九」)を述べ、その「叙法」について説明を加えている。そこでは、「わたくしの叙法には猶一の稍人に殊なるものがあるとおもふ」(「その三百七十」)という、作品に対する自己評価が展開されている。この言葉は、『伊沢蘭軒』開始時の「その三」で述べられた、「其材料の扱方に於て、素人歴史家たるわたくしは我儘勝手な道を行くこと丶する。(中略)素人歴史家は楽天家である」という宣言に対応している。そこには、同時代の伝記とは異なる新しい伝記として、『渋江抽斎』や『伊沢蘭軒』を作り上げていく意識を見ることができる。

では、『伊沢蘭軒』の「人に殊なるもの」とはどのような点であったのか。作品末尾に述べられる「人に殊なる」点は、大きく二点である。すなわち、「客観に立脚した」こと、そして「系族を沿討した」ことである。まずはこれら二つの側面に着目し、鷗外の方法意識を検証していくことにしたい。

「客観に立脚した」点について、『伊沢蘭軒』の「わたくし」は以下のように述べている。

わたくしは筆を行るに当つて事実を伝ふることを専にし、努て叙事の想像に渉ることを避けた。客観の上に立脚することを欲して、復主観を縦まゝにすることを欲せなかつた。その或は大例に背たるが如き迹あるものは、事実に欠陥あるが故に想像を藉りて補填し、客観の及ばざる所あるが故に主観を倩つて充足したに過ぎない。

（「その三百六十九」）

続けて、「史筆の選択取舎せざること能はざるは勿論である。選択取舎は批評に須つことがある。しかし此不可避の批評は事実の批評である。価値の判断では無い」とも述べている。ここで言う「客観に立脚」するとは、どのような作業を指すのか。『伊沢蘭軒』に繰り広げられる「わたくし」の考証のあり方を検証してみよう。『伊沢蘭軒』には、「わたくし」が書籍や談話を史料として、明らかになっていない日付を定めたり、意味の不分明な事項について解読したりする作業が随所に見られる。そうした作業からは、「わたくし」の史実へのアプローチの方法が浮かび上がってくるだろう。例えば、「その九十六」には、菅茶山の事蹟について確認する作業が見られる。「わたくし」は、茶山の書中に、茶山と交流のあった香川景樹の朝顔の歌を見つけ、その歌を竹柏園主こと佐々木信綱に問い合わせる。茶山の朝顔の種子が、香川氏に渡った時期を確定せんがためである。「わたくし」は、茶山の書に基づき、「朝顔の種子が菅氏から香川氏に伝はつた時、文字の如く解すれば、茶山が四十歳、景樹が僅に二十歳であつた筈」と推定していた。しかし、茶山の書から時期を推定することに疑問を持った「わたくし」は、別証拠となる景樹の歌を捜すこととしたのである。やがて、竹柏園主の捜索により、景樹の歌は発見された。その際に、竹柏園主より「御状の景樹二十歳位とあるは必ず誤と存じ候事にて、三十年前は何か手紙の御よみちがへには無之やと存候」と報じられた。「三十年前」だと思われていた茶山と景樹のやりとりは、一五年前であったことが明らかとなり、「問題は此に遺憾なく解決せられた」。

茶山の記述と史実に齟齬があったことから、「わたくし」は「啻に書の尽く信ずべからざるのみではない。古文書と雖も、尽く信ずることは出来ない」と述べ、さらに「史家の史料の採択を慎まざるべからざることは、此に由つても知るべきである」という。「史家の史料の採択を慎まざるべからざる」立場であるからこそ、朝顔の種子の渡った時期について、茶山の書のみでは確定せず、さらなる「討究」を行ったのである。史料に書かれていることを証拠として重視する一方で、その証拠の検証もまた、新たな史料によって裏付ける作業を行っているといえる。それが、「価値の判断」ではない、「事実の批評」である。「わたくし」の考証過程からは、史家を「批評」を行う主体として捉える立場を見ることができる。

先に引用した通り、「わたくし」は「客観の上に立脚することを欲して、復主観を縦まゝにすることを欲せなかつた」と述べていた。ここにあるのは要するに客観・主観を巡る史家の問題である。その問題は、日本の近代歴史学にドイツ流の西洋史学が流入して以降、度々取り上げられてきた問題であった。だとすれば、日本の歴史学がどのように西洋史学を取り入れたのかを基準として、「わたくし」の史家としての立場を測定していくことが可能となるだろう。ここでいう西洋史学の受容とは、序章で触れた、アカデミズム史学に大きな影響を及ぼしたランケ史学の受容とも言い換えうる。ランケは客観的な史料批判を唱えたが、当然のことながらそこには史家の役割が関わってくる。この史家の役割を、ランケは二点に集約して述べている。[4]まず「第一に人類が或定められたる時代に於て、如何に思考し、如何に生活せしかに、其の着眼点を向けざるべからず」と述べ、次に「第二には個々の時期の差異をも認識して、それ等時期の相継続する所以の内的必要をも観察せざるべからず」という。ランケにとっての史家は、各時代それぞれの「個性」を重視すると同時に、個々の時代の間の相違を検討し、そこに「発展」を見出す存在として位置づけられている。

こうしたランケの思想がどのように日本に伝わったかについては、箕作元八「ランケの歴史研究法に就きて」(『史学雑誌』一〇‐六、明治三二年六月)がみやすい。箕作はここで、ランケの歴史の研究法について、「考証的研究」「聯結的研究」「哲学的研究」の三点にまとめているが、史家の役割としてとりわけ強調しているのは「聯結的研究」である。「聯結的研究」とは、確定した史実を同時代の史実と対照し、その相互の間にある「聯関」を明らかにするというものである。そのために必要なものは、史家の「想像力」であるといい、次のように述べる。

去れば、歴史家の備ふ可き資格は、精励、公平の外に想像力の力が必要であります。想像とは決して漠然たる空想に耽るといふことでは御座りません、史実及び其聯絡の真相を正当に観破する所の所謂史的活眼のことであります、

ドイツ史学の影響を受けて執筆された坪井九馬三『史学研究法』(明治三六年一〇月、早稲田大学出版部)においても、史家の「想像力」に関する問題が論じられている。坪井は、史学の研究法を「考証」と「史論」の二つに区別し、「史論を致しまする」には「面倒な手続のございまする」とした上で、その手続きとして「解釈」「綜合」「復活」の三点に分けている。ここで、史家の役割が関わってくるのは、最後の「復活」である。「復活」の手続きについては、以下のように述べられている。

復活と申すのは、已に申しました如くに、事実の形骸より残つて居らぬのを、いろいろ工夫致しまして、これを活かして感じさして働かして見ることでありまする。これには頗る想像力がいりまする。想像力と申したと

ころで、史家の想像は詩人小説家の想像とは違います、証拠物件のゆるす限りの範囲に於ての想像でありまして、自分勝手気儘の空想を走らせるのではございません。（中略）想像とは、証拠物を活かして考へることであります る、即ち証拠物を基礎として、その上に建てる建築である。

ここでは史家の「想像」を巡って、何も証拠のないところから生み出される「空想」との区別が示されている。その上で、「国家なり、社会なりの発展に対しまして、どういふ位置を占めて居るものであらうか、それの国家全体に及ぼす形響はどうであつたらうか、それの社会全体に及ぼすところの勢力はどの位であったどらうか」といった調査が必要と述べている。箕作、坪井の著述には、史実へのアプローチの方法が示されているといえる。そして、ここで焦点となっていたのは、史家の客観・主観を巡る態度のあり方である。史家は、史料を基に考証を行うだけではなく、明らかとなった史実を「聯関」させていかなければならない。そのためには、史家の「想像力」が求められる。しかしながら、全く証拠のない事柄を考え出す「空想」は行ってはならない。

こうした「空想」への厳格な態度は、『伊沢蘭軒』にも見られる。『伊沢蘭軒』には、証拠が見つからない場合、「今考へることが出来ない」「今知らない」として、考証を終わらせる箇所が見られる。例えば、「その百十八」より続く北条霞亭の記述について、「その百五十」ではその中断が述べられる。

わたくしは浜野氏の蔵書二三種を借り得て、其中に就いて北条霞亭の履歴を求め、年を逐うてこれを記し、遂に文化十年癸酉、霞亭三十四歳の時に至つた。（中略）わたくしは霞亭に関する記載の頗不完全なるを自知しながら、忍んで此に筆を絶たなくてはならない。何故かと云ふに、癸酉以後の事蹟には、前に一巻の帰省詩嚢、一篇の嚢里移居詩を借り来つて、菅茶山の書牘に註脚を加へた後、今に至るまで何の得る所も無いからである。

史料に書かれている証拠を重視する『伊沢蘭軒』の態度は、西洋史学の方法と接続するのである。一方、『伊沢蘭軒』の「人と殊なる」点として、二つ目に挙げられているのは、「系族を沿討した」点である。「わたくし」は、この特徴について以下のように述べる。

一人の事蹟を叙して其死に至つて足れりとせず、其人の裔孫のいかになりゆくかを追蹤して現今に及ぶことが即ち是である。前人の伝記若くは墓誌は子を説き孫を説くを例としてゐる。しかしそれは名字存没等を附記するに過ぎない。わたくしはこれに反して前代の父祖の事蹟に、早く既に其子孫の事蹟の織り交ぜられてゐるのを見、其糸を断つことをなさずして、組織の全体を保存せむと欲し、叙事を継続して同世の状態に及ぶのである。(「その三百七十」)

伊沢蘭軒の死後、記述はその子孫に及び、さらに大正六年現在の「蘭軒末葉の現存者」を紹介したところで蘭軒伝は閉じられる。こうした子孫末裔への視点は、『渋江抽斎』から明らかにみられ、鷗外の史伝の特徴を表すものとしてしばしば言及されてきた[5]。しかしながら、伝記とは子孫末裔に至るまで記すものであるという認識は、鷗外に限らず、西洋史学の理論にすでに見られるものである。前述の坪井九馬三と同様、ドイツ史学に影響を受けた内田銀蔵[6]は、伝記を歴史の研究の一側面と捉え、「実際の事例に就き人の経歴及運命を考察究明する者[7]」とする。そのため、「必ずしも俊傑若くは偉人の生涯にのみ限るべきに非ず」という。あくまでも実例に基づいて、個人の生涯を研究し、「人の生涯に共通して存すべき型式及理数、並に相通じて適用せらるべき規準」を究明することに意義をみているのである。そして、その意義を明らかにするために必要とされるのが、以下の伝記の「体例」である。

人の生涯とは個人の出生より其の死亡に至る間の時期を云ふ。伝記は之を以て終始す。然れども或る特定個人の伝を叙する者は、通常先づ其の父祖の世系を尋ね、而して屢ゝ終りに其の子孫の事に及ぶを見る。是れ蓋し誠に故なきに非ず。何となれば個人の生涯は或る意味に於て旅の生涯の一駒と見做すものなればなり。(8)

ここでは、「人の経歴及運命を考察究明」するためには、「個人の出生より其の死亡に至る間の時期」だけでなく、父祖の世系から子孫までを示す必要があると述べられている。鷗外は、『渋江抽斎』において、「古人を景仰するものは、其苗裔がどうなつたかと云ふことを問はずにはゐられない」(「その六十五」)と述べる。そして、『伊沢蘭軒』に至って、「一人の事蹟を叙して其死に至つて足れりとせず」という。個人の事蹟を明らかにするためには、その人の生涯を書くだけでは「足れり」とはいえない。「子孫、親戚、師友等のなりゆき」まで書くべきであるという認識は、伝記に対する内田の認識と重なりあう。『伊沢蘭軒』には、西洋史学の方法の影響が明らかに読み取れるのである。しかしながら、『伊沢蘭軒』には西洋史学の方法だけでは説明のつかない部分もある。そうした特徴についても検討する必要があろう。

三、集古会との情報交換

鷗外の史伝では、多くの情報提供者から寄せられた資料や談話、書簡でのやりとりが、作中に挿入される。言い換えれば、『伊沢蘭軒』は、作品そのものが歴史を巡る情報公開の場となっているのである。例えば、「その百十二」では、狩谷棭斎の足跡を巡って、三村清三郎へ情報を問い合わせる様子が描かれる。

此年の夏の初には、狩谷棭斎が京都に往つてゐた。これは棭斎が初度の西遊では無い。しかしわたくしは是より先其遊蹤を尋ねようとしてゐながら、遂に何の得る所も無かつた。そこで三村清三郎さんに問うた。(中略)わたくしは再び書を三村氏に寄せて、棭斎の自ら語つた京遊云々の事を詳にしようとした。三村氏はわたくしのために事を検する労を辞せなかつた。わたくしは此に其復柬中考証に係るものを節録する。

引用以降では、集めた情報に対して、「わたくし」が他の史料や観点を導入しながら、情報を確認し裏付ける作業が行われる。そうした作業によって、「わたくし」は「三村氏の考証した文政二年の旅が此句に由つて確保せられる」と判断を下している。このように、『伊沢蘭軒』は、「わたくし」の判断や考証によって進行していく。こうした作中における情報開示のスタイルは、西洋史学の方法では説明ができない。西洋史学においては、先に見たように、客観的な記述が重視された。そこでは史家は批評の主体者ではあるものの、「わたくし」という形で前面に出てくるものはほぼないといってよい。「わたくし」が前景化される歴史叙述を行っていたのは、西洋史学の受容とは直接関係のないところで活動していた、好古家と呼ばれる人々の集まりであった。そしてその集まりには、鷗外史伝の情報提供者たちの多くが所属していた。その一つとして、前章第Ⅱ部第二章で取り上げた三村清三郎の所属する集古会が挙げられる。既にふれたように集古会は、明治二五年に結成された学問の研究団体である。彼らは、物や知識を持ち寄り、情報の交換を重ねることによって、失われつつある近世の伝統や文化を保存していくことを目的としていた。そのため、集古会の集めていたものは、今日では希少価値の高いものも少なくない。「全体の会員が官民の集合で[9]」とされていたことからもうかがえるように、彼らはその職業にかかわらず、古物を収集し、愛好する好古家たちであった。もちろん、集古会の調査対象は物理的な物にとどまらない。集古会には、三村清三郎のように近世の学者、蔵書家たちに精通した人々も集っており、そこでは情報も積極的に交換された。鷗外が三村と交流を持ち始めたのは『伊沢蘭軒』執筆時の大正五年であるとされているが[10]、三村からの一方的な情報提供というよりも、両者による知識の交換が行われていたようである。三村は、鷗外との交流について、次のような回想を残している。

自分は町人である上に少し斗書物を読むことを知つた為め、青年時代に私かに棭斎迷庵を慕つたので、多少此の六右衛門の事蹟を知つてゐた。（中略）自分は松田先生に丁稚上りの頃大層お世話になつて度々上つた、随て棭斎蘭軒の話もよく伺つてゐた。森さんが伊沢蘭軒伝を新聞にか丶れた時、此の新聞を読んで、知らぬ事実を沢山教へられたことは勿論であつたが、時々は自分の気の付いたこともあつた。[11]

三村の研究対象は、抽斎や蘭軒を中心とした近世の考証家たちの世界を追っていた「わたくし」と重なり合うものであった。「わたくし」が三村の情報に拠ったのは、三村の持つ情報の価値を十分に認識していたからに他ならない。集古会の知のあり方は、基本的には史料や情報、物の収集を基盤としていた。例えば、三村は史料として、当事者の談話や証言の収集も行っている。三村の日記からは、そうした生活の一端をうかがうことができる。

明治四三年十月三十一日
朝岡山高蔭氏を訪ふ　名古屋の人にて四十位に見ゆ（中略）翁は伊沢盤安門人にて漢方医道を修め　八丁堀に開業（中略）伊澤塾ニ居りし時森養竹　渋江金吾　小島成斎ハあひて知れり　成斎には手本を貰ひたり　伊澤の墓之字は渋江之書にて、背は海保（村通）なり　棭斎之娘高女ハ盤安の妻となる　狩谷懐之　子無かりしかば　高女の娘を養ひ　これに神田の豊嶋屋といふ[12]

三村は、当時の関係者を訪ね、あるいは書物を収集、解読することによって情報を集める。さらに、そうした情報収集の過程や、明らかとなった史実を、文章で公開する。『集古会誌』に、三村は多くの文章を寄せているが、その大半は物を巡っての考証と短い人物伝である。例えば、「彫刻師岷江小伝」（『集古会誌』明治四二年六月）には、次のような記述が見られる。

岷江の筆跡といふもの僅に絵画二三を見たり、余が蔵品は地袋にて富士を主にしたる山水也、歟に「雪舟筆意岷江惇徳画」とあり又子路負米図扇面、狸皷腸図及白蔵主図半切を見たることあり、濃墨を思ひきつて使ひこなしたる粛白の感化を蒙りしあと歴〻たり。

ここでは、「余が蔵品」についての情報が公開され、「余」の集めた見聞が示される。さらに、伝を閉じるにあたって三村は、「岷江の事書籍にも伝はらず、墓碑とても分明ならねば僅に伝説を基として二三見聞せし事をもつて補ひたり、定めてウソバナシ多かるべけれど、これを伝ふるは伝へざるにまさるべし、たゞ見る人々の心にありとこそ」と述べている。彫刻家岷江について伝える信憑性の高い史料がほとんど残っていないことが述べられ、だからこそ「ウソバナシ」が含まれていたとしても伝えていくべきであるという、著述の意義が強調されているのである。

「これを伝ふるは伝へざるにまさるべし」と述べる三村の認識は、『伊沢蘭軒』に示される「わたくし」の価値観に通じる。『伊沢蘭軒』には、史料選択の態度として、今後刊行される可能性が少ないという基準が述べられている。例えば、蘭軒の子榛軒の詩集『榛軒詩存』については、「或は永遠に印刷せられざるべきを思ふが故に、作者の世を去る年の詩は悉く存録することとした」（「その二百五十九」）、「此書の刊行せらるべきシヤンスは（中略）小なるを知る」（「その二百八十一」）と述べられ、採録の理由として後世に残る可能性の低さが挙げられているのである。また、「わたくし」の史料選択は、後世の価値とは無関係に行われる点に特徴がある。「その二百四」以降、「わたくし」は頼山陽の臨終の状況について、従来の定説である江木鰐水撰の行状の訂正を試みている。定説を覆すため、「わたくし」は、山陽の臨終の目撃者である妻里恵と門人石川こと関藤藤陰の言説を改めて検証することから始める。そして、里恵の書牘が掲載されている、田能村竹田『屠赤瑣々録』（文政一二年成立）を抄録する。その際、「わたくし」の史料への態度が言い添えられる。里恵の書牘は、「人の珍蔵する所の文書でもなく、又僻書でもない」。収録する『屠赤瑣々録』は、「広く世に行はれてゐる書」である。「わたくし」は、「何人も容易に検することが出来る」史料を用い、山陽臨終を巡る通説を覆す「貴重なる」史実を導こうとしているのである。

「わたくし」は、「傍にあつたものの言を聞かむことを欲する」といい、「今根本史料たる価値を問ふときは、里恵の書牘は鰐水の行状の上にある」という。後世に言い伝えられていることではなく、その時の状況を再現することに意味を見出しているのである。それは、史実のアプローチの方法として、典拠をさかのぼる姿勢に通じる。

こうした「わたくし」の価値観は、史料を選択する際だけでなく、研究対象を語る際にも述べられる。例えば、蘭軒と頼山陽の関係である。森田思軒『頼山陽及其時代』（明治三一年五月、民友社）、坂本箕山『頼山陽』（大正二年四月、敬文館）、木崎好尚『家庭の頼山陽』（明治三八年六月、金港堂）など、生涯を伝える先行の伝記が多数輩出されている山陽に対して、蘭軒の生涯を編年で記したものはないに等しい。そのため、「材料」の乏しい蘭軒の伝を書いていくには、「時に山陽を一顧せざるを得ない」（「その二十」）。「晦れたる蘭軒」に対して、「顕れたる山陽」という作中の言葉は、こうした事態を的確に表している。「材料」の多い山陽や菅茶山といった人物の事蹟から、蘭軒の生涯を埋めていく方法を採っているのである。

しかし、「時に山陽を一顧せざるを得ない」と述べる「わたくし」は、一方で「わたくしの目中の抽斎や其師蘭軒は、必ずしも山陽茶山の下には居らぬのである」と自身の価値観を宣言する。ここに、世間一般の評価とのずれが生じる。世に知られていないからといって、それがすなわち価値の低さを表すのではない。人の目に触れる機会が少ないからといって、その史料の価値が低いというわけではない。史料や対象に対する「わたくし」の態度からは、こうした価値観が浮かび上がってくる。それはまた、鷗外の歴史叙述に底流する価値観でもある。

『伊沢蘭軒』において、「わたくし」によって開示される考証の過程は、近世以来の伝統的な好古家たちの方法意識に通じるものであった。集古会の学問は、近代になって忘れられつつある、前代のものを残していこうという意識に基づいている。こうした研究対象へのまなざしからも、『伊沢蘭軒』と好古家たちとの共通性を指摘することができるのである。だがその一方で、好古家たちの知のあり方は、考古学の成立に伴う形で近代の学問からは排除され、やがて好古趣味として化していったことも見逃してはならない。次にその過程を追うことで、『伊沢蘭軒』と好古家たちとの差異を浮き彫りにしてみたい。

四、「考古学」の成立

集古会の発足について、三村が「何でも坪井博士が人類学会では堅過ぎるから、少しくだけた集をしやうといふので、当時の若手を発起人にして、明治二十九年一月五日午後から上野の時の鐘の下の韻松亭で、集古懇話会を開催した」[13]と述べていることは前章第Ⅱ部第二章で触れたが、こうした証言があるように集古会は当初、考古学や人類学と極めて近い関係にあった。[14]幕末から明治にかけての好古家たちの動向を追った鈴木廣之[15]は、発足当時のこうした状況を「プロフェッショナルとアマチュアの蜜月時代」と表現している。しかし、やがて「プロフェッショナルとアマチュアの境界線」が引かれるようになる。つまり、考古学や人類学といった近代の学問体系が立ち上げられていくにしたがって、そこに収まらない分野は排除されていった、ということである。そして、物を直接の対象とする集古会は、江戸期以来の伝統的な好古趣味として、あるいはアカデミズムの補助学として残っていく。

その一方で、例えば坪井正五郎や白井光太郎といった人物は、西洋の学問を摂取し、伝統的な古物研究を近代の方法へと変えていった。白井は、人類学会設立にあたって、「方今世ノ好古学者ノ為ス所ヲ見ルニ其探究ノ法一モ西洋実験ノ説ニ合ハズ専ラ書籍ト師伝トニ依頼シ実地実物ニ就テ考案ヲ恣ニスルコト甚稀ナリ」[16]と、従来の好古家たちの方法を不十分なものとして批判的に振り返っている。坪井自身、「私ハ幼少ノ頃カラ雑書ヲ読ムノガ好デシタガ博物書ヤ随筆ノ類ヲ見ルニ及ンデ事物ヲ比較シテ異同変遷ヲ考ヘルノガ面白クナリマシタ」[17]と述べているように、彼らの学問の基盤は古物研究にあった。しかし、そうした学問のあり方を批判的に受け継ぎながらも、古物研究を近代の学問としての考古学、人類学へと変貌させていったのである。既に第Ⅰ部第一章でふれた富士川游[18]も、好古趣味を「医学史」という日本ではじめての学問分野へと変貌させていった一人である。富士川は膨大な古医書を収集、それに基づいて古代からの医学者の伝記を並列し、分野別に日本医学の展開を記した。『日本医学史』（明治三七年一〇月、裳華房）「序論」において、富士川は「医学ノ歴史」を「科学的ノ方法ニ依リテ研究セントスル」と述べている。こうした歴史叙述のあり方が、いかに画期的であったかは、『日本医学史』に寄せられた鷗外の序文からもうかがうことができる。

編年ト云ヒ列伝ト云フ縦ヒ材ヲ取ルコト博ク事ヲ叙スルコト詳ナランモ輓近ノ史眼ヨリシテ観レバ単ニ史家ノ前業タルニ過ギズ我国既出ノ医史ノ概皆今人ノ要求ヲ満足セシムルニ足ラザルモ亦宜ナリ富士川游氏ノ才学一時ニ卓越セルハ世ノ知ル所ナリ其ノ新ニ欧州ヨリ帰ルヤ蘊蓄愈大ニ識見愈長ゼリ頃日累年蒐集セシ所ノ材料を鎔冶シ我国医学ノ発生開展ノ跡ヲ歴叙ス[19]

坪井にしろ、富士川にしろ、古物研究からの脱却を図ることができたのは、鷗外が述べているように、彼らの西洋経験の影響によるところが大きいのだろう。しかし、彼らの立ち上げた学問は、伝統的な好古学の方法に、新たに科学的・客観的な西洋の方法を接合したという点において新しかったと見るべきである。彼らは、先に見たドイツ史学由来のアカデミズム史学とはまた違った形で、西洋の科学的・客観的な方法を取り入れたといえる。そして、そのような動きに自覚的に対応して書かれたのが『渋江抽斎』であり、『伊沢蘭軒』なのではないかと考えられるのである。中井淳史は、集古会の記述の特徴について、「何かを語るためにモノを記述するのではなく、モノを語るという目的ただ1点のために記述されている[20]」とした上で、「モノそのものの世界」にこそ焦点が当てられているると指摘している。集古会の研究方法は、世界と関わりを持たないという点において、西洋史学の方法からは遠いものである。

先に『伊沢蘭軒』は、集古会の方法意識や史料選択の態度に通じる点があると述べた。こうした類似性が見られる一方で、『伊沢蘭軒』には、単なる娯楽としての好古趣味に対する批判的な立場が描かれている。以下は、「その百八十一」において、蘭軒の「書の銓択」についての論が引用された箇所である。

而して銓択に二派有り。逸書を好み、奇文を愛し、世に絶えて少き所の者は、兎園稗史と雖も、必ず捜して之を得。是れ好事蔵家の銓択する所なり。其の蔵する所は緊要必読の書に過ぎず。然れども皆古刻旧鈔、真本を審定して之を蔵す。是れ正学蔵家の銓択する所なり。

ここで蘭軒が二派に分けている「蔵家」のあり方について、「わたくし」は「今の蔵家を観るに二派は猶劃然として分れてゐる」と述べ、「世間好事者の多いことは、到底正学者の比ではない」という。いうまでもなく、ここでの分け方に従えば、「わたくし」は「正学」者に当てはまる。そして、現在の風潮においては「書を買つて研鑽の用に供せむと欲する少数者は、遂に書を買つて娯楽の具となさむと欲する多数者の凌虐に遭ふことを免れぬのであらうか」と嘆く姿が描かれている。ここで、すべての好古家たちが蘭軒の分ける「好事蔵家」に当てはまるといいたいのではない。しかしながら、ここには、書の収集は「娯楽」のための「趣味」によって行われるべきではなく、「研鑽」のために行われなければならないという認識が示されている。こうした認識には、世界と関わりを持たない好古趣味に対する批判が内包されている。

鷗外は、『伊沢蘭軒』を閉じるにあたって、自己の著述を「わたくしの試験」と述べた。そして、それは「古今幾多の伝記を読んで慊らざるものがあつた故に、窃に発起する所があつ」たという。見てきたように、鷗外の史伝には明らかに西洋史学の影響が見られた。とりわけ、『伊沢蘭軒』末尾で述べられる「客観に立脚した」点、「系族を沿討した」点においてである。しかしながら、「客観」を標榜しつつ、一方で「わたくし」が顔を出し、情報の開示を行っていくという点において、西洋史学の方法では説明のつかない部分が存在した。こうした方法は、江戸時代以来の、伝統的な好古家たちの方法と類似したものであった。近代の学問が確立していくにしたがって、伝統的な方法は後退を余儀なくされたが、鷗外の採った方法は、こうした動向とはむしろ逆である。伝統的な好古学者たちの方法に、西洋史学の方法を持ち込むことによって、新しい歴史を立ち上げる方法を確立しようとしていたと考えられるのである。これが、「わたくしの試験」と述べるところのものであり、鷗外の歴史叙述の新しさであった。「幾多価値の判断に侵蝕」されていない蘭軒は、格好の研究対象だったといえる。

作中には、抽斎、蘭軒を描くことの意義について、次のように述べられている。

わたくしは此試験を行ふに当つて、前に渋江抽斎より始め、今又次ぐに伊沢蘭軒を以てした。抽斎はわたくしの偶邂逅した人物である。此人物は学会の等閑視する所でありながら、わたくしに感動を与ふることが頗大であつた。蘭軒は抽斎の師である。抽斎よりして蘭軒に及んだのは、流を溯つて源を討ねたのである。わたくしは学界の等閑視する所の人物を以て、幾多価値の判断に侵蝕せられざる好き対象となした。わたくしは自家の感動を受くること大なる人物を以て、著作上の耐忍を培ふに宜しき好き資料となした。以上はわたくしが此の如き著作を敢てした理由の一面である。（「その三百六十九」）

ここに述べられているように、鷗外には「学界の等閑視する所の人物」を研究しているという意識があった。その意識は、研究対象だけでなく、「伝記の体例」にも当てはめることが可能である。富士川が「医学史」という新しい歴史を確立したように、鷗外はアカデミズムにも民間にも見られなかった「伝記の体例」を確立しようとしていたのである。その意味において、鷗外が抽斎や蘭軒、その周辺の人々へと関心を寄せていったのは必然であった。

五、おわりに

本章では『考古学雑誌』誌上で起こった「烏八臼」を巡る議論を手がかりに、『伊沢蘭軒』における鷗外の歴史叙述の方法を探ってきた。「烏八臼」の議論に見られたように、様々な人々が、専門か否かを問わず、一つの「意義」を巡って、説を持ち寄る。この問題は、結局正確な「意義」の定まらないままとなってしまったが、こうした知的ネットワークは、まさに鷗外の歴史叙述においても駆使され、提示されていた。その限りで、『伊沢蘭軒』と考古学の距離はそれほど遠いものではない。

そもそも日本人類学会は、東京帝国大学の学生だった、坪井正五郎や白井光太郎らによる小さな懇談会が母体となっている。当時「じんるいがくのとも」と呼んでいたこの研究団体は、明治一七年に、近代的学問としての人類学の確立を目指して、人類学会として出発する。その二年後の明治一九年には、日本人類学会と改名し、機関誌『人類学報告』を刊行する。人類学会の設立は、同時に日本考古学の幕開けでもあった。やがて明治二九年、三宅米吉が中心となり考古学会は独立、機関誌『考古学雑誌』を刊行する。坂野徹[21]が「学会創設に関わった者はそのほとんどが、石器や土器などの古物に関心をもつ若者たちであり、現在ならば考古学に該当する領域への関心から、人類学会は始まった」と述べているように、設立当初、人類学は考古学の一部であり、明確な区別はまだなかった。そうした考古学と人類学が重なる学問の地点においたとき、鷗外の歴史叙述はその輪郭を明瞭にする。

「わたくし」が語っていくという鷗外の歴史叙述の特徴は、「「史伝」出現以前」から見られるという指摘がある。[22]集古会への関心についても、弟潤三郎が出入りしていたことも考え併せると、突然生じたものとはいえない。しかしながら、単に集古会の系譜に位置づけるだけでは、鷗外の歴史叙述における客観性や、一族の歴史を語ろうとする態度は説明することができない。もちろん、西洋史学の影響のみによって、鷗外の歴史叙述の特質を説明することもできない。鷗外の歴史叙述は、集古会のような古物研究の方法と西洋史学の方法という、両者の均衡の中で位置づけられるべきなのである。そうした視点をなくしては、鷗外の歴史叙述は捉えられない。

自ら「素人歴史家」と名乗っているように、鷗外はアカデミズム史学を専門に学んだわけでもなければ、民間の歴史家であったわけでもない。どちらの方面においても、「素人」である。だからこそ、『伊沢蘭軒』という新しい歴史叙述は生まれ得たのであり、「素人歴史家」という鷗外の言葉からはその自負すらうかがえる。そのような「素人歴史家」の眼に、「烏八臼」が照準されたことも至極当然のことなのである。

注

1　この記事は『鷗外全集』未収録であったが、中村友博の講演「森鷗外と日本考古学」（平成三年三月、島根県立八雲立つ風土記の丘資料館）における発見に基づき、須田喜代次「帝室博物館総長兼図書頭時代の鷗外森林太郎」（『位相　鷗外森林太郎』平成二二年七月、双文社出版）による調査、考察がおこなわれた。なお、中村友博の講演は、「森鷗外と日本考古学」（『島根県立八雲立つ風土記の丘講演記録集』一、平成三年六月）として発行されている。

2　前掲、清水東四郎「鳥八臼に就きて」

3　前掲、須田喜代次「帝室博物館総長兼図書頭時代の鷗外森林太郎」

4　引用は、レオポルド・フォン・ランケ著、川村堅固訳『世界史論進講録』（昭和七年二月、平凡社）による。

5　山崎一頴「歴史叙述と文学」（『森鷗外・歴史文学研究』平成一四年一〇月、おうふう）は、「伝記の主人公の死を以て終らず、その遺族達の生活を叙述して現在に及ぶことで、鷗外の歴史叙述は、明治維新を挟んで没落していく士族の運命を見据えることとなった」と、遺族を描く鷗外の視点を評価している。

6　内田銀蔵「歴史の理論及歴史の哲学」（『史学雑誌』一一－五・七・八・一〇・一二、明治三三年五・七・八・一〇・一二月）について、柴田三千雄「日本におけるヨーロッパ歴史学の受容」（『岩波講座世界歴史30　現代歴史学の課題』昭和四六年一一月、岩波書店）は、「三年後に出版されたわが国初の史学研究法たる坪井の著書（『史学研究法』一九〇三〔明治三十六〕年）が史実考証に主眼をおいて理論を二次的にしか扱っていないのに比べて、当時としては群をぬく緻密な論理と構成をもって」いるとした上で、「日本近代史学の開幕を告げるものとみなすことができる」と評価している。

7　内田銀蔵「伝記の研究」（『歴史の理論』昭和一七年二月、河出書房）

8　前掲、内田銀蔵「伝記の研究」
9　八木静山「明治考古学史」（『ドルメン』四－六、昭和一〇年六月）
10　富士川英郎「森鷗外と三村竹清」（『文学』四〇、昭和四七年一一月）
11　三村清三郎「森さんと伝記考証」（『新小説』臨時増刊「文豪鷗外森林太郎」、大正一一年八月）
12　三村竹清「不秋草堂日暦（一）」（『演劇研究』一六、平成四年三月）。三村の日記は単行本化されていなかったが、平成四年より早稲田大学演劇博物館発行の紀要『演劇研究』に復刻が連載された。
13　三村清三郎「千里相識」（『集古』昭和一〇年九月）
14　集古会と明治期の考古学、人類学の関係については、山口昌男『知の自由人たち』平成一〇年一二月、NHKライブラリー）、坂野徹「日本人類学会の誕生――古物趣味と近代科学のあいだ」（『科学史研究』二〇九、平成一一年三月）などを参照。
15　鈴木廣之『好古家たちの19世紀――幕末明治における《物》のアルケオロジー』（平成一五年一〇月、吉川弘文館）
16　白井光太郎「祝詞」（『人類学会報告』一、明治一九年二月）
17　坪井正五郎「本会略史」（『人類学会報告』一、明治一九年二月）
18　富士川と鷗外との関係については、富士川英郎「森鷗外と富士川游」（『鷗外』四七、平成二年七月）に詳しい。
19　森林太郎「日本医学史序」（前掲、富士川游『日本医学史』）
20　中井淳史「集古の伝統　尚古の系譜――日本歴史考古学の近代――」（『日本語・日本文化』三一、平成一七年五月）
21　坂野徹「好事家の政治学――坪井正五郎と明治期人類学の軌跡――」（『思想』九〇七、平成一二年一月）

22　酒井敏「矢嶋優善の意味――出会えることと出会えないこと――」（『森鷗外とその文学への道標』平成一五年三月、新典社）は、『ヰタ・セクスアリス』（『スバル』明治四二年七月）『雁』（大正四年五月、籾山書店）など、「所謂「史伝」出現以前から、一人称を用いて具体的に過去や過去からの時間の流れを叙述するスタイルが試みられていた」と指摘している。

第Ⅲ部　歴史を創る

第一章　接続する「神話」——『天皇皇族実録』『日本神話』『北条霞亭』

一、はじめに

大正五年四月、陸軍省医務局長を退いた鷗外は、翌年一二月に帝室博物館総長兼図書頭に任命され、死去する一一年七月まで再び官界の人となった。鷗外は陸軍省を辞任した後、『渋江抽斎』『伊沢蘭軒』『北条霞亭』[1]と史伝を執筆している。その一方で史伝中断後、宮内省において、皇室と国家を巡る「歴史」の問題に取り組んでいた。本章では、この時期の鷗外の営為を探ることによって、こうした歴史叙述を通して何をなそうとしていたのか、明らかにしていきたい。

鷗外の任命された図書頭は宮内省図書寮の長である。図書寮は「御系譜並ニ帝室一切ノ記録ノ編輯[2]」のため明治一七年に設置された組織である。皇統譜の編纂、調製とともに、皇室関係の事項を記録、編纂する役職を担っていた。中でも、明治四一年の「図書寮分課規程」にて、皇室記録の編纂は編修課が行うことが決定されて以降、重要な事業の一つとして「天皇及皇族実録ノ編修[3]」に取り組むこととなった。鷗外が積極的に関与した『天皇皇族実録』事業である。

本事業と並行して鷗外は、歴代天皇の諡の典拠を考証した『帝諡考』（大正一〇年三月、図書寮）、元号の典拠を考証した『元号考』（大正一〇年四月起稿、未完）の執筆、「六国史」改訂事業にも取り組んだ。その背景には、皇室制度の調査の必要が唱えられた、当時の情勢があった。「第一次世界大戦（一九一四～一九）後の欧州王室の改廃などを見聞し、皇室の存在を改めて確認する必要性を感じていたのだろう[4]」といわれるように、鷗外は国家観の揺らぎに危機意識を募らせていた。『帝謚考』を「就任後直ちに編輯する事に決定」し、「自ら筆を執つて僅一年半で完成[5]」した事実に鑑みても、図書頭としての事業に対する鷗外の熱情は容易に想像できる。しかし、宮内省図書寮での事業において鷗外が何をなしたのか、実は十分に検証されてはいない[6]。

かつて唐木順三[7]は、鷗外晩年の仕事を、宮内省での「純考証的な仕事」、山懸有朋らとの「政治的画策」、「霞亭伝」の三つに分け、別個の独立した活動として捉えた。しかし、「テエベス百門の大都[8]」と形容される鷗外の業績を見定めるためには、むしろその総体を見定めていく視点が不可欠ではないか。このような観点から、『天皇皇族実録』事業を手がかりに考えていきたい。

二、『天皇皇族実録』（一）

本章で述べる『天皇皇族実録』事業とは、宮内省図書寮において行われた神武天皇以来の歴代天皇、皇族の実録を編纂する事業全般を指す。完成した『天皇皇族実録』は、本文二八五冊、総目次一冊に及び、「神武天皇より孝明天皇に至る歴代天皇並びに北朝五代の天皇と、その后妃・後宮及び皇親・皇親妃（総計三〇五〇方）の行実を、各御方毎に編年体で編修した膨大な内容を持つものである[9]」。昭和一一年に本文二八五冊を脱稿、昭和六年より二二年にかけて逐次印刷された。「その計画から編修半ばまで深く関わり、これを推進した」のが、図書頭森林太郎である。

早く明治四一年より編修計画が打ち出された『天皇皇族実録』事業であるが、その方針は二転三転する。当初、編纂は図書寮編修課が担っていたが、この時点での実録編纂は「今暫ク今上陛下ノ御事蹟ヲ記スルニ止メ[10]」と、明治天皇に限定されたものであった。しかし、大正三年、宮内省内に『明治天皇紀』を編修する専担部局として臨時編集局が新設されたことにより[11]、図書寮編修課における『明治天皇実録』編修は中止となる。その結果、大正四年「皇族実録義例」が定められ、以後の事業は「天皇実録ノ編修ハ姑ラク之ヲ見合セ」、「明治維新後崩御又ハ薨去セラレ及臣籍ニ入リタル皇族ノ実録」の編纂を優先することとなった[12]。こうした方針転換により、四年間で伏見宮邦家親王など四名の皇族の実録が完成した。だが、『天皇皇族実録』事業の中心は、あくまでも神武天皇から孝明天皇までの歴代天皇と皇族の実録を完成させることにあった。大正六年一二月、鷗外の図書頭着任時、『天皇皇族実録』事業はこのような困難な状態に陥っていたのである。

着任した鷗外はただちに改革を開始する。まず鷗外が唱えたのは、遅々として進まない事業を、大正九年より八年で完成させることである。実録の事業計画について言及した「実録編修八年計画案ニ付稟議ノ件」には、次のように述べられている。

今後尚此ノ功程ニテ進マバ天皇百拾九方（孝明天皇マデ）皇后中宮尊称太后及贈后百拾五方其ノ他ノ皇族弐千四百拾壱方総計弐千六百四拾五方ノ実録ノ完成ヲ期スル実ニ望洋ノ歎アリ。加之従来実録編修義例有ルノ外未ダ編修ノ準縄トスベキ諸規則ノ確立セルモノ無之従テ編修ノ統一ヲ期スルコト困難ナルニ付小官就任以来之ヲ憂慮シ更メテ編修ノ主義方針ヲ立ツルト同時ニ茲ニ漸ク八年計画案ナルモノヲ規画致候[13]

ここで鷗外は、従来の事業の成果が芳しくないこと、準拠すべき規則のいまだ整っていないことへの「憂慮」を述べている。そして、計画を実現するための「編修ノ主義方針」を作るべく、様々な改革案を打ち出していく。「天皇皇族実録編修規程及実録凡例」を定め、編修の基本的方針を固めるとともに、「歴代天皇皇胤ノ実録並資料数量表」を作成し、実録と資料の数量を予測することによって編修の見通しを示した。また、編修体制については

「実録編修員服務規程」を定め、人員の大幅な増員を求めた。職員に対しては、自ら「図書頭訓示」を草し、「諸官ハ允許セラレタル案ニ依拠シ予メ之カ備ヲナシ後年期ヲ愆ルコトナキヲ要ス」と目標を明確にした。こうした変革の中で提出されたのが、編修様式を従来の編年体から紀事本末体に改める案である。「天皇皇族実録編修規程」には次のようにある。

第三條　実録ハ之ヲ事項ニ類別シ編年ニ依リ事ヲ以テ日ニ繫ゲ正確簡明ニ記述シ且其ノ拠ル所ヲ示スベシ(14)

これまでの編修で行われてきた「日ヲ以テ月ニ繫ゲ月ヲ以テ年ニ繫グ(15)」編年体に対し、ここでは「事項ニ類別シ」という文言が加わっている。これが、『天皇皇族実録』を編修するにあたり、鷗外が唱えた紀事本末体である。紀事本末体は、紀伝体、編年体と並ぶ中国の史書の様式であり、事柄によって項目を立てることに特徴がある。紀事本末体を採るにあたり、鷗外は「天皇実録様式」「皇族実録様式」それぞれにおいて、実録に掲げるべき項目を具体的に定めた(16)。以降、この項目に沿って実録編纂は行われ、「大正一一年頃までに霊元天皇より孝明天皇に至る紀事本末体の実録が編修された(17)」。

しかし、鷗外の提唱した紀事本末体は、事業の停滞を招き、大正一四年以降は従来の編年体へと戻される。紀事本末体は、大正八年から一四年までの、わずか五年間のみ採られた様式であった。つまり、『天皇皇族実録』事業における紀事本末体は、鷗外が提唱し、鷗外の死去によって中止されたといえる。鷗外の改革からは、『天皇皇族実録』を速やかに完成させるという使命とともに、紀事本末体による新たな実録を作り上げようとする熱情を見ることができる。では、なぜ鷗外は紀事本末体という編纂様式を提唱したのであろうか。

紀事本末体で書かれた『天皇皇族実録』は、合わせて九冊（うち二冊は『孝明天皇実録史料目録』）現存している(18)。このうち七冊は「霊元院天皇」「中御門院天皇」「孝明天皇」の実録である。これは、「霊元院天皇以降十帝有栖川伏見桂閑院四親王家ノ明治以前ニ属スル御事績ヲ脱稿セシニ過ギズ」[19]と、紀事本末体による事業を後に振り返る中で、「霊元院天皇以降十帝」の脱稿が述べられていることと一致する。ただし、これら七冊はいずれも稿本であり、訂正の可能性があったことが推測できる。

また、九冊のうち、生誕から薨去まで「実録」としての形がそろっているのは『孝明天皇実録』のみである。現存する『天皇実録稿本　孝明天皇実録一～四』（以下、『稿本』）末尾には「大正十一年九月三十日謹修」と付されており、本書は大正一一年以前に編纂作業が進められてきたことが分かる。[20]すなわち、本書からは鷗外の定めた制度の影響力を見ることができるのである。現存する資料が限られていること、またこれらの資料が稿本であることなど、紀事本末体の『天皇皇族実録』を論じるには様々な問題があるが、以上の傍証から現存する『稿本』を分析対象とし、論を展開していくこととする。

『稿本』は全二五章から成る。「誕生」から「崩御」までが描かれた『稿本』は、「天皇実録様式」に挙げられていた項目をほぼ満たしている。[21]冒頭「孝明天皇実録引用書目」では膨大な数の「引用書目」を並べ、本書が客観的事実に基づいた記述を行っていることを提示する。さらに、各章においては、随所に史料が引用され、極めて客観的な叙述が展開されている。とりわけ、儀式や行事を記録する項目では、その傾向が顕著である。例えば、第三章「成年」では、孝明天皇の行った元服の儀式の流れが示される。「十四年二月十八日御元服ニ付キ鉄漿染ノ道具新調ヲ勘使方ニ命ズ」と「道具新調」に始まり、「御元服日時定」や「風雨ノ難ナク元服遂行ノ為ニ来十一日ヨリ七社七寺ニ祈祷ヲ命ズ」など、元服の偽式が執り行われるまでの手続きが詳細に述べられた後、「二十七日卯半刻過東宮御元服御作法始ル」と、時系列に沿って儀式の流れが説明されていく。

『稿本』全体の基調は、歴代天皇皇族の事蹟を詳細に記録するという、『天皇皇族実録』の目的に適ったものとなっている。ただし、こうした客観的な描写が展開される一方で、後世からの意味づけを行う語り手が表出する箇所が見られる。次節では、語り手の存在が顕著な第一章「総説」を見ることによって、紀事本末体の意義について考えていきたい。

三、『天皇皇族実録』（二）

第一章「総説」は、二章以降の具体的な各章に入る前に、孝明天皇の生涯の大略を述べた部分にあたる。「天皇諱ハ統仁幼名ハ煕宮仁孝天皇ノ第四皇子ナリ。天保二年六月十四日ヲ以テ降誕ス」と誕生からの出来事が客観的に語られていくが、読み進めていくと、他の章とは異なり、孝明天皇の時代を後世から捉えるまなざしが存在することが分かる。例えば次の引用である。

即位ノ初メ数年ハ天下無事四海泰平上下恬安万民享楽ノ秋ニシテ朝政ハ関白鷹司政通万機ヲ摂理シ幕府ハ十二代将軍徳川家慶ノ晩年ニシテ主席閣老阿部伊勢守正弘幕政ノ衝ニ当レリ。（中略）嘉永六年亜米利加合衆国ノ軍艦同国ノ使節水師提督ペリーヲ乗セテ相州浦賀港ニ来航シ通商互市ヲ乞ヘルヨリ国際関係始メテ複雑トナリ（第一章「総説」）

孝明天皇の半生はいうまでもなく、幕末の動乱期にあたる。ただし、こうした位置づけは、後世から見たときにいえることである。先に見たように、『稿本』は時系列に沿って各項目を記述していた。だがここでは「即位ノ初メ数年」や「国際関係始メテ」など、現在から過去を振り返る語りが見られる。時系列に沿って記録していく孝明天皇の事蹟の中に、過去を振り返る語り手が出現するのである。さらに、この語り手は単に過去を振り返るのみならず、次の引用部のように、当時の孝明天皇の行動や決断を積極的に評価していく。

天皇固ヨリ徳川氏ニ対シテ厭悪ノ叡慮ヲ有セラレシニアラザルモ又従来ノ如ク大小ノ政務ヲ幕府ニ一任シテ其ノ専断ヲ傍観シテ顧ミザルハ政体ノ善良アルモノニアラザルヲ信ジ給ヘリ。故ニ数々勅諚ヲ下シテ幕府ヲ戒飭シ万機ヲ衆議公論ニ決センコトヲ命ジ給フ。（第一章「総説」）

動乱期を生きた孝明天皇は、幕府の専断に対して一貫した攘夷を主張するなど、「卒直に発言する個性的な」[22]天皇であった。これはひとえに「政体ノ善良アルモノニアラザル」と国家の行く末を憂い、「皇室ノ隆興」を維持するためであったと『稿本』の語り手は述べる。さらに、幕府への対応に限らず、孝明天皇は「慈悲憐愛ノ性ニ富マセラレ」ていたとされる。「貧民ノ救助」や「凶荒ノ賑救」、また「大臣ヲ重ンジ近臣ヲ親昵アラセラル丶」こと、「不行跡ノ廷臣」を「憐マセラル丶」ことなどが挙げられ、そうした性質は「宸記宸翰」に散見されるという。そして近衛忠熙、中山忠能への「宸翰」を引用し、次のような感慨を述べる。

是等ノ宸翰ヲ拝シテ憂国ノ宸衷ヲ知ルト共ニ臣僚ヲ愛撫シ身ヲ殺シテ仁ヲ為スノ覚悟ヲ有シ給ヒシヲ見テ今更ナガラ恐懼ノ念ニ堪ヘザルヲ覚フ。（第一章「総説」）

引用部には明らかに『稿本』編纂者の語りの表出が見られ、後世からの評価がなされている。『稿本』には、禁欲的な客観的叙述が展開される一方で、このような語りが表出する箇所が散見される。そして、この語りの表出こそ、後に指摘される紀事本末体の問題点の一つだったのである。以下、鷗外死後、紀事本末体の中止までの経緯を追うことによって、紀事本末体の特徴を明らかにしていきたい。

鷗外死後、後任の図書頭杉栄三郎は『天皇皇族実録』を編年体に戻すことを提唱した。直接的な理由は、紀事本末体による編纂事業が遅々として進まなかったことにある。「明治以前ニ属スル御事績ヲ脱稿セシニ過ギズシテ此ノ年月間ニ対スル予定成績ノ半ニモ達セズ[23]」という事態を打開する必要があったのである。さらに杉は「編年ト紀事本末ト両体ニ付キテ其ノ得失ノ重ナル点ヲ列挙」し、編年体を採択する所以とともに、紀事本末体の問題点を述べた。その一つが、紀事本末体では『天皇皇族実録』の本来の目的である「史実ノ精確周密ナルヲ期シ記述ノ最モ公平ナルヲ要ス」を満たしえない、というものであった。

「最モ公平ナルヲ要ス」以上、「誤謬遺漏」のないことは勿論であるが、「成ルベク編修者ノ私見ニ依レル批評判断」を挟むべきではない。しかしながら、「画一ノ型式範疇ヲ設ケテ之レニ拘束セラルヽ」紀事本末体では、こうした事態を免れないというのである。「御事蹟ノ性質ニ依リテ或ハ何レノ章節ニ記載スベキカ疑惑ヲ生ズルモノアリ。或ハ二三ノ章節ニ重複記載セザルベカラザルモノアリ。或ハ又何レノ章節ニモ正当ニ記載シ得ザルモノアリ」というように、紀事本末体によって編修を行った場合には、「編修者ノ私見ニ依レル批評判断」を加えざるをえない。事実、現存する『稿本』には記載内容を超えた編修者の「批評判断」が見受けられた。

こうした記述は、杉の言に従えば、紀事本末体特有の事態である。そうした「批評判断」が必要とされたこと、さらに「御一代ノ事蹟ヲ其ノ性質ニヨリ分類聚録スル仕組ナルヲ以テ有ラユル史料ヲ蒐集シ尽スニアラザレバ起草ニ着手シ難キ」傾向にあったことなどから、紀事本末体による編纂は、予想外に時を費やす作業となった。鷗外は、八年間での完成を目指した。しかし現実には、紀事本末体への変更が事業の停滞を促したと見なされた。こうして、『天皇皇族実録』の編纂様式は当初の編年体へと変更され、昭和一一年に至って脱稿する。このように、死後、批判的に受け止められた紀事本末体に、鷗外はなぜこだわったのであろうか。手がかりは、「帝室一切ノ記録ノ編輯」を行うという図書寮の役割にあると考えられる。

『稿本』には、既に述べたように、儀式や行事に対する詳細な説明が見られる。それは、先の第三章「成年」のみならず、第一二章「朝儀」、第一七章「信仰」の項目も同様である。これらの章では、それぞれ「恒例」「臨時」と分けられた儀式、行事の模様が示されている。ここで示される天皇の御代に行われた儀式や行事は、「帝室一切ノ記録ノ編輯」のため、後世に伝えていかなくてはならない。そのためには、『天皇皇族実録』において極力詳細に記録を残していくことが求められる。こうした記述は、項目別に章立てすることのできる紀事本末体だったからこそ、可能であったのだといえる。

儀式の詳細な記録は、皇室の連続性を保証することにつながる。例えば、第一二章「朝儀」では「恒例」の「一」として「元日儀」が挙げられている。「元日ニハ四方拝朝賀節会等アリ」と元日の行事について述べた上で、それぞれ「四方拝」「朝賀」「節会」がどのような行事であるのか、説明を加える。その際、「中古ヨリ催サル」や「古ハ天皇大極殿ニ御シ群臣ノ拝賀ヲ受ケサセラル、大儀」というように、「元日儀」の「古」よりの連続性が強調される。ただし儀式は受け継がれてきたものばかりではなく、時代の変遷によって断絶や変化の起こったものもある。そうした断絶や変化については、例えば「応仁以後全然廃絶ニ帰セシガ延徳年中ニ至リ再興セラレタリ」と説明を加え、変遷を遂げながらも「古」より脈々と受け継がれてきたことを示していくのである。

加えて『稿本』は、孝明天皇の時代独自の事項についても筆を費やしている。その一つとして、「国土安穏ノ祈祷」の増加が挙げられる。孝明天皇の半生が幕末動乱期であったことに関わる事柄であるが、重要なのはその語られ方である。

崇佛ノ点ニ至テモ大元帥法後七日御修法ノ如キ常例ノ佛事ニ於テ敬虔ノ勤修アルヲ始トシテ山門ノ元三会勤学会興福寺ノ維摩会等ノ如キ前代ヨリノ流例トシテ勅使ヲ参向セシメラル、外ニ（中略）遠州秋葉寺ニ火災祈攘京都瑞龍寺ニ国土安穏ノ祈祷ヲ命ゼラレシ如キハ当御代ノ創始ナリ。（第一章「総説」）

ここでは、「前代ヨリノ流例」と連続性と同時に、「当御代ノ創始ナリ」とその新しさが語られている。前代からの伝統を保持しながら、時代に合わせて変化していく「帝室」のあり方がここには示されている。そして引用箇所に顕著なように、編修者の「批評判断」が加えられ、「帝室」の連続性が意味づけられていく。これが紀事本末体『天皇皇族実録』の特徴である。

鷗外が紀事本末体による『天皇皇族実録』で描こうとしたのは、帝室の連続性を前提とした新たな「天皇皇族」の歴史であったと考えられる。膨大な史料を実証として組み込みながら、編纂者の「批評判断」を加えることのできる紀事本末体は、もっともふさわしい編纂様式として鷗外に見出されたのである。

四、『日本神話』

宮内省図書寮で「歴史」の問題に向き合っていた時期、鷗外は同時に「神話」の問題に取り組んでいた。児童向けに書かれた『標準お伽文庫　日本神話』（上巻大正一〇年四月、下巻大正一〇年八月、培風館）[24]の撰者の一人として編修に関わっていたのである。本書は、培風館発行『標準お伽文庫』として出された『日本童話』（上巻大正九年三月、下巻大正九年六月）、『日本伝説』（上巻大正九年一〇月、下巻大正一〇年一月）とともに発行された。他の撰者は、馬淵冷佑、鈴木三重吉、松村武雄である。発起人馬淵冷佑は、当時東京高等師範学校訓導を務め、小学生向けの読物を数冊出していた。執筆はこの馬淵が中心となったとされる。だが鷗外の参加は名目上のものではない[25]。松村武雄「鷗外博士の思出」(『疎鐘』昭和一八年五月、培風館)によれば、「博士からM氏(筆者注、馬淵冷佑)に返送される原稿は、到るところ改刪されてゐた。「完膚なし」といふ言葉が此の上なく適切に当てはまるほど朱筆が加はつてゐた」という。

松村の回想には、『標準お伽文庫』に臨む鷗外の態度が記されており、興味深い。鷗外は本書を編纂するにあたり、「説話が事実でないといふ考は誤つてゐる。某民俗が某時代にかくかくと思惟したことは、明確な一個の事実であり、これの尊重すべきことは physical な事実に譲るものではない」という立場を採った。そのため、「説話を目して単なる想像力の産物とする世の潰々者流を憐殺して居られた」。ただし、「説話の事実性を尊重」する一方で、鷗外は形式や表現を「改鋳せずにはゐられなかつた」一面もあった。たとえば、『日本神話』中「大国主神の神話」の内容についてである。八十神が大国主神を殺そうとする条において、『古事記』では、焼石を赤猪と欺いて捕えさせることに失敗した後、木の股に挟んで殺したとされている。しかし、『古事記』の順番では「後に来る誘惑物の方が、前に持ち出されたそれよりも魅力の乏しいものとなつてゐる」とし、松村と鷗外は事件の配列を『古事記』とは逆にすることを提唱したという。事実、『日本神話』では、「だまして木のわれ目にはさんで殺すがいい」という八十神の計画が失敗した後、「今度は大きな石を真赤に焼いて、それで命を焼き殺そう」としたとされる。

松村は続けて、鷗外の「説話の事実性と歴史の事実性」に対する心遣いに触れ、原稿の方針として「博士は、表現の簡古性を第一の要義とされた。いい意味の簡樸と古拙とを、大いに尊重された」という。松村はこうした改変に対して、「芸術的表現に気むづかしい注文」をする鷗外の姿を見ているが、改変の理由はそれだけではないように思われる。「何分子供ガ歴史読本トスグニクラベテ考ヘルコトハ避ケタキニ付[26]」と松村宛書簡にあるように、「歴史」と「神話」を区別する立場からの配慮だったと考えられるのである。

序章において触れたように、すでに明治四五年、鷗外は「歴史」と「神話」を巡る思索を「かのやうに」の五條秀磨に語らせていた。ここでは南北朝正閏問題を踏まえ、問題の発端となった喜田貞吉について見ていく。両者の立場を考えることによって、この時期の「歴史」と「神話」を巡る問題の一端を明らかにしたい。そもそも南北朝正閏問題は、喜田による国定歴史教科書中の南北朝両立の記述が発端であった。喜田は、『大日本史』の史観に疑問を呈し、これ以前の歴史叙述において南朝を公に認めたものが少ないことを、学問的観点からは指摘している[27]。だが、喜田が南北朝両立の記述を選択したのは、「もし尊氏以下武家方の将士が賊ならんには、北朝の諸天皇もまた賊の天皇にますとして、幼稚なる児童の頭に映りはせぬだろうかということについて、甚深の懸念を禁ずるを得なかった[28]」からである。明治天皇が北朝系の天皇である以上、「北朝の諸天皇」を「賊の天皇」とみなしかねない記述は避けなければならない。喜田が行ったのは、現国家の天皇制が孕む矛盾を繕うことであった。喜田の採った立場は、南朝由来のイデオロギーを掲げる明治政府の方針と、明治天皇が北朝系であることの折り合いをどのようにつけるか、その問いに向き合った結果として導かれたものといえる。その点において、南北朝両立を唱えた喜田の立場もまた、学問を優先したものとはいいがたい。

だからこそ喜田は「皇室の由来、政府の顛末」だけでなく、「国民側の」由来を明らかにしなければ「我国の歴史」を研究したとはいえない[29]とし、「民族」と「差別」の問題に取り組むことになる。喜田によれば、「日本民族《やまとみんぞく》」は「複合民族」である。個人雑誌『民族と歴史』創刊号（大正八年一月）の冒頭「「日本民族《やまとみんぞく》」とは何ぞや」において、喜田は「天孫民族」が「高天原」から「日向」に「降臨」した時、「其処には既に多くの先住民族が棲息して居た」が、「天孫民族」は「先住民族」（「国津神」）に対し「残忍酷薄なる所業」を行わなかったことを強調し、両者の交わりを「接木」と表現した。そして、「先住民族」がいかに「日本民族」に「同化融合」していったのかを明らかにするため、「先住民族」としての「アイヌ」、「蝦夷」の研究を深めていく。喜田は、「わが東北民族の研究は、ひとり東北民族そのものの顛末を明かにするのみならず、わが日本歴史の根幹をなすべき日本民族の成立、日本国家の発展の事情を明かにするうえにおいて、最も重要なる地位を占むるものであらねばならぬ[30]」と述べる。「蝦夷」は、喜田にとって「わが日本」の「歴史」を捉え直す契機となる存在だったのである。

「蝦夷」を論ずる中で注目されたのは、東北の豪族安東氏である。喜田は安東氏を「日の本将軍」と礼賛する。それは、先住民族が日本民族に組み入れられた後は「祖先以来の伝統を没却するを常とするが中にありて」、安東氏のみが「神武天皇東征以前より本土に豪族たりとの家伝を固執し、長髄彦の兄安日の後なることを公称[31]」したためだという。「まつろわぬ民」の行く末を追う過程で、独自の地位を築いた安東氏が関心の中に浮上したのである。安東氏の存在は、しばしば『東日流外三郡誌』（昭和五〇年刊行）との関連で語られる。昭和五〇年から五二年にかけて青森県北津軽郡市浦村によって刊行された『東日流外三郡誌』は、「江戸時代に成立した、東日流（津軽）地方を中心とする東北の隠された歴史を記録した「史書[32]」」とされる。現在では偽書と認められているが、一時その内容から物議をかもした。もちろん本書と喜田とには直接的関係はない。しかし、両者の安東氏へのまなざしを重ね合わせることはできる。喜田にとっての安東氏の調査は、「皇室の由来、政府の顛末」とは異なる視点からの歴史を提出するものだと考えられる。それは言い換えるなら、もう一つの歴史を描くという点で一種の「偽史」である[33]。

その喜田が、『日本歴史物語　上』（昭和三年四月、アルス）において、児童向けの「神話」を書いていることは偶然ではない。冒頭「児童たちへ」では「昔の偉い人たちは、それ〴〵その時代の歴史の中心になつてをりましても、その人たちのことだけでは、日本の歴史は十分なものとはいはれません」と述べ、「日本民族の動き」を明らかにすることを述べる。そして、「熊襲や、蝦夷などといはれた、前からこの国に住んでゐたもの」や「支那や朝鮮から移住して来たもの」が「少しも区別のない、日本民族となつてしまつてゐるのであります」と、平易な表現によって繰り返し「日本民族」の由来を強調するのである。喜田の民族論には、政府によるものとはまた別種の「歴史」の再構成が見られる。こうした民俗学における先住民へのまなざしが、万世一系の天皇制の補強として作用したことは既に指摘がある。[34] ただし、本章において重要なのは、鷗外と喜田がともに南北朝正閏問題を経て、「神話」を書き、「歴史」を書いていたという共時性である。「歴史」を支えるための「神話」が改めて必要とされた事態がここから浮かび上がる。

鷗外『日本神話』は、神代の物語を客観的に描写していく。また平安時代まで言及する『日本歴史物語』に対し、『日本神話』は「尊」が「土蜘蛛などもお平げにな」り、「大和の畝傍山のふもとの橿原を都」として「第一代の神武天皇」となる場面で幕を閉じる。神武即位は「神話」と「歴史」の接続点である。事実、鷗外が天皇の諡を考証した『帝諡考』は神武天皇より始まる。『天皇皇族実録』の編纂基準を見れば明らかなように、宮内省は歴代天皇を神武天皇より数え、かつ北朝五代の天皇を人数に加えていた。現行の皇室が北朝系のためである。『帝諡考』はこの宮内省の方針を受け継ぎ、南北朝の天皇を併記するとともに、当時在位の不確定であった長慶天皇などの諡号も取り上げた。ここに見られるのは、過去を再構成する態度である。南北朝正閏問題を契機に浮き彫りになった「歴史」と「神話」の矛盾にどのような折り合いをつけるか。その一つの答えが、諡号の典拠を固めることによって、帝室の連続性を補強していく作業であり、「歴史」に接続する「神話」を作る作業だったといえる。これを図書頭としての職務に限定して捉えるべきではない。過去を再構成する姿勢は、宮内省出仕前から取り組んでいた『北条霞亭』にも見られるものだからである。

五、『北条霞亭』

小泉浩一郎[35]は、『北条霞亭』「その一」が頼山陽の墓碣銘から言及をはじめていることに触れ、作品に「山陽の解答をめぐる叙述者鴎外の提起した反措定のモチーフ」を見た。その上で、「鴎外の霞亭に寄せた夢、翻って頼山陽への反感や反噬が—飛躍をおそれずに言えば—明治的国体即ち天皇制国家秩序からの脱却の夢であり、それへの反感・反噬であった」という。確かに、『北条霞亭』も『伊沢蘭軒』も山陽への言及から始まっている。だが、山陽の墓碣銘は「霞亭生涯の末一年」の末尾「その十六」「その十七」で再度触れられることを見逃してはならない。「霞亭生涯の末一年」では「死して此文を獲たのは霞亭の幸であつた」と、「病を力めて書した」山陽の絶筆を好意的に記している。また、「わたくし」は墓碣銘を「是は今少し広く世に知らるべき筈の金石文字ではなからうか」(「その二」)と評価する。それは、「山陽の嵯峨行は徒事ではなかつた。碑文の精彩ある末段は此行に胚胎してゐる」と、霞亭の「真様」のため嵯峨行を決行した山陽の熱意を墓碣銘に見ているからに他ならない。山陽の墓碣銘は、反感の対象というよりまずは、霞亭の時代を知る貴重な資料の一つなのである。

嵯峨で隠棲生活を送り、後に阿部氏に仕えた霞亭に対し、「わたくし」は「彼霞亭は何者ぞ」と問う。山陽の墓碣銘には十分な解答は示されていない。そのため、「わたくし」は「但これに答ふるに資すべき材料を蒐集して、なるべく完全ならむことを欲」し、霞亭伝に向かう。「わたくし」は霞亭の事蹟を書き始めるにあたり、まず山陽の墓碣銘を引用する。その上で新たな資料を示し、情報や推測を加える。例えば、「その四」では墓碣銘の引用から「霞亭の遠祖」が「北条早雲」であることを示した上で、「霞亭の著す所の詩文雑録」を参照し、「アリストクラチツク」な霞亭像を提出する。また、霞亭の北遊について「避聘の為だと云ふことは、山陽が已に云つてゐる」と墓碣銘を引用した後、「凹港（＊山口凹港）の紀行」によって「霞亭を聘せむと欲したものは磐城侯である」と述べている。ここからは、山陽の墓碣銘を積極的に活用して、新たな霞亭伝を再構築しようとする「わたくし」の姿勢を窺うことができる。しかもそこで再構築される世界は、秩序からの脱却ではなく、むしろ新しい秩序を作ろうとしていたのだと考えられる。

かつて和辻哲郎[36]は「私は渋江抽斎にあれだけの力を注いだ先生の意を解し兼ねる」と述べ、「あの巨大な大仏殿を建てた文化を、法然や一遍を生んだ文化を、浄瑠璃や新内を響き出させた文化を、何故活き〳〵と「現在」のなかゝら掘り出さないのか」と批判した。文化史家の立場からの和辻の批判に対し、鷗外は『伊沢蘭軒』で「わたくしの目中の抽斎や其師蘭軒は、必ずしも山陽茶山の下には居らぬのである」と抗弁する。この抗弁の意味は、「霞亭生涯の末一年」の「霞亭伝を草するに至つた所以」を語る場面に明らかである。中断していた霞亭伝を再開するにあたり、「わたくし」は当初の思惑を述べる。

此狩谷棭斎一派の学者の事蹟を湮滅せしめぬやうにしたいと思ひ立つたのが、わたくしの官を罷めた時の事であつた。（中略）しかしわたくしは先づ狩谷を除いて、伊沢蘭軒、小島宝素の伝を作った。（中略）わたくしはそれを遺つた松崎をも、狩谷と共に、比較的に知れわたつてゐる人と認めて跡廻しにしたのである。（「その一」）

鷗外は霞亭伝の後、棭斎伝の準備をしていたという。[37]ここで重要なのは「比較的に知れわたつてゐる人」を「跡廻しにした」という言葉である。「わたくし」は「一切の学問の淵源を窮めなくては已まぬ人達」棭斎一派の、学問のあり方を再構成するにあたり、まずは比較的知られていない蘭軒、宝素、そして霞亭の伝を作った。蘭軒や霞亭を描くことは茶山、山陽の新たな側面を発掘することにつながる。「わたくし」は霞亭を中心とした世界を描くことで、新しい秩序を作り上げようとしていたのである。

さらに、鷗外の史伝が単に文人たちの反俗的、隠逸的な世界を描いたとは、とりわけ『北条霞亭』の場合は考えにくい。『北条霞亭』冒頭から示される霞亭像は、政治的で野心にあふれている。「仕官は必ずしも嫌はない。しかし聘を待つて直に就きたくはない。仕ふるには君を択んで仕へたい」と「避聘」のため、北遊に立つ。これを「わたくし」は「先づ隠る丶は、後に大に顕れむと欲するが故である」と捉え、「霞亭は大志ある人物であつた」と、北遊や隠棲の裏側にある霞亭の野望を見るのである。修史事業に携わった山陽、藩校簾塾を興した茶山との距離を考えても、霞亭の学問が為政者と無関係であったとは言い難い。

「霞亭の生涯末一年」「その十五」には、霞亭と茶山の楠公論が示されている。江戸期には、南朝の忠臣として楠公の評価が高まり、尊王家を中心に盛んに祭祀が行われていた。茶山や霞亭の楠公評価は、こうした流れの中にある。「霞亭は詩碑を湊川なる楠木正成の墓側に立てようとした」。そしてそこに自身の詩を刻すことを田内月堂に諮った。しかし月堂は「石を立てるは好いが、これに刻する詩は茶山の作を併せ刻しては何如と云つた」という。「わたくし」はその後に茶山の楠公評価を紹介する。

茶山は足利高氏の非望は源頼朝、北条泰時の類でないとおもつた。（中略）茶山は高氏を新莽視してゐる。能くこれを防止した正成等は単に南朝の忠臣たるのみではない。「皇統之綿綿、諸将実有致此者焉。」茶山は南北合一後の帝系の永続にも、正成等が与つて力あるのだとおもつた。（「その十五」）

茶山は楠公を一時代の英雄として捉えるのみならず、正成の精神が現在まで受け継がれているとする。こうした捉え方は、南北朝正閏問題により南朝を正統と認定した後、功臣として見出されていく事態と連続性を持っている。

『北条霞亭』「その八十二」では、「一文士」の「森は断簡を補綴して史伝を作る。此の如きは刀筆の吏をして為さしめて足る」という批判に対して、広瀬旭荘の言葉を借り、「史館は正史を修むる処である。閒史を修むる官廨は無い。縦ひこれを設けられたとせむも、吏胥の間、忍んで此の如き事をなすものの有りや否は疑はしい」という見解が述べられている。鷗外にとって史伝は「閒史」であるが、「無用」のものではない。「史館」では扱わない「閒史」に「正史」を補完する役割を見ているのである。ここに、前節で述べた喜田の民族史との共時性が窺える。霞亭や茶山、山陽の世界を捉え直すことは、眼前の国家を捉え直すことと無関係ではない。先にふれた小泉(38)は、それを「明治的国体即ち天皇制国家秩序からの脱却の夢」と捉えたが、事態はそう単純ではない。現にある国家からの「脱却の夢」はすなわち、帝室の連続性に支えられた理想的国家の夢でもある。

六、おわりに

『天皇皇族実録』、『日本神話』、『北条霞亭』と辿ることで浮かび上がるのは、過去を事実に基づき検証することで、帝室の連続性を保証せんとする鷗外の姿である。賀古鶴所宛書簡（大正七年一二月二〇日）には、当時の鷗外の認識が示されている。すなわち、「現制ヲ飽クマデ維持スルコトガ出来ベキカ。ソンナ事ノ出来タ例ハ万国ノ歴史ニナイデハナイカ」という、「現制ヲ飽クマデ維持スルコト」の困難さの自覚である。「礼儀小言」（『東京日日新聞』『大阪毎日新聞』大正七年一月一日～一〇日）には、「今はあらゆる古き形式の将に破棄せられむとする時代である」とした上で「畢竟此問題の解決は新なる形式を求め得て、意義の根本を確保するにある」とある。「意義の根本」が守られていれば「形式」は変化していってもよい。むしろ「新なる形式」を作ることによって、時代に対応したより強固な「意義」を保持していくことができる。『天皇皇族実録』における紀事本末体は、その「意義」を維持していくための「新しい形式[39]」に他ならない。『日本神話』において、積極的な改変を厭わない鷗外の姿が見られたように、「現制」の墨守ではなく、時代に即応した変化こそ、その恒常性の維持には必要だと考えていたのである。制度上は「正史」を目指し、実証的なものであったとしても、「意義」を保持するべきである。それが鷗外の「歴史」を支える理念である。

注

1　『東京日日新聞』『大阪毎日新聞』大正六年六月三〇日〜一二月二六日。宮内省出仕による中断後、『帝国文学』二四−一二〜二六−一、大正七年二月〜九月。『アララギ』一三−一〇〜一四−一一、大正九年一〇月〜一〇年一一月。

2　「宮内省官制」（『図書寮史二』）

3　「図書寮分課規程」（『図書寮史二』）

4　「「天皇実録」の志操なき編纂所　宮内庁書陵部」（『選択』三四−三、平成二〇年三月）

5　森潤三郎『鷗外森林太郎』（昭和一七年四月、丸井書店）

6　所功「『天皇・皇族実録』の成立過程」（『産大法学』四〇−一、平成一八年七月）、松澤克行「「天皇皇族実録」の編修事業について」（『史境』五三、平成一八年九月）には、「天皇皇族実録」の成立過程が詳細に紹介され、鷗外の時代の事業内容にも言及している。

7　『鷗外の精神』（昭和一八年九月、筑摩書房）

8　木下杢太郎「森鷗外」（『岩波講座日本文学　第一八』昭和七年一一月、岩波書店）

9　宮内庁書陵部編修課編『宮内省の編纂事業』（平成一九年一〇月、宮内庁書陵部）

10 「天皇実録義例」（『例規録』自明治四一年至明治四四年）

11 堀口修「もうひとつの明治天皇の伝記」（『古文書研究』六二、平成一八年九月）参照。

12 「明治維新後崩御又ハ薨去ノ皇族及臣籍ニ入リタル皇族ノ実録編修方ノ件」（『例規録』大正四年）

13 「実録編修八年計画案ニ付稟議ノ件」（『例規録』大正八年）。鷗外の改革案の引用については以下同様。

14 「天皇皇族実録編修規程及実録凡例」（『例規録』大正八年）

15 前掲、「天皇実録義例」

16 章立ては、「総説、誕生、成年、教養、大婚、親子、登極、神器、皇居、朝儀、内治、軍事、外国交際、祭祀、葬祭、信仰、文芸武芸、遊宴、行幸啓、恩贈慰問、譲位、御料、崩御、雑載」（「天皇実録様式」『例規録』大正八年）。

17 前掲、宮内庁書陵部編修課編『宮内省の編纂事業』

18 東京大学史料編纂所所蔵。ゆまに書房が復刻した『天皇皇族実録』（平成一七年一二月～）は編年体による版である。鷗外の関わった編纂所所蔵の『稿本』は、平成一六年に購入された（前掲、松澤「「天皇皇族実録」の編修事業について」参照）。

19 「天皇皇族実録編修ニ関スル件」（『例規録』大正一四年）

20 末尾には図書寮編修官本多辰次郎、編修官補黒井大圓、阿部勝海、高橋光枝、雇員本多霊圓、田村泰の名が見える。

21 目次は、「総説、誕生、成年、教修、身位、立儲、大婚、親子、登極、神器、皇居、朝儀、内治、軍事、外国交際、祭祀、信仰、葬祭、文芸武芸、遊宴、行幸啓、賜献慰問、御料、崩御、雑載」。

22 佐々木克『幕末の天皇・明治の天皇』（平成一七年一一月、講談社学術文庫）

23　前掲、「天皇皇族実録編修ニ関スル件」。杉の引用については以下同様。
24　引用は『日本お伽集1神話・伝説・童話』（昭和四七年一一月、平凡社）。
25　瀬田貞二「あとがき」（前掲、『日本お伽集1神話・伝説・童話』）参照。
26　前掲、松村「鷗外博士の思出」
27　喜田貞吉「南北朝論」（明治四四年二月、私家版）。引用は『喜田貞吉著作集　第三巻』（昭和五六年一一月、平凡社）による。
28　喜田貞吉『六十年の回顧』（昭和八年四月、私家版）、引用は『喜田貞吉著作集　第一四巻』（昭和五七年一一月、平凡社）による。
29　喜田貞吉「発刊趣意書」（『民族と歴史』一－一、大正八年一月）
30　喜田貞吉「東北民族研究序論――歴史家の観たるわが民族観――」（『東北文化研究』一－一、昭和三年九月）、引用は『喜田貞吉著作集　第九巻』昭和五五年五月、平凡社）による。
31　喜田貞吉「日の本将軍」（『民族と歴史』二－三、大正八年九月）、引用は前掲『喜田貞吉著作集　第九巻』による。
32　佐伯修『偽史と奇書の日本史』（平成一九年四月、現代書館）
33　大塚英志『偽史としての民俗学――柳田國男と異端の思想』（平成一七年五月、角川書店）は、「柳田民俗学もまた、多くの「現在」に生き延びた近代的知と同様に、かつては「偽史」と「正史」の混沌とした場に立ち上がったものの一つに過ぎなかったのではないか」と、民俗学と「偽史」の類縁性を指摘している。
34　村井紀『南島イデオロギーの発生――柳田国男と植民地主義』（平成一六年五月、岩波現代文庫）
35　「『北条霞亭』「その一」のディスクール――石川淳『森鷗外』「北条霞亭」の位相をめぐり――」（『國學院雑誌』

一〇五-一一、平成一六年一一月)。小泉は、『北条霞亭』の読みを規定した「強力な呪縛力」として石川淳『森鷗外』(昭和一六年一二月、三笠書房)を挙げ、『北条霞亭』の政治性を否定した。

36 「文化と文化史と歴史小説」(『新小説』二一-七、大正五年七月)

37 森潤三郎「森林太郎先生哀慕篇　七、亡き兄の思出」(『明星　第二次』二-五、大正一一年五月)に「兄は霞亭を書きながら、この次に若し書くとすれば、狩谷棭斎か松崎慊堂であるがと申して」とある。

38 前掲、小泉「『北条霞亭』「その一」のディスクール」

39 前掲、「礼儀小言」

第二章　帝室博物館総長としての鷗外――「上野公園ノ法律上ノ性質」

一、はじめに

本章では、帝室博物館総長着任後、取り組まれた業績に焦点を当てる。既に第Ⅲ部第一章で述べたように、鷗外は大正六年一二月以降、帝室博物館総長兼図書頭を歴任したが、逝去するまでの「五年の間、月水金は博物館、火木土は図書寮に出勤[1]」する日が続いたという。宮内省図書頭としての職務の一方、『東京国立博物館百年史』（昭和四八年三月、東京国立博物館）に「帝室博物館も発足以来既に二十年に近く、森総長就任のころは、新たな発展に向うべき時期を迎えていたのではなかろうか」と概説されているように、帝室博物館総長として多方面にわたる改革を断行していたのである。この時期の具体的な業績については、山崎一頴「帝室博物館総長兼図書頭時代の森林太郎・鷗外」（『森鷗外論攷』平成一八年一二月、おうふう）、須田喜代次「帝室博物館総長兼図書頭時代の鷗外森林太郎」（『位相　鷗外森林太郎』平成二二年七月、双文社出版）に詳しい。帝室博物館長として鷗外は、博物館の陳列を品目分類から歴史的時代別による分類配置へと方針転換し、博物館の所管であった正倉院の拝観者の範囲を拡大した。大正八年には、帝国美術院初代院長に就任し、現代美術の審査員も務め、美術の保護に積極的に関与した。言うまでもなく美術は現在の概念とは異なり、幅広い分野を包括するものであった[2]。こうした晩年の業績を、鷗外の文学的な営為と無縁のものとする視点では、広範な鷗外の営為をとりこぼすことになるだろう。

こうした問題意識から、本章では未完原稿「上野公園ノ法律上ノ性質」を取り上げる。鷗外生誕一五〇年に当たる平成二四年七月、鷗外の筆と思われる未完原稿「上野公園ノ法律上ノ性質」の発見が新聞で報じられ[3]、同年七月一九日より行われた東京国立博物館一四〇周年特集陳列「生誕150年帝室博物館総長森鷗外」の展示において一般に公開された。

本資料の発見・紹介者である東京国立博物館の田良島哲は、画像データとともにいくつかの傍証を挙げ、「「上野公園ノ法律上ノ性質」が博物館在任中の鷗外が自ら書いたものであることは疑う余地がない」[4]と指摘している。鷗外の博物館総長就任時は、「上野公園の処置等についても種々問題の起きた時代である」[5]。当時、博物館は「上野公園全体をも管轄していた」[6]ため、上野公園の処置は博物館総長にとって大きな懸案事項であった。「上野公園ノ法律上ノ性質」は、そうした鷗外の博物館総長時代の一端を窺うことのできる貴重な資料である。以下、本資料を巡り、とりわけ御料地という上野公園の特異性に着目した上で論じていくこととする。

二、上野公園の特殊性

大正九年六月、新聞紙上において、宮内省所管の上野公園の下附問題が報じられた。『東京朝日新聞』[7]は「上野公園下付に伴ふ不忍池の存廃問題」と題し、「上野公園二十九萬坪は遂に宮内省から東京市に下付さるゝ事となり来る廿二三日頃の市会で決定を見る迄の順序となつた」と述べ、『読売新聞』[8]は「上野公園をもう少し公共的に活用すべき物と思つたので、取敢ず市へ下賜を願ひ度く」という「下賜請願委員長にして弁護士たる尾中勝也氏」の談話を掲載している。博物館は、職員による公園巡回や料亭、小憩所に対する土地の貸与に関する規則の制定など上野公園を直接管理していた。「上野公園ノ法律上ノ性質」は、この下附問題に関する鷗外の論文である。まずは上野公園下附問題の背景を見ることによって、本資料の問題の所在を明らかにしておきたい。

明治国家の成立期、日本には江戸時代以来の行楽地は存在したが、施設としての公園は存在していなかった。西欧由来の公園論を吸収し、可及的速やかに近代国家にふさわしい公園を設立しようと急ぐ明治政府は、明治六年一月一五日の太政官布達において、「東叡山寛永寺境内」をその場所として指定する。

三府ヲ始、人民輻輳ノ地ニシテ、古来ノ勝区、名人ノ旧跡等是迄群衆遊覧ノ場所、東京ニ於テハ金龍山浅草寺、東叡山寛永寺境内ノ類、従前高外除地ニ属セル分ハ永ク万人偕楽ノ地トシ、公園ト可被相定ニ付、府県ニ於テ右地ヲ撰ビ、其景況巨細取調ベ図面相添エ大蔵省へ可伺出事。[9]

公園開設を定める布告が達せられたことにより、「東叡山寛永寺境内ノ類」である上野山内、後の上野公園は、金龍寺浅草寺などとともに日本最初の公園指定を受けた。ここから、上野公園の公園としての歩みが始まる。他方で、帝室博物館を含む上野公園の土地は、元寛永寺本坊の跡地が明治二三年に「世伝御料」に編入されたのと同時に、宮内省の管理となった。そして「上野公園ノ法律上ノ性質」で述べられるように、「明治三十六年皇室ノ所有地ニ変シ地種モ変更セラレタル」に至る。ここに後の下附問題に至る火種がまかれた。

当時の上野公園は「不忍の池までも含んだ三十万坪に及ぶ地域で、これは世伝御料地といつて、同じ御料地と云つても世々に伝えなければならない最も重要な御料地の一つ[10]」であり、帝室林野管理局の管轄下で御料として扱われていた。その一方で上野公園は、市民に親しまれた公共の場としての側面も持っていた。御料が市民の娯楽の場として一般に使用されるという、上野公園の二面性を解消するために持ち上がったのが、東京市に下附するという案なのである。ただし、問題の起こった大正九年の時点では議論がまとまらず、下附には至っていない。上野公園が東京市の管轄する「恩賜」上野公園となるのは、大正一三年皇太子の御成婚記念に際してのことである。

鷗外はこの下附問題にいち早く反応し、報道のなされる前より、賀古鶴所宛書簡で幾度か言及している。[11]こうした上野公園の下附問題の渦中である大正九年に「上野公園ノ法律上ノ性質」は執筆された[12]。目次には「不完」と書かれており、所々に修正の跡も見られる。現存するのは「一、公園トハ何ゾヤ」「三、上野公園ハ営造物ナリヤ」「四、上野公園管理ノ法律上ノ根拠」というわずか二〇頁程の自筆原稿である。その内容は、御料である上野公園を近代的な公園とみなすために、「両者の間にどのような制度的な整合性を設けるべきかを論じた[13]」ものであり、上野公園の処遇を巡る鷗外の立場を十分に読み取ることができる。端的に言えば、鷗外は上野公園の下附について極めて慎重な態度をとっている。

「上野公園ノ法律上ノ性質」は、「公園トハ何ゾヤ」と「公園ノ意義」を問うことから始まる。それによると、公園とは「常ニ必ズ諸人ノ偕楽ヲ得ザル所」でなければならず、しかも人々が個別に楽しむのではなく、「何如ナル人タリトモ楽ムコトノ出来ル場所ト云フ意味ナリ」と述べられている。「上ハ皇室ヨリ下ハ庶民ニ至ル迄」上下等しく偕楽を得ることのできる場所が公園であるという。ここでいう公園が近代以後の概念に規定されたものであることは、冒頭に明治六年太政官布達の引用がなされていることから明らかである。

鷗外は近代日本における公園成立の歴史的経緯を正確に踏まえ、公園を「営造物」であると定義する。ここで用いられる「営造物」とは、「公共ノ為メ一定ノ目的ヲ達スル為メノ設備」の意であり、後に触れるようにドイツ法に由来する学術用語である。鷗外は公園を「営造物」とみなす根拠について、「細密」に三点に分けて述べていく。営造物とは（1）「設備タル」ものであり、（2）「公共ノ利用ニ供ス」ものであり、（3）「行政主体ノ供シタルモノ」である。「営造物」としての公園はあくまで行政のものであり、「例ヘバ私人ガ自己ノ庭園ヲ公開シテモソノ庭園ハ公園ニアラザルガ如シ」である。対して上野公園は「大体前述営造物ノ性質ニ合致スル」という。鷗外によれば、公園を「営造物」とみなすには、「形式上」「実質上」の二つの要件がある。それは「設備ノ設置」と「設備ヲ公共ノ利用シ得ルモノナリトスル意思表示」（＝「供公」）である。その点は、上野公園の場合、太政官布達以後整えられたとし、「営造物トシテ決シテ不可ナシ」と結論を下している。

さらに鷗外は、公園は「公物」でもあると議論を展開していく。

公物トハ直接ニ行政ノ目的ニ供セラレタル物ナリ。故ニ（1）公物ソノモノ自身ヲ使用スルコトニ依リテ行政ノ目的ヲ達スルモノナル可ク（2）物ノ使用ソノモノノ存在ガ行政ノ目的ヲ達シ得ル限リ公物タル性質ヲ有スルモノナリ。（中略）以上ヨリ見テ公園ハ前述屢述ベシ如ク公共ノ使用ニ供スルモノナルコト明ナレバ公物タルコトモ亦自然ナリ。

上野公園は「公共ノ為メ一定ノ目的ヲ達スル為メノ設備」であることから「営造物」であり、「直接ニ行政ノ目的ニ供セラレタル物」であることから「公物」でもある。以上が「上野公園ノ法律上ノ性質」第一章の要点であるが、ここで興味深いのが、第三章「上野公園ハ営造物ナリ」では、再度「上野公園ハ真ノ公園ナリヤ否ノ問題ナリ。換言セバ上野公園ハ営造物ナリヤ否ノ問題ナリ」と問うことから始められ、きわめて慎重な姿勢を見せていることである。その背景には、太政官布達によって成立した公園であると同時に御料地でもあるという、通常の公園とは異なる上野公園の特殊性があった。ここに「即チ皇室ガ営造物主体トナルカ否ヤナリ」という問題が生じる。つまり、上野公園の持つ最大の問題点は、「行政主体ノ供シタルモノ」であるはずの「営造物」が皇室の所有地として存在しているということであり、慎重な鷗外の姿勢からはこの問題を的確に捉えていることが窺える。

三、私有地か公地か

上野公園に特殊なこの問題について、鷗外は「多クノ学者」の意見を引き合いに出し、自身の立場を次のように述べる。

多ク学者ハ簡単ニ考ヘテ上野公園ハ国家ソノ他ノ公法人タル行政主体ノ公共ノ利用ニ供シタル設備ニアラザレバ営造物ニアラズト解スルヲ通常トシ之ノ解釈ヲ以テセバ上野公園ハ公園ト云フコトヲ得ズ。私人ノ庭園ノ公開ニシテ法紀関係モ極メテ簡単ナリ。然レドモ実際ノ事務ヲ見ルトキハ真ノ私人ノ公園ノ公開ト解シ得ザル点多クアルガ故ニ吾人ハ多クノ学者ニ反対シテ上野公園ヲ営造物ト解セントスルニ至リ

「多クノ学者」は上野公園を「国家ソノ他ノ公法人タル行政主体ノ公共ノ利用ニ供シタル設備」ではないと見なし、「営造物」ではないと捉えている。これに対し、鷗外は「実際事務ヲ見ルトキハ真ノ私人ノ公園ノ公開ト解シ得ザル点多クアル」という理由から、「上野公園ヲ営造物ト解セントスルニ至」ったという。以下、鷗外は上野公園を「営造物」とする根拠を「歴史上ノ理由」「法律上ノ理由」の二点から明らかにしていく。それは、「営造物」の行政主体が皇室であるという、上野公園の現状に整合性をつけるための作業でもあった。

まず鷗外が明らかにするのは、上野公園の「歴史上ノ理由」である。上野公園の皇有地化は、「歴史上ヨリ考フルト」異なる見方ができるという。明治三六年の地種変更とは、「単ニ国有ヲ皇室有ニ変シタルモノニ過ギズシテソノ用法全部ヲ変更セントスル目的ニ出ヅルニアラズ」と考えられ、「公園タルノ用法ヲ変更セントスルニアラズ」

とされる。上野公園は、太政官布達以来一貫して「営造物」として運用されており、その間地種変更によって所有が国家から皇室へと移っただけのことである。本来「営造物」の行政主体は国や公法人でなければならないが、上野公園特有の歴史上の変遷を考えれば、行政主体が皇室であっても問題はないと述べている。次に鷗外は、「法律上ノ理由」として「宮内大臣ハ国務大臣ナリヤ否ヤ」と宮内大臣の役割について言及する。皇有地としての上野公園の法律上の責任者は、宮内大臣であった。そのため、宮内大臣が果たして上野公園の行政主体となり得るかを問うていく。宮内大臣は本来、皇室に関する事務を奉行する職務であるが、それは「外見ニ過ギズ」、職務の中には「国務ナルモノアリ」という。そして、皇室財産の法律上の責任者である宮内大臣は、「営造物」としての上野公園の行政主体となり得るという論理を展開している。

こうした上野公園を営造物とみなす鷗外の一貫した論理に対し、多くの学者は上野公園を皇室の私有地の公開と見なした。しかし、実際の上野公園の運営は行政法に則って行われていることを鷗外は主張する。私法では、上野公園の現状は説明ができないというのである。例えば、上野公園には「荷車、葬式ノ通行ノ禁止、営業ノ禁止制限、演芸ノ禁止等種々ノ禁止制限」がある。これは人々に平等に偕楽を与えるという、公園の目的を達するためになされる行為である。これを鷗外は、「営造物の利用」という「一定事実ノ発生」と述べている。このように、「歴史上ノ理由」「法律上ノ理由」それぞれから、上野公園は「営造物」であるという結論が導き出される。「故ニ上野公園ハ営造物トナシ以テ総テノ関係ヲ円満ニ解決シ得ルモノトス」と従来の説を否定し、皇室を主体とした「営造物」として上野公園を見なすことを主張するのである。

その上で、今後の上野公園をどのように管理していくべきかについて述べたのが、続く第四章「上野公園管理ノ法律上ノ根拠」である。上野公園が「営造物」である以上、今後は「営造物ニ対スル態度ヲ以テ」上野公園を管理していかなければならない。上野公園の管理主体は、先に述べたように宮内大臣である。ただし、「宮内大臣ハソノ下級官タル帝室博物館総長ニ委任スルコトヲ得。故ニ委任ノ範囲内ニテハ自由ニ管理規則ヲ制定スルコトヲ得」ることができる。帝室博物館総長とは、いうまでもなく鷗外である。鷗外は、上野公園の問題のまさに当事者であった。この章において、鷗外はまず上野公園の管理や費用に関する規則の必要性を唱えている。

本来であれば、「営造物」は国や公法人などの行政主体が管理するものである。しかし、上野公園の行政主体は宮内大臣であり、その背後には皇室がいた。ここで鷗外が上野公園の特殊性を踏まえた上で上野公園を「営造物」と呼び、明治国家が要請した施設としての公園と見なしていることは重要である。鷗外にとって、上野公園は単なる遊場ではなく、「営造物」という概念によって規定された場でなければならなかった。上野公園をこれまで通り御料として維持していくことと「営造物」として機能させていくことという本来相容れないはずの状況を、鷗外は行政法上の定義を駆使することによってつなぎ合せ、併存させようとしていたのである。そこには、上野公園の特殊性を保持しようとする鷗外の姿がある。それでは、なぜ上野公園は「皇室」を主体とした「営造物」でなければならなかったのか。

四、御料としての上野公園

大正九年二月一六日、鷗外は賀古鶴所宛書簡で宮内省の動向に触れつつ、次のように述べている。

宮内省ハ媾話ノ為メ休戦ニナリシトキ提灯行列ヲ宮門内ニ入ラシメシコトアリ。今日ノ新聞ニヨレバ御苑公開ノ第一歩トシテ団体ノ拝観ヲ許ス方針ナリト発表シ居レリ。如此形勢ナルユヱ御料地整理ニモ着手シ居リ上野公園ヲ政府ニワタスト云フ如キモ其一端ナラム。然シ此ノ如キ「デモクラチー」風潮ヤ社会問題ニ対スル宮内省ノ挙動ハ大イニ慎重ナル態度ヲ取リテ十分研窮ノ上施行スベキモノナラム事ニヨレバ宮中ニ此機関ガ入用カモ知レズ。

ここで鷗外は「御苑公開」「御料地整理」に着手しようとしている宮内省の動きを、「「デモクラチー」風潮ヤ社会問題ニ対スル」対応と捉え、「大イニ慎重ナル態度ヲ取リテ十分研窮ノ上施行スベキモノナラム」ことであると述べている。重要なのは、上野公園をはじめとする御料の整理が、当時の「デモクラチー」や社会問題への対策として捉えられているということである。

大正期、皇室法の整備が進む中、皇室の位置づけは大きく変わりつつあった[14]。社会問題などの難局に対処するため、従来の閉ざされた皇室から国民により近い開かれた存在となり、皇室の社会事業などが推奨されたのである[15]。鷗外が前述の賀古鶴所宛書簡で言及している「御苑公開」は、そうした動向の一つである。『東京日日新聞』（大正九年二月一六日）には、「宮内省平民化し禁苑を公開せん[16]」と題した記事が掲載されている。そこでは、「宮中と民衆の接触は現代に於ける自然的趨勢である。是を促進するには先づ形に現はす必要があるので宮内省は種々協議の結果先づ禁苑拝観の範囲を拡める事にし」と「宮中と民衆の接触」が報じられている。その一方で、米騒動をはじめとした民衆運動を対処するために擁立された「平民宰相」の原敬は、皇族への非難の集中を避けるため、宮内省とともに皇室財産の整理をおこなった。例えば、皇室の株券売却や世伝御料としての上野公園の売却である。皇室の株券売却については、同じく『東京日日新聞[17]』（大正九年二月一七日）が次のように報じている。

宮内省蔵寮にては皇室の御財産中内蔵頭の名義となり居れる日本郵船、日本銀行、興業銀行等の主なる株券を或る時期に於て民間に解放せんとする意向ありといふ、

『東京日日新聞』は続けて、宮内省書記官杉栄三郎の談話として、「元来皇室が郵船・日銀・興銀等の株券を御所有に為つたと云ふ趣旨はその昔わが財界がまだ今日の如き盛況を呈して居らなかつた為め一般の公共事業に補助の思召を以て御下賜金を賜はるのと同一の意味であつたのであるから今日の如く産業が発展を遂げ財界の隆昌を極めるやうになれば畏き辺りの御趣旨は貫徹せられた訳でこれを民間に解放せらるる事は毫も差支へのない次第である」と株券を売却するに至った経緯を掲載している。株券の売却は、第一次大戦後の産業の発達に促されたことも一因であろうが、先に述べた通り、皇室に財産が集中することによる非難を避けることが最大の目的と言えた。鷗外はこのことをやはり賀古鶴所宛書簡（大正九年二月一七日）で言及しており、貴族院において原首相が「宮中ノ費用ハ物価騰貴ニ対シテ増額ヲ要セズ御節倹ノタメナリト」と答えたことに触れ、「「デモクラチー」ト社会問題トニ対スル宮内省ノ動揺ニシテ世間ノ富豪ト足並ヲソロヘテ行ク模様ニ相見エ候」と批判的に述べている。「整理ヲシテワルイノデハナケレド落チ着キテソロ〳〵シテ可ナリ。富豪輩ト同一ノ態度ニ出ヅルハ何事ゾヤト被存候」と、皇室と「世間ノ富豪」とを明確に区別していることからも窺えるように、社会状況に対応させた宮内省の方針転換に対して、鷗外は慎重な立場をとっているのである。そして「上野公園ノ法律上ノ性質」も、上野公園の問題にとどまらず、こうした宮内省の方針への危機意識から書かれたものであると考えられる。

そもそも皇室の財産規定は、明治四三年制定の皇室財産令[18]によって明文化されたものである。皇室財産令は「御料」「皇族財産」「帝室経済会議」の三章から成る。「皇室は我が国家組織の中心であるが故に、皇室の経理は一般人民の一家の経理とは其の根本に於て全く其の精神を別にし、其の経理は私的なものではなく、公的なものである[19]」と述べられるように、国民一般の財産を規定する民法とは異なり、皇室財産は公的なものと定められた。皇室財産令は、天皇、皇族が国家と不可分な存在であるという前提によって成り立っている。

皇室財産には、天皇の財産である「御料」と皇族の財産である「皇族財産」がある。さらに「御料ハ世伝御料及普通御料」（第一條）に分けられる。世伝御料は「皇室に係属して皇統の遺物とし、天皇が随意に分割譲与して私産とすることはでき」[20]ないとされていた。また、「御料ニ関スル法律上ノ行為ニ付テハ宮内大臣ヲ以テ其ノ当事者ト看做ス但シ宮内大臣ハ所部ノ官吏ヲシテ代理セシムルコトヲ得」（第二條）とされ、御料の法律行為の当事者は宮内大臣に任されていた。このように、天皇、皇族の特例を認める一方、国家と密接に関わる存在とすることによって、皇室の尊厳が保持されたのである。

宮内省を便宜上の行政主体と捉え、上野公園の抱える矛盾の解決を図ろうとする鷗外は、従来とは異なる新しい御料のあり方を提唱しているのだといえる。「上野公園ノ法律上ノ性質」の鷗外は、宮内大臣を「特定ノ場合ニハ」「国務ニ関渉シ得ル」と捉え、「国家ノ事務タル営造物ノ主体タルノ地位ヲ取得シ営造物行政ヲ行フ」ことは可能であると述べていた。国家とは独立した形で皇室の事務を司る宮内省を行政主体と見なすことは、皇室の自立性を揺るがす認識を呈しているように思える。しかし、事態はむしろ逆である。そのことを明らかにするために、宮内省の酒巻芳男の立場を参照しておこう。大正七年に宮内省に入省した酒巻は、「皇室制度、華族制度の実際に直接携わった宮内高等官」であり、『皇室制度講話』（昭和九年一月、岩波書店）は「大正十五年に皇室令制が整備されて以後、皇室制度全般について解説した最初のもの」[21]とされる。本書において、酒巻は御料を「其の本質に於て法人と異なる所なしと云はなければならない」と述べ、法人格の特殊財団と見なした。御料を財団と見なした場合、天皇は「財産の権利主体」となるが、「或は宮内大臣輔弼の責の下に時に臨み天皇の旨を承け、宮内大臣が財団の機関として財団の法律行為の当事者と為るならば、天皇の尊厳を傷くることもなく、而も他面一般臣民の利益を害することなく、皇室の財産を運行することが出来る」という。宮内大臣を法律行為の当事者とすることによって、「天皇の尊厳を傷くることもなく」御料を保持していくことができると述べるのである。

皇室の位置づけが揺らいでいた大正後期、御料の問題に取り組むことは、皇室をいかに維持していくのかという問題、ひいてはどのように公共性を構築していくのかという問題を検討することでもあった。鷗外は、寛永寺や博物館、動物園を含む伝統的な場としての上野公園は御料であるべきと考えていた。御料の問題は、国家と皇室の関係性の問題でもあり、日本の国家像の問題でもある。「上野公園ノ法律上ノ性質」の鷗外は、新たな御料管理のあり方を法律的な根拠に基づき提示することによって、時代に対応した皇室制度を追及していたのである。この眼差しに、デモクラシー運動や社会主義に対する鷗外の眼差しを重ね合わせることは難しいことではない。

五、公園論の時代

ここでは同時代の公園論の文脈のなかに、「上野公園ノ法律上ノ性質」を位置づけておきたい。上野公園の下附問題が持ち上がった大正九年は、都市計画の観点から公園に対する需要が高まっていた時期でもあった。大正八年の「都市計画法」は、国と都市の再編という時代の要請から交付されたものである。「ここで示された公園の機能は、これまでの遊観場所としての認識とは違って、都市の拡大・発展上において必要不可欠な都市施設として位置づけられていた[22]」と言われるように、日露戦後に問題が表面化してきた地方との格差や社会問題、デモクラシー運動に対応するための装置として、公園は改めて必要とされていった。

国家が求めていた公園の役割については、都市計画法に影響を与えた内務省地方局有志編『田園都市』(明治四〇年一二月、博文館)が見やすい。本書はイギリスの田園都市論を日本に紹介したとして知られているが、「要するに、本書は田園都市に名を借りた地方行政の啓蒙書といってよい[23]」と述べられるように、都市と農村の格差を解消する地方対策として編まれた書であった。その目的は序文に次のように述べられている。

近ごろ欧米の諸国に在ては、都市改良の問題、農村興新の問題等の年を逐ふて益々其繁きを加ふるあり、都市と農村とに就き、各々其長を採りて其短を補ひ、更に加ふるに最新の施設を以てして、自然の美と人工の精とを調和し、健全醇美の楽郷を造らんとして、殊に其意を用ゐざるなし。所謂『田園都市』『花園農村』といひ、若くは『新都市』『新農村』といふは、即ち之が理想を代表するものたり。其名は相異なれりと雖も、之が最終の帰趣とする所や、実に同胞の互に一致戮力して、齋しく誠実勤労の美徳を積み、協同推譲の美風を成して、隣保相互の福利を進め、市邑全般の繁栄を著くして、弘く人を済ひ世を益せんとするに在り。[24]

現在直面している都市問題に対し、イギリスの田園都市論の必要性を問うたのが本書である。しかしながら、その目指すところは「必竟一国の内容を精整して国家繁栄の基石を固うすべき実地の問題」[25]であった。そうした国家と都市の再編の中で着目されたのが「閒時利導の設備」としての公園だった。「倫敦」では、「市民をして普く休養の場所を得せしめんが為め、各處に小公園を設置せんとするもの、近ごろ漸く多きを加ふるに至りぬ」という。そこでは、「労働者の家族等が休日に相携へて此間に徜徉し各、枯凋せる心神を回復して再び其務に復らんとするの活力を与ふること、蓋し頗ぶる大なるものあらん」と、公園が人々の疲労回復や娯楽の場として機能していることが述べられている。ここで述べられる公園とは、西欧から輸入された「都市公園」である。都市計画の議論が俎上に載せられる中、国や地方が主体となり、より自覚的な「都市公園」[26]へと作り変えていくことが求められていた。「都市公園」は、「営造物公園」とも称される。鷗外の上野公園への眼差しは、上野公園を「営造物」として維持、発展させていくべきとする時代要請を的確に捉えていたのだといえる。[27]

一方、社会主義者たちが、弱者救済の場として公園に着目していくのも偶然ではない。小寺駿吉[28]は、都市計画における当局者の市政一般について社会主義運動の立場から批判が出たことに触れ、その一つとして「公園問題も亦もはや当局者の為す所を徒に傍観するといふのではなく、欧米に於ける実情に徴し、わが公園施設の後進性が具体的に指摘せられるようになった」と述べている。例えば、片山潜『都市社会主義』（明治三六年四月、社会主義図書部）は、「都市の公園」と題した一章で、あるべき公園の姿について論じている。「抑も市内公園は貧民の娯楽場なり、而して市のセーフチーヴハーヴなり、公園の有無は市民公衆衛生に大関係を有せり」として、公園に市民特に貧民の「衛生園」としての役割を期待している。しかしながら、東京市にある公園はいずれも「甚だ不完全」であり、「文明の市内公園としては耻づべきもののみなり」。特に上野公園の不忍池は、「蓮花時の外は不潔にして不快千万なる者あり、之が改良は実に急務なり」と述べられる。ただし、こうした事態は上野公園にとどまらず、「斯る点は殆と枚挙にいとまあらず」とされる。また、安倍磯雄『応用市政論』（明治四一年四月、日高有倫堂）は、「大都会に於ける人口の密度いよ〳〵増加すれば公園の必要は益感ぜられるのである」と公園の必要性を唱える。このように、社会主義者たちは主に衛生面から緑地としての公園の役割に着目していったのである。

ただし上野公園の場合、都市計画の範疇に収まらない国家的な祝祭やイベントの場としての役割を果たしていたことも見逃してはならない。上野公園が「唯一内務省（のち農商務省、さらに宮内省）の管轄下にあった国家的性格の強い特別な存在」[29]であり、博物館事業の展開や内国勧業博覧会などのイベント、また天皇の行幸などのパフォーマンスの場として形成されていったことは既に指摘がある。事実、東京府への下附にあたって、宮内省が要求したのはこの「国家的性格の強い特別な存在」の維持であった。当時の新聞報道からは、宮内省からの細かな要求により、下附問題が一向に進展しなかったことがわかる。『読売新聞』[30]（大正一二年九月三日）は、「上野公園の移管問題」が「いはば行き悩みの状況」であることを報じている。それは、宮内省が「第一に帝室博物館動物園その外必要な御料地はその儘所有権を保有して置くこと、第二は帝都の公園として、その風趣を破壊せぬこと」など「未だ世間で知られないやかましい条件」を持ち出したためであるという。また、税収の対象として上野公園を捉える東京府と宮内省の間には大きな隔たりがあった。「若し上野公園にして二三十年以前に於て東京市の有に帰したりしならば、特色の保存せらる丶こと果して今日の如くなりしや否や」といわれ、「若し上野公園を下附せんか、市当局者の無謀なる、或は不忍池を埋立て丶貸家を建てんことを計画するやも知るべからず[31]」と宮内省の某大官の発言が掲載されるのは、その証左であろう。結果として、大正一三年に下附された際には、宮内省より詳細な条件がつけられた。例えば、「当該御料地ハ将来公園トシテ保存スベキコト」「博物館前指定の区域（別紙存置区域図ノ通リ―略）内ニハ建築物ヲ建設セザルコト[32]」など、上野公園の特殊性を損なわないための配慮がなされたのである。

大正後期は公園論の時代でもあった。鷗外は、「上野公園ノ法律上ノ性質」において理論固めをする一方で、公園管理の責任者として「上野公園土地借用者心得」「上野公園椽台規則」などの改正を通して管理体制を整え、また「松、梅、桜など二千株を新たに移植せしめ[33]」、人々に偕楽と健康を与える場を維持していった。それは公園の問題にとどまらず、国家の都市計画に直接的に関わる活動であり、そうした活動の延長に博物館での改革や美術の保護も位置づけることができる。

六、おわりに

石田頼房[34]は、鷗外の都市論を論じる中で「鷗外は都市計画誕生の動きに加わることはなかったし、『衛生新篇第五版』を出して以後、都市・都市計画に関する論文を発表することもなかった。要するに、鷗外の建築条例・都市計画とのかかわりは、都市計画の胎動期までで終わっているのである」と述べる。しかし、今回明らかになった「上野公園ノ法律上ノ性質」からは、ドイツの行政法上の知見を武器に、あるべき公園について論じる鷗外が浮かび上がってくる。

「上野公園ノ法律上ノ性質」で鷗外の用いる「営造物」「公物」「供公」などの用語は、当時のドイツ由来の行政法上で用いられていた概念である。鷗外はこの概念を踏まえ、議論を展開していたのだと考えられる。例えば、先に引用した「公物」の定義である。オットー・マイヤー著、美濃部達吉訳『独逸行政法　第三巻第四巻』（明治三六年一一月、東京法学院）では、「公物」について、次のように定義する。

或種ノ物件ハ其外部ノ構造ニ於テ当然公共ノ為メニ供セラルヘキ性質ヲ有スルモノアリ。公ノ道路、公ノ河川、城壁ノ如キハ此種ニ属ス。余輩ハ之ヲ称シテ公物（offentliche Sachen）ト云フ。此種ノ物件ハ、一私人カ其物ノ上ニ権力ヲ有シ自己ノ利益ノ為ニ之ヲ処分スルコトハ、其目的ト相容レス。

ここでの「公物」は「直接ニ行政ノ目的ニ供セラレタル物ナリ」という「上野公園ノ法律上ノ成立」における使用方法と似通ったものである。さらに『独逸行政法』では、「或ル事情ノ下ニ於テハ尚種々ノ営造物及ビ設備ガ時ノ現行法ノ下ニ於テ公物タルベキ要件ヲ備フルモノト認メラル丶コトアルベシ」と述べられ、上野公園を「営造物」かつ「公物」と捉える立場と一致する。また、「営造物」の要件として挙げられた「供公」であるが、これもやはりドイツ語からの翻訳である。

公物ノ設定トハ物ガ公物タルノ性質ヲ取得スルコトヲ謂之ニ実質上及ヒ形式上ノ両種ノ要件ヲ具ヘザルベカラズ。実質上ノ要件トハ物ガ事実上一般ニ使用セラレ得ベキ状況ヲ有スルコトヲ謂フ。形式上ノ要件トハ国家其ノ他ノ公法人ガ其ノ物ヲ一般ノ使用ニ供スルノ意思表示ヲ為スヲ謂フ之ヲ供公ト名ク。（中略）茲ニ所謂供公ハ独語ノ Widmung ニ当。[35]

ここでは、「公物ノ設定」のための要件として、「実質上及ビ形式上」の二点が挙げられているが、それらは、「上野公園ノ法律上ノ性質」で挙げられた「設備ノ設置」と「設備ヲ公共ノ利用シ得ルモノナリトスル意思表示」（＝「供公」）と重なる。このように鷗外は、ドイツの行政法に基づき、上野公園を「営造物」としてみなす根拠を提示することから議論をはじめているのだといえる。とりわけ、公園を国民の健康の場として捉える認識は、衛生学から学んだものであるといえる。「上野公園ノ法律上ノ性質」は博物館総長の立場として書かれたものではあるが、そこで主張されていることは鷗外の生涯持ち続けていた都市計画論であり、皇室論であったのである。こうした鷗外の知見は、言うまでもなく法律の知識に閉じていたのではなく、『衛生新篇第五版』（大正三年九月、南江堂）や「市区改正論略」（『国民之友』明治二三年六月）などの都市論やE・V・ハルトマンの翻訳『審美綱領』（明治三二年六月、春陽堂）などと連続性を持ちながら、ここに結実したものといえる。さらに、博物館総長として行った改革や宮内省図書頭として携わった歴史編纂も連続性のあるものとして眺めることができる。

最後に、本章冒頭で述べた総長時代の様々な試みの連続性を考えておきたい。まず、鷗外が総長に就任後最初に手をつけた列品の陳列方法が挙げられる。鷗外は従来の方法を一新し、上古・飛鳥・奈良・平安・鎌倉・足利・豊臣・徳川・明治と区分した時代別の陳列配置に改めた。時代別の陳列配置は「モノ」による歴史を立ち上げる作業と位置づけることができる。こうした改革と同時に、観覧者や研究者に向けた列品目録の刊行や特別展覧会を行った。これは鷗外が嚆矢ではないが、回数の多さは前掲『東京国立博物館百年史』に明らかである。[36]また、大正七年の古代仏教絵画特別展覧会の際には、大村西崖の解説を付した大型図版『絶代至宝帖』（大正八年二月、精芸出版合資会社）を印行し、序文を書いている。[37]鷗外は岡倉天心や九鬼隆一のように日本美術史にこそ関わらなかったが、博物館の陳列において美術の「歴史」を体現したのである。また、正倉院においては自ら宝物調査に立ち会い、大正九年には正倉院宝庫内の拝観資格を拡大し、広く研究者に宝物調査の機会を作った。『正倉院楽器の調査報告』（『帝室博物館学報』二、大正一〇年七月）はそうした調査の結実として知られている[38]。正倉院の宝物調査は、鷗外の学問的関心に基づいていることは勿論であるが、国宝を制定し伝統を創出する場であったことは見逃せない。デモクラシー運動や社会主義の台頭により、国家のあるべき姿が揺らぎつつあった時期に、伝統を創出する場に鷗外は立ち会っていたということである。こうした営為と「上野公園ノ法律上ノ性質」には伝統を保持するという点で明らかな連続性がある。さらにいえば、神話を接ぎ木して歴史を再構築しようとした図書寮での歴史編纂や史伝の試みとも通底していく。ただし、こうした鷗外の営為は単純な国家主義に概括できるものではない。かつて「都会ハ活物ナリ。日ニ月ニ発育ス。故ニ当局者ハ予め新街造設ノ案ヲ定メ其図ヲ制ス[39]」と述べていたように、鷗外の立場からは時代状況を正確に読み取った柔軟な対応を見ることができるのである。ただし本章で明らかにしたことは、鷗外の晩年の営為の一端にすぎない。今後は、鷗外の審美論や美術に関わる実作を照らし直し、連続性をもって眺めていく必要があるだろう。

注

1　秋山光夫「博物館総長時代」（『文芸』昭和三七年八月）

2　北澤憲昭『眼の神殿――「美術」受容史ノート』（平成二二年二月、ブリュッケ）、佐藤道信『〈日本美術〉誕生――近代日本の「ことば」と戦略』（平成八年一二月、講談社選書メチエ）など参照。

3　例えば「森鷗外の未完論文発見　最晩年、上野公園の政府移管巡り」（『日本経済新聞』平成二四年七月四日）など。

4　田良島哲「森鷗外自筆手稿「上野公園ノ法律上ノ性質」」（『Museum』六四五、平成二五年八月）。また、「上野公園ノ法律上ノ性質」を手がかりに、鷗外の「公共」の思想について論じたものとして上安祥子「近代公園と公共の思想――上野公園移管と森鷗外」（『白鷗大学論集』三〇－一、平成二七年九月）がある。田良島論には「上野公園ノ法律上ノ性質」が全文翻刻されている。以下本章の引用は、東京国立博物館所蔵の手稿に基づいている。

5　前掲、『東京国立博物館百年史』

6　濱隆一郎「博物館に於ける五十六年前の思い出」（『博物館ノ思出』昭和四七年一一月、東京国立博物館）

7　「上野公園下付に伴ふ不忍池の存廃問題」（『東京朝日新聞』大正九年六月一六日）

8　「下谷区会上野公園下附を／宮内省に陳情請願す」（『読売新聞』大正九年六月一五日）

9　『台東区史（社会文化編）』（昭和四一年三月、東京都台東区役所）

10　前掲、濱隆一郎「博物館に於ける五十六年前の思い出」

11　例えば、大正九年二月一三日には「上野公園（博物館、動物園の外）を政府にわたす次官の案は政府に交渉したがまだ引き受けるとは云つて来ない」とある。

12　「上野公園ノ法律上ノ性質」の目次には、タイトルとともに「大正九年六月」と記されている。

13　田良島哲「東京国立博物館140周年特集陳列　生誕150年帝室博物館総長森鷗外」リーフレット（平成二四年七月）

14　皇室を法制化していくことによって、皇室と国家の関係をより強固にする目的から設置されたものとして、帝室制度審議会がある。この帝室制度審議会に、鷗外が大正七年一月より御用掛として参加し、皇室のシステムが作り替えられていく現場に立ち会っていた可能性については、大塚美保「帝室制度審議会と鷗外晩年の業績」（『聖心女子大学論叢』一一七、平成二三年八月）による詳細な研究がある。

15　鈴木正幸『皇室制度』（平成一五年七月、岩波新書）など参照。

16　「宮内省平民化し禁苑を公開せん」（『東京日日新聞』大正九年二月一六日）

17　「皇室御所有の株券売られん」（『東京日日新聞』大正九年二月一七日）

18　以下、皇室財産令の引用は、『官報』8254（明治四三年一二月二四日）による。
19　酒巻芳男『皇室制度講話』（昭和九年一月、岩波書店）
20　小林宏、島善高編『明治皇室典範（下）　日本立法資料全集17』（平成九年五月、信山社出版）
21　梶田明宏「酒巻芳男と大正昭和期の宮内省」（『年報・近代日本研究20　宮中・皇室と政治』平成一〇年一一月、山川出版社）
22　申龍徹『都市公園政策形成史――協働型社会における緑とオープンスペースの原点』（平成一六年二月、法政大学出版局）
23　渡辺俊一『「都市計画」の誕生――国際比較からみた日本近代都市計画』（平成五年九月、柏書房）
24　前掲、内務省地方局有志『田園都市』、引用は『近代日本社会学史叢書41　田園都市』（平成二二年二月、龍渓書舎）
25　前掲、内務省地方局有志『田園都市』
26　「都市公園」とは、例えば次のように説明されるものである。「都市公園とは田舎ではなく都市にあるから都市公園なのではない。（中略）古い共同体のなかで自然発生的に生まれたような伝統的広場や名所は都市公園にあたらない。とくに都市計画区域という国または地方公共団体が設定した地域内に、これまた国や地方公共団体が設置する公園・緑地だけが「都市公園」と呼ばれるのである」（白幡洋三郎『近代都市公園史の研究　欧化の系譜』平成七年三月、思文閣）
27　衛生学の教科書として編まれた『衛生新篇第五版』（大正三年九月、南江堂）には、「造設ノ大体ヨリ論ズレバ先ヅ居住区 Wohnbezirk ト工業区 Industrieviertel トヲ限画シ公園 oeffentliche　Parkanlage 及遊戯場 Spielplaetze ヲ存置セザルベカラズ」と衛生学上の観点から、公園の必要性が既に論じられている。本書と鷗外の都市計画との関係については、石田頼房『森鷗外の都市論とその時代』（平成一一年六月、日本経済評論社）に詳しい。
28 小寺駿吉「明治後期の社会思想に現れたる公園問題」（『造園雑誌』一五―三・四、昭和二七年三月）
29 小野良平『公園の誕生』（平成一五年七月、吉川弘文館）
30 「一向纏らぬ上野公園の移管」（『読売新聞』大正一一年九月三日）
31 「上野公園下附問題」（『読売新聞』大正九年六月一九日）
32 前掲、『東京国立博物館百年史』
33 前掲、秋山光夫「博物館総長時代」
34 前掲、石田頼房『森鷗外の都市論とその時代』
35 佐々木惣一『日本行政法原論』（明治四三年一月、有斐閣）
36 佐藤道信『美術のアイデンティティ――誰のために、何のために』（平成一九年三月、吉川弘文館）
37 前掲、『東京国立博物館百年史』には『歴代至宝帖』とあるが、正しくは『絶代至宝帖』である。
38 松嶋順正『正倉院よもやま話』（平成元年六月、学生社）
39 前掲、『衛生新篇第五版』

第三章　「皇族」を書く——『能久親王事蹟』

一、はじめに

第Ⅲ部第一章において、鷗外が新たな天皇皇族の歴史を立ち上げようとしていたことを明らかにしたが、これは宮内省図書頭という立場によりなされた仕事とは単純にはいえない。というのも、既に鷗外は明治四一年、皇族の伝記である『能久親王事蹟』を執筆している。後に述べるように、本書は従来は編纂を委嘱された「頼まれ仕事」と見なされる傾向にあったが、本章では『能久親王事蹟』を鷗外の作品として考え合わせることによって、晩年の営為をさらに位置づけていきたい。

『能久親王事蹟』の由来は、鷗外の弟森潤三郎によって次のように述べられている。「北白川宮殿下が近衛師団長として台湾御征討の当時、部下に属して居た陸軍大将川村景明子、同中将阪井重季以下の有志が、東京偕行社内に棠陰会を組織し、宮内省及び宮家から故宮殿下の御記録その他資料の御貸下を請ひ、家兄が依嘱されて編纂の任に当り、数年を費して成り、（中略）春陽堂から刊行された」[1]。北白川宮能久親王が薨去したのは、明治二八年であった。『明治天皇紀』を見ると『能久親王事蹟』を編纂する構想は、既に明治三〇年代半ばから起こっていたようである[2]。周知のように、鷗外は日清戦争に陸軍軍医部長として従軍し、台湾征討軍にも参加している。そうした縁から、鷗外は能久親王の伝記執筆を依頼されたといえる。『能久親王事蹟』に鷗外の名前が現れるのは、奥付の「編輯兼発行人代表者森林太郎」という箇所のみであり、編纂は棠陰会となっている。それでは、『能久親王事蹟』はあくまでも鷗外は編輯に関与したにすぎないのであろうか。

あらかじめ述べておけば、『能久親王事蹟』における能久親王の生涯は、近代皇族の典型として描かれていると捉えることができる。『能久親王事蹟』が執筆、出版された明治三〇年代から四〇年代にかけては、皇室制度が改めて見直されていた時期にあたる。制度の上でもイメージの上でも、皇室がどのようなものであるかということを示すことが求められていた時期であった。そのような時期の『能久親王事蹟』の描写は、晩年の宮内省時代における天皇皇族実録編纂と通底するものがある。また、能久親王の死後、その死を悼む言説は多く見られ、『能久親王事蹟』に先行していくつかの伝記が出版されている。それらの伝記に共通しているのは、明治天皇を支えるという皇室の任務を、如実に体現した姿が強調されている点である。まずは、これらと比較することで『能久親王事蹟』が登場する歴史的な場の問題を考え、『能久親王事蹟』に描かれた皇族像を捉えることを中心に本作を論じていきたい。

二、能久親王へのまなざし

北白川宮能久親王は、伏見宮邦家親王の第九子で、明治天皇の叔父に相当する人物である。戊辰戦争の際には、輪王寺門跡として上野の東叡山寛永寺にいたことから、徳川慶喜救済の嘆願をなし、奥羽越列藩同盟の盟主に祭り上げられるなど、幕府方の味方をしたことで知られている。明治維新後は蟄居を命じられ、明治二年伏見宮に復帰、ドイツ留学を経て、皇族軍人として第二の生を送る。そして近衛師団長として従軍した台湾でマラリアを発病し、明治二八年十月命を落とした。能久親王はこのように皇族の中でも数奇な運命を辿った人物といえる。

能久親王死後に書かれたまとまった伝記は、西村天因『北白川の月影』（明治二八年一二月、大阪朝日新聞会社）、亀谷天尊、渡辺星峯合著『北白川宮』（明治三六年二月、吉川弘文館）である。また、『太陽』追悼号に全文掲載された能久親王の墓碑銘（『太陽』一‐一二、明治二七年一二月）も伝の一種として捉えることができよう。さらに、彰義隊の歴史にも能久親王の記述が見られる。代表的なものとして、楓軒散人『東台戦史彰義隊』（明治四三年二月、内藤金櫻堂）や山崎有信『彰義隊戦史』（明治三七年三月、隆文館）などが挙げられる。

戊辰戦争において敗者となった前半生から、華々しく近代皇族として活躍した後半生に至るという遍歴は能久親王を象る言説には必ず見られるものである。例えば、徳富蘇峰は、[3]「北白川宮殿下は、戊辰に際しては、輪王寺宮として、上野寛永寺に在ましき。当時幕府の非恭順派は、殿下を擁して、官軍と対抗せんと欲し、檄を四方に飛ばしたり」と述べた後に、「殿下の武人としての生涯は、特に光栄ある生涯なりき。殿下の本領は断して此に存す」と軍人としての後半生に本領を見出している。ここで重要なのは、戊辰戦争で敗者になったとはいえ、それは親王に反抗の意志があったからではなく、周囲の状況に巻き込まれてのことであったと描かれる点である。その際、親王が東叡山を下山し、東北に逃げざるを得なくなった状況を作り出した張本人として登場するのが、覚王院義観である。例えば、山崎有信『彰義隊戦史』には次のようにある。

以為らく一朝戦場を開くことあらば、慶喜公恭順の素志に戻るのみならず、都下百萬の蒼生をして、塗炭の苦みに陥らしむるに至らんと、憂慮措く能はず、病力めて上野に至り、伴門五郎と謀り、覚王院（義観）に説き鎮静を求むれども、聴かず。蓋し覚王院は当時執当職にして全山の威権皆其の手裏にあり、義観は嚢に公現法親王に従ひ、府中に於て、西郷、林等の為めに、其の意見の容れられざるより、既に開戦の決意あり、焉んぞ其の志を翻へすものあらんや。

覚王院は、輪王寺執当であったが、後に新政府反抗の罪で入獄、幽閉される。執当職の立場から、親王と新政府軍との仲介役を務めたものの、能久親王言説においては、自身の判断により、親王にすべてを伝えることをしなかったとされる。そのために、彰義隊討伐が決行され、親王は東叡山を抜け出さざるを得なくなったと描かれている。つまり、「此度の事は総て斯く申す輪王寺執当職覚王院曇覚が計ひ」[4]とも述べられているように、親王が戊辰戦争に巻き込まれるのは、覚王院の陰謀であるとされ、そこでは親王の罪は問われていないのである。覚王院の陰謀説は、能久親王言説の一つの定型であるといえる。親王に幕府を味方する意志があったかは定かではないが、結果親王は新政府軍に帰順し、明治二年まで謹慎生活を送ることになる。そして、謹慎が明けた後には、近代皇族としての生涯を過ごす。しかし後半生の活躍の陰には、常に戊辰戦争での失敗がつきまとっている。戊辰戦争での失態があったからこそ、汚名を回復するため日清戦争の過酷な戦闘の中で国家に尽くす親王の姿が、より効果的に浮かび上がる。前半生と後半生はセットで描かれてこそ、意味を成すのである。

誕生から薨去まで能久親王の生涯を描いた『能久親王事蹟』は、その限りでこうした従来の言説の延長にあるものといえる。『能久親王事蹟』においても、ほぼ同じ分量で、前半生における戊辰戦争と後半生における日清戦争という二つの戦争が描かれているのである。以下、作品に沿って見ていこう。『能久親王事蹟』において、能久親王が戊辰戦争に巻き込まれる発端は、徳川慶喜の請願に見ることができる。この時、親王は「予幼きより僧となりて世事に関らず」と僧侶の身分を理由に申し出を断るが、再三の要望を受け、自ら参内して慶喜の寛恕を請うことになる。しかし、能久親王が慶喜の申し出を受け入れたのは、幕府の味方をしたためではない。そのことが作中では、親王の口を通して次のように語られている。

予は単に慶喜一人の為めに請ふならず。江戸の士民の困阨に陥いりて、倍々震襟を悩まし奉るに至らんことを恐る。

親王の参内は、「江戸の士民」を守らなければならないとする思いからなされたものであることが明らかになる。この後、親王は「天機伺の為め参内」することを決定するが、その際にも「江戸方面の安危は宮の去留に繫る」と、参内をやめ江戸に止まるよう、「江戸の士民」より請願を受ける。そのため、親王は参内を断念する。ここで京都に向かわず、江戸に残ったことが戊辰戦争に巻き込まれていく契機となる。

この時、能久親王の行動を左右していたのは覚王院である。『能久親王事蹟』においても、覚王院は重要な役割を果たしている。新政府軍は、市中の彰義隊を一掃したかったが、親王が東叡山にいることから「討伐期を失ひ、朝憲行はれざらんとす」という状況だった。そのため、「願はくは速に山を出でさせ給へ」と親王へ下山を要請する。しかし、この下山要請は「執当覚王院に阻格せられて果さざりき」とある。新政府軍の東叡山攻撃によって、親王は逃亡せざるをえない状況へと追い込まれることになる。こうして能久親王は東叡山を抜け出し、最終的には東北へと向かうのであるが、親王の逃走が反抗の意志によるものでないことは、作中、再三強調されている。例えば、東北へと向かう榎本武揚の軍艦に乗り込む際、親王は榎本に次のように語っている。

榎本御前に進みて云はく。こたびの御出発は重大なる事なり。若し猶大総督府に赴かせ給はん思召おはしまさば、船員命を棄てて護衛しまゐらせてん。然らずして必ず北国に渡らせ給はんと思さば、その御趣旨を承らばやと云ふ。宮宣給はく。東叡山の道場兵燹に罹りて、身を寄すべき処なし。頃日左右を諮るに、皆江戸の危険にして、縦ひ大総督府に倚らんも、また安全を期し難かるべきを語れり。よりて暫く乱を奥州に避けて、皇軍の国内を平定せん日を待たんとすと。

現在は「安全を期し難かるべき」状況であるため、「暫く乱を奥州に避け」るという趣旨である。このように、

『能久親王事蹟』では、周囲の状況により、東北に逃亡せざるを得なかった事情が詳述されている。宮に反抗の意志がなかったことは、新政府軍に帰順する際の書面からも窺うことができる。東叡山が「一時に焼失しぬれば、驚嘆して」導かれるままに逃亡したこと、「何の覚悟も無く」東北に滞在していたことが述べられ、「慚悔」の念から謹慎を申し出ている。この書面からは、宮の朝廷に対する忠誠が、今も昔も変わらないものであることが浮かび上がってくる。そしてこの言葉通り、明治二年一〇月謹慎を解かれた後は、近代皇族として国家に尽くす姿が描かれていくことになる。その最大の功績が、近衛師団長として出征した台湾征討での活躍である。台湾での死を迎えることで、能久親王はまさに英雄となったといえる。

日清戦争は、近代日本にとって最初の本格的な対外戦争であり、多くの皇族が軍人として出征した。しかし、皇族の従軍は名目上のものであり、天皇家の血統を継ぐ皇族が戦地で命を落とさないよう、細心の注意が払われた。能久親王が近衛師団長として台湾に向かったのは、日清戦争がほぼ終結した時期にあたる。『能久親王事蹟』には「髀肉の嘆に堪へざりし師団の将校下士卒は、皆いたく望を失ひし」と当時の状況が記されている。将校たちが不平に感じるほど、台湾は簡単に制圧できるものと捉えられていたのである。だが、実際の戦闘は過酷なものだった。度重なる島民の抵抗とともに、劣悪な環境状態から戦病死する者が続出した。そして能久親王も、マラリアに罹り、命を落とすことになる。こうした悪条件は、能久親王の伝記というレベルで考えれば、過酷であればあるほど、その状況下で奮戦する能久親王の活躍を際だたせる効果がある。例えば、「宮は鍛冶某が家の土間に戸板敷かせて憩はせ給ふ。随従しまつりしものすら、蚊に攻められて眠ること能はざりき」や「阪路はいよいよ険悪にして、雨さへふりしきりぬ。宮は竹一本切らせて杖に衝かせ給ひて、やうやう降りさせ給ふ」など、過酷な条件下での能久親王の姿は随所に描かれている。それと同時に、皇族軍人としての理想的な姿も描かれる。

路傍に呻吟せる病める兵卒、疲れたる軍夫などの、宮の過ぎさせ給ふを見まつりて、驚き起ちて敬礼するもの引きも切らず。宮は其度ごとに右手なる御杖を左手に移させ給ひて、答礼せさせ給ふ。幕僚見かねまつりて、代りて答礼することを許させ給へと乞ひまつりしかど、許させ給はざりき。

師団の先頭に立ち、兵士達を率いる能久親王には、理想的人格が求められる。ここでは、戦の中にあっても、皇族としての任務をこなし続ける能久親王の姿が強調されている。そうした姿が強調されていることは、「野戦病院を訪はせ給ひぬ」と繰り返される描写からも窺うことができる。

『能久親王事蹟』には、先行の言説を受け継いでいるのみならず、むしろ積極的に近代皇族を描き出そうとする姿勢が見られる。明治期に皇族男子は一部の例外を除き、すべて陸軍か海軍いずれかの軍人になることが義務づけられていたが、(5)能久親王はその後半生においてまさに、独逸留学後陸軍に所属し、皇族軍人としての道を歩んでいる。『能久親王事蹟』ではまた、「東京地学協会長にならせ給ふ」と皇族としてはじめて私立会の長に就任し、「墺太利の皇族を飽託郡春日の停車場に迎へさせ給ひ、伴ひて熊本なる西洋料理店精養軒に至らせ給ひ、饗応せさせ給ふ」など、皇族としての義務をこなしていく姿が列挙される。それではここで理想的に描かれる近代皇族とはどのようなものと想定できるのか。以下、近代皇族が制定されていく過程に沿って捉えていくこととする。

三、近代皇族のイメージ

江戸期に残っていた世襲親王家（伏見宮、桂宮、有栖川宮、閑院宮）の四家に加えて、幕末から明治にかけて新しい九つの宮家が誕生した。これらはすべて伏見宮家の系統で、伏見宮邦家親王を祖先とする。能久親王が世襲した北白川家はこうして誕生した近代宮家の一つである。宮家の拡大に伴い、国家は皇族の範囲を定める必要が生じた。そのため、明治二二年『皇室典範』において「皇族ト称フルハ太皇太后皇太后皇后皇太子皇太子妃皇太孫皇太孫妃親王親王妃内親王王王妃女王ヲ謂フ」（第三〇條）と制定され、皇族は天皇の監督の下、「皇室の藩屏」として天皇を補佐することが義務づけられた。伊藤博文は『皇室典範義解』第三五條において、天皇と皇室の関係を次のように述べる。

恭デ按ズルニ、天皇ハ皇室ノ家父タリ。故ニ、皇族ノ稟俸ハ皇室経費ヨリ給賜シ、皇族各人ノ結婚又ハ外国ニ旅行スルハ勅許ヲ要シ、父ナキノ幼男幼女ノ教育及保護ハ勅命ニ由ル。凡ソ皇族ハ総テ天皇監督ノ下ニ在ルコト、家人ノ家父ニ於ケルガ如シ。此レ乃皇族ノ幸福及栄誉ヲ保ツ所以ナリ。(6)

ここに見られるように、皇室は家秩序にたとえられる。皇室には、「皇室ノ家父」であり、理想的家長である天皇を支える理想的な家の役割が期待されていたのである。家秩序に模した天皇と皇室の関係は、日露戦後には国体論と結びつけられるようになる。井上哲次郎が国体を説明する際、「綜合家族制度」という言葉を用い、「万世一系の皇統は綜合家族制度の中心点をなして居るもの(7)」と説明するのは、その一例である。

皇族には、様々な義務が与えられていた。先に述べた軍籍に身を置くことは、天皇を補佐するという点において重要な任務である(8)。さらに、軍務と関連して、西欧の見識を深めるための海外留学も推奨された。皇族には、西欧化の先駆けとしての役割が与えられていたのである。このことは、近代君主としての新たな天皇像が、西欧の軍服を着た「御真影」によって流布されていったことを考え合わせれば分かりやすい。明治政府は、後宮で女官に囲まれた近世までの女性的な天皇から、断髪しヒゲをはやした男性的な天皇を創出した。天皇を軍人とすることは、宮中の西欧風生活様式の導入と連関したものであり、皇室にも同様の役割が求められた。皇室の西欧化は、何よりも欧州王室を中心とする国際社会への参画を目指したものであった。「七二年から七四年にかけては、行幸、服装などをつうじて「大元帥」としての天皇像の創出が急速に進展した時期であり、皇族も軍人であるべきことが意識された」[9]といわれるように、天皇と皇族のイメージは連動して作り上げられていった[10]。

能久親王は謹慎が解けた後、「欧洲に往かんことを願はせ給」、海外留学を果たす。プロシアで陸軍の知識を吸収した能久親王は、帰国後「陸軍戸山学校」に入り、「近衛局出仕を命ぜらる」。これは、能久親王に限ったものではなく、皇族軍人としては典型的なコースである。さらに『能久親王事蹟』には、明治天皇の行幸に「供奉せさせ給ふ」という描写が繰り返し見られる。天皇行幸は、明治天皇の可視化による国民統治の強化を目論んで実施されたものである[11]。天皇を「見せる」演出としての行幸に供奉したのは、皇族や政府高官である。『能久親王事蹟』は、能久親王がその一人として補佐的役割を果たす様子を示している。このように、能久親王の造型は、『皇室典範』によって、制度化され、求められていた皇室のあり方と重なっていると考えられる。では、なぜ『能久親王事蹟』はかくも理想的な皇族を描いているのであろうか。それは同時代の皇室を巡る問題と密接に関わっている。明治二二年に制定された『皇室典範』は皇室制度の大綱を示したのみであり、不備も多く見られたことから、日清戦後批判が相次ぐようになった。『皇室典範』制定当時、伊藤博文は皇室を国家とは切り離した家法として位置づけ、「故ニ公式ニ依リ之ヲ臣民ニ公布スル者ニ非ズ」[12]と『皇室典範』を公布しない方針とした。しかし、公布を唱える声は制定当時から起こっており、例えば陸羯南が『日本』誌上において、「且つ夫れ一国民をして皇位継承の順序を知らしめず践祚即位に関する儀式を知らしめず其儀式施行の地を予知せしめず其他一切皇室に関する事項を知らしめざるは人民が皇室に対する忠順の精神を振作する所以なるや否やは智者を待たずして利害自から明かなる可し」[13]と批判している。

こうした批判が「国家への国民的関心が強まる日清戦争後」に再燃したことは、鈴木正幸[14]が詳細に論じている。鈴木はその一例として、犀東「皇室典範の不備」(『日本人』明治三〇年一月)を挙げる。犀東は、『皇室典範』を「国家重大の綱紀」と認め、「其の天下百世が、永がく遵奉し、率由すべき、国家丕大の憲章なるを信ずるに於て、之れが不備不完を、補正更定すへきの、一日を緩うすべからざるを望むもの」と述べる。そして、太皇太后皇太后皇后が一般皇族と総括されていることを挙げ、こうした誤解を解消するためにも、一刻も早い『皇室典範』の整備と公布を求めているのである。皇室制度の整備は、『皇室典範』を定めた伊藤自身によっても唱えられ、明治三一年に明治天皇に皇室改革などに関する意見書を奉呈している。そこでは、帝室経済のこと、皇室及び皇族の冠婚葬祭のこと、皇族の待遇のこと、皇族及び勲功ある臣僚を賞与し、又は薨去に国葬を賜ふこと、叙爵及び陞爵に関すること、神社及び寺院に関すること、人民の請願及び救恤等に関し、公平を旨とし、慎重に処理すべきことの項目が含まれていた。中でも問題とされていたのは、皇族の臣籍降下を巡る問題である。『皇室典範』制定当時には、井上毅の意見を取り入れ、皇族永世主義を掲げたが、宮家膨張の現実的な可能性が見られるようになったことから、臣籍降下を巡る問題が再燃する。そもそも、これらの項目は、『皇室典範義解』第六一條に「別ニ皇室令ヲ以テ定メムトス」[15]とあるように、皇室令によって定められるものであった。しかしながら、皇室令の制定が進捗しなかったために、伊藤は先の意見書を奉呈するに至ったのである。

伊藤の意見書を受けて、明治三二年、帝室制度調査局が設立される。調査が大きく進捗したのは、明治三六年に伊藤の側近であった伊東巳代治が副総裁に就任したことによる。伊東は、『皇室典範』制定当時の家法説を否定し、調査方針を大きく転換させる。事業進行について伊藤に指揮を仰いだ「調査著手ノ方針　四」において、伊東は次のように述べる。

之ヲ要スルニ今日ノ急務ハ、皇室ノ内事ヲ以テ全然国家ニ関係スル無シトシタル主義ヲ一転シ、我国公権ノ沿革ニ依リ、自然ニ定マレル関係ニ立戻リテ皇室ノ例規モ亦国家ニ向テ有効ナル所以ヲ明ニスルニ在レド、故サラニ此ノ関係ヲ表明セントスルトキハ徒ニ物議ヲ醸ス虞アルヲ以テ、公文式改正ノ挙ニ託シテ不言ノ際ニ此ノ事理ヲ明徹セシムルヲ無上ノ得策トスルニ似タリ。[16]

伊東は、『皇室典範』も国家の根本法であることを明確にし、本格的な「皇室の国家化」を目指すことを唱えた。さらに、草案のままの皇室令の調査についても積極的に行われた。[17]伊東らの調査を経て、明治四〇年二月五日に「公式令」が、二月一一日には『皇室典範増補』が公布された。国家法であるとする立場から、改正増補にあたっては正式に公布がなされたのである。[18]

日露戦後から明治四〇年代にかけては制度上において、皇族が国家と不可分のものであるということが定められていった時期にあたる。それは制度上の整備と同時に、皇室のイメージを近代化することでもあった。皇室制度の整備が公布を求める形からはじまったように、何よりも求められていたのは、国民に見える形で皇族がどのようなものであるか提示することであった。近代皇族を確立していく中で能久親王を描くことの意味を改めて考えたとき、『能久親王事蹟』は、近代皇族としての理想像を示すことによって皇族のイメージ化を促す役割を果たしたものとして見えてくる。皇族を可視化していく必要があった同時代の中で、『能久親王事蹟』は皇族の生涯がどのようなものであるべきなのかという一種の理想型を提示したものと捉えることができるのである。

四、能久親王の死後

明治三〇年代にはじまった皇室制度調査は、「皇室典範家法説」を否定し、皇室を国家と不可分なものとして位置づけたことと並行して、未発表の皇室令の調査を進展させた。『皇室典範増補』に伴い、明治四二年二月の「登極令」をはじめ、皇室令が制定公布されるようになった。中でも皇室儀礼は、至急整備されなければならない課題であった。高木博志[19]は、皇室儀礼、祭祀のほとんどが近世とは不連続なものであり、明治維新後に新たに創出されたものであることを指摘する。氏は、明治二年の東京奠都と国際社会への参入という二つの変革を政治的契機として、新たな皇室儀礼が創られていく過程を論じている。ここで着目したいのは、こうした皇室儀礼が、あるべき天皇像や皇室構想に対応して創り出されていったということである。

本節では、皇室令の中でもとりわけ皇室儀礼が整備されつつあった時期であることを踏まえ、『能久親王事蹟』との関係を考えていきたい。儀礼の描写を考えることで、『能久親王事蹟』が皇族のイメージ化に寄与するものとして書かれていることが、より明確になると思われる。特に注目したいのは、能久親王誕生と死後の葬儀を巡る儀礼の描写である。まずは能久親王の死を巡って見ていく。能久親王は出征先の台南で命を落とすが、「表には宮御病の為めに帰らせ給ふと沙汰せしめき」とされ、薨去の知らせは、叙勲や「台南を平定せしを褒めさせ給ふ勅語及び皇后宮令旨」が出されてから行われた。これは異国での客死を発表しないためであろう。『能久親王事蹟』はこの前後の事実関係を淡々と記していく。能久親王の死の発表後、特旨をもって国葬とされ、神道に則った葬儀の状況が詳細に記述される。まず、死後最初に行われる儀式である「帰幽奏上式」、続いて「入棺式」が行われたことが述べられる。棺は「檜の白木」「左右両面に金色御紋章を画く」ものであり、墓地は「豊島岡の墓地を交附」されている。一一月一一日に行われた国葬の内容は、割注を用いて詳述される。「送葬の道路」「行列の概略」が順番に示されている。葬儀の記録は、多くの伝記に見られるものである。例えば、前掲『北白川宮』には、「国葬の順序」として国葬の式次第が詳細に記述され、さらに「御葬送行列」は図式化して詳述されている。この行列の詳細な図式は、『能久親王事蹟』の「行列の概略」と対応するものである。

葬儀の描写は、他の国葬を賜った皇族の伝記においても見られる。例えば、児島徳風『故熾仁親王殿下実伝』(明治二八年二月、大場惣吉)は四八頁と比較的短い伝記であるが、この三分の一が死後の記述にあてられている。「故参謀総長兼神宮祭主大勲位功二熾仁親王殿下の御葬儀は愈々一月廿九日を以て行はせらるべし。今当日の御祭式を承るに薨去後御葬式当日までの御祭式は左の如し」とし、以下「御葬送当日の御棺前祭式」「御葬場祭の次第」から「御式場」「御葬送行列」「御葬儀」と記述が続いていく。また、同じく国葬を許された伏見宮貞愛親王の『貞愛親王事蹟』(昭和六年八月、伏見宮蔵版)には、執り行われた御祭式の状況が羅列的に記されている。先に述べたように、皇室儀礼は『皇室典範』制定以後、整備されなければならない課題の一つだった。そのことを考えた時、こうした詳細な記述には、実際の儀式の内容を具体的に提示することによって、進行しつつあった制度調査を下支えする役割を見ることができる。制度上では、明治四一年に「皇室祭祀令」、四二年に「皇室服喪令」が定められていった時期にあたる。

一方、誕生の場面にも儀礼の様子が詳細に描かれている。能久親王の誕生は「弘化四年二月十六日」である。誕生とともに、「御傅」「正御乳人」が決められる。七夜である「二十二日、御名を満宮と附けさせ給ひぬ」と称号を賜ったことが記され、「内より御樽一荷、鯛一台」を賜ったこと、「御父の宮よりは、襦も䲈も、黒漆に金蒔絵の御紋附きたる御守刀を、赤地錦の袋に収めたるに、御産衣として、白地生絹に鶴亀模様白置形の上衣、白練絹並に白羽二重下襲二枚を添へて進ぜられぬ」と父宮より剣と産衣を賜ったことが述べられ、安政三年一〇歳の時には「深削、紐直の祝日」が行われている。一般に誕生儀礼は、儀式が盛行した平安・鎌倉時代に比べると、江戸時代には簡略化したといわれている。簡略化したとはいえ、江戸時代の誕生儀礼には定式があり、七夜の儀、宮の称号を賜わる、御祝儀進献、賜剣の儀、産衣献上など能久親王の誕生儀礼と同様のものが見られる。[20]このことから、『能久親王事蹟』の誕生儀礼は、伝統的な定式を踏まえたものとして捉えることができる。能久親王誕生は江戸末期であり、誕生儀礼は近代の皇室儀礼に当てはまるものではない。明治以後の誕生に関する儀制は、明治八年「公文録」によって定められ、明治三五年に「皇室誕生令」が公布されるに至って、具体的な取り決めが行われた。それでは、『能久親王事蹟』において、伝統的な誕生儀礼を示すことはどのように捉えたらよいのだろうか。

明治政府の官僚あるいは華族に共通する皇室儀礼論議は、単純な西欧化に走るのではなく、儀礼における日本の「旧慣」を尊重した上で、新しい儀礼を創出していくべきであるというものであった。[21]明治維新による変革と同時に、「旧慣」保存が唱えられていたのである。そして「旧慣」保存の方針を中心的に進めていたのが、岩倉具視であった。岩倉は、新たな皇室儀礼を創っていくに際して、まず近世の儀制を取り調べることから開始した。岩倉にとって、「旧慣」がどのようなものかを明らかにし、記録しておくことが何よりも重視されたのである。「旧慣」を調査し、何を残していくのかを徹底的に調査した上でなければ新たな儀礼は創出できないと岩倉は考えていた。こうした考えは、「国体」が揺らぐことを恐れ、「国体」の由来を明らかにしようとしたという点において、序章で見た『大政紀要』の編纂とも同様の方向性を持っているといえる。しかし、こうした思潮は岩倉や岩倉に進言した柳原前光に限ったものではなく、広く一般に共有された認識でもあったのである。西欧化と「旧慣」の保存の折衷が目指された近代の皇室儀礼においては、伝統を残していくことにも重点が置かれていたといえる。

『能久親王事蹟』の描写は、儀礼の状況だけでなく、御祝儀の品物の形状や模様、色といった部分にまで及んでいる。「御誕生の祝」として「禁裏御所に上らせ給」った「螺貝餅」については、割注で次のように補足されている。

螺貝餅は、又の名を小戴とも称へて、径三寸許なる薄き円餅を中窪にし、その窪き処に餡少し加へたるなり。又葩餅といふあり。そは餅を花弁に折り合せたる形にして、中に切牛蒡二片と白味噌少しとを挿み、世俗の柏餅といふものの如くしたるなり。いづれも祝の料に造らせ給ふ例なり。御所よりは鯣一台を賜はりぬ。六月一日内より香袋を賜はりぬ。香袋は萌葱色の生絹もて大さ四寸位に作らせ給ふ。青海波、花鳥などの摺鉑模様あり。暑中に賜ふ例なり。

ここでは、「螺貝餅」「葩餅」「香袋」の詳細な情報が示され、さらに「例なり」という形でこうした習慣が定例であることが述べられている。記録することそのものに重点が置かれていたという側面は、例えば「因に宮のつね召させ給ふ御衣の概略をしるさん」とされる能久親王の衣類の描写にも窺うことができる。

生れましてより三歳にならせ給ふまでは、白羽二重、白晒麻、絽の御衣を召させ給ふ。四歳より深削の御祝あるまでの常の御衣は、縮緬総模様裏紅、相著緋縮緬裏紅、下著白羽二重、白附紐、（中略）紐は五尺のもの三本を前に廻し又後に廻して結ぶ。襦袢は白羽二重なり。深削の御祝ありての後の常の御衣は、板締縮緬、縞縮緬、縞八丈等裏白、下著白羽二重、略式の御衣は、金御紋附地赤縮緬、裾模様、裏白羽二重又色物模様地縮緬、小袴は常にも略式にも織物、緞子の類にして地紋あり。襦袢は総て白羽二重なり。夏の御衣には晒麻、透屋などを召させ給ふ。御髪はつね稚子髷、式の日には前苞、大礼には童髪なり。深削の御祝の日、内より童装束夏冬各一具、差貫、半尻、高袴、横目扇、かもんを賜はりぬ。

『能久親王事蹟』は同時代に制定されつつあった近代の皇室制度に則っている一方で、「古礼を今に酌存するの主義」[22]という皇室制度の目指していたもう一つの方向をも踏まえている。近代の皇室制度を通して見たとき、「旧慣」をもとに現状に合った新しい儀礼を創出していこうという思考の枠組みと、『能久親王事蹟』の描写の枠組みは明確に重なり合う。

五、おわりに

ここまで『能久親王事蹟』に描かれた能久親王があるべき皇族のモデルであったことを検証してきたが、最後に能久親王に与えられた独自の役割について考えておきたい。そのことから、叙述の対象が能久親王とすることの意味が浮かび上がると思われる。『能久親王事蹟』には、死後の能久親王がどのように祀られていくのかという描写が続く。能久親王自身がどのような理想として求められていったのかは、その死後の描写を見ると明らかになる。能久親王は、その波瀾万丈な生涯ゆえに死後にこそ必要とされたということだろうか。

明治二八年一二月二五日、逓信省記念郵券に能久親王の肖像が印刷されることが決定され、翌五月一一日には、親王の乗っていた馬が、帝室博物館附属動物園に寄附される。その後次の引用のように、記念碑や牙髪塔が建立されていく。

八月、記念碑を宮の露営せさせ給ひし新竹の南方なる牛埔に建つ。十月二十二日、宮の牙髪塔を日光なる歴世親王墓地の南端に立て、其前面に廟門、拝殿及本殿を造りて成りぬ。（中略）三十一年九月、宮と御息所との写真を近衛師団の将校に頒たせ給ふ。三十二年一月、記念碑を宮の上陸せさせ給ひし洩底に建つ。三十三年九月十八日、台北県芝蘭一堡剣潭山に台湾神社を建てて、宮を斎きまつり、（中略）三十四年十月二十日、台湾神社成りぬ。二十七日、鎮座式を行ふ。

さらに明治三六年一月には、丸の内近衛師団歩兵営の南門に銅像の建立が続く。このように『能久親王事蹟』の終末部には、能久親王を顕彰していく様子が刻銘に記されている。『能久親王事蹟』そのものも、こうした顕彰事業の延長に位置づけることができるわけであるが、ここで作中に死後の能久親王が、どのように祀られていくのかが示されていることは重要である。そもそも輪王寺宮は、三代将軍家光の時代に創建された寛永寺に、皇族を迎えて輪王寺門主としたことに由来する、幕府とは縁の深い地位であった。幕末維新期に門主となった能久親王は、幕府にとってはまさに頼るべき存在であった。奥羽越列藩同盟では盟主に担がれ、「東武皇帝」とする案もあったといわれている。[23] 幕府と限りなく近い位置にあった能久親王が謹慎という辛酸をなめて、近代皇族軍人として華々しく活躍する。そして終焉の地である台湾神社に祀られる。能久親王の生涯は、既に述べたように、近代皇族の中でもとりわけ曲折に富んだものであった。しかし、この敗者であったという来歴にこそ能久親王の求心力の所以がある。能久親王は、近代皇族軍人として国家の英雄であるとともに、敗者からの転身を遂げた英雄でもある。能久親王の生涯は、藩閥、旧幕派を問わず、双方を引きつける機能を持っている。[24] 棠陰会から編纂を依嘱された鷗外には、そうした能久親王への視線は意識されていたはずである。

能久親王の顕彰事業は、陸軍関係者が中心となったことはいうまでもないが、その中でも旧幕臣が関わっていることは注目に値する。明治政府成立にあたって、旧藩意識が根強く残っていたことは既に指摘されている。[25] とりわけ最後まで幕府側についた藩の出身者にとって、戊辰戦争での敗者意識は簡単に消え去るものではなかった。そのため、明治政府は薩長藩閥とは一定の距離のあった人々や旧幕臣へ叙勲するとともに、政府への登用を計った。日露戦後には、徳川慶喜の名誉回復もはじまる。このように、とりわけ明治三〇年代は、対外戦争の勝利により、幕末維新期の確執が急速に解消されようとしていた時期にあたる。そうした意味において、敗者から国家の英雄となった能久親王の転身は、勝者敗者どちらをも引きつけるものであったにちがいない。

『能久親王事蹟』において、能久親王の生涯と死後の状況が詳細に描かれることは、近代皇族のモデルを提示するとともに、旧幕臣の鬱屈した感情を晴らす効果もあったと考えられる。単なる顕彰事業以上に、『能久親王事蹟』に提示された能久親王像は、あるべき明治国家を下支えするものとして機能しているのである。

注

1　「校勘記」（『鷗外全集　第三巻』昭和四七年一月、岩波書店）

2　明治三五年一二月に「北白川宮に於て故能久親王事蹟を編纂するを以て、金千圓を賜ひて其の費の補助に充てしめたまふ」とある。引用は『明治天皇紀　第一〇巻』（昭和四九年七月、吉川弘文館）による。

3　徳富猪一郎「北白川宮殿下」（『社会と人物』明治三二年一一月、民友社）

4　前掲、亀谷天尊、渡辺星峯合著『北白川宮』

5　「皇族身位令」（明治四三年三月三日公布）、引用は『官報　号外』（明治四三年三月三日）による。

第一七条　皇太子皇太孫ハ満七年ニ達シタル後陸軍及海軍ノ武官ニ任ス　親王　王ハ満十八年ニ達シタル後特別ノ事由アル場合ヲ除クノ外陸軍又ハ海軍ノ武官ニ任ス

6　伊藤博文『皇室典範義解』（明治二二年四月）、引用は『帝国憲法皇室典範憲法義解』（明治二二年四月、国家学会）による。

7　井上哲次郎「我が国体と家族制度」（『国民教育と家族制度』明治四四年九月、目黒書店）

8　皇族軍人の制度化の出発点は、明治六年一二月宮内省あての太政官達に求められる。皇族の軍務を権利とみなすか義務とみなすかについては諸説見られるが、本章では軍人皇族の制度化が定着していく明治四〇年前後に『能久親王事蹟』が書かれたという事実を重視し、能久親王の軍務を義務と捉えている。皇族軍人については、高久嶺之介「近代皇族の権威集団化過程――その二　皇族の権威の社会化過程――」(『社会科学』二八、昭和五六年三月)、坂本悠一「皇族軍人の誕生――近代天皇制の確立と皇族の軍人化――」(岩井忠熊『近代日本社会と天皇制』昭和六三年六月、柏書房)等参照。

9　前掲、坂本悠一「皇族軍人の誕生――近代天皇制の確立と皇族の軍人化――」

10　佐々木克『幕末の天皇・明治の天皇』(平成一七年一一月、講談社学術文庫)、『王家の肖像――明治皇室アルバムの始まり』(平成一三年四月、神奈川県立歴史博物館)など参照。

11　多木浩二『天皇の肖像』(昭和六三年七月、岩波新書)など参照。

12　前掲、『皇室典範義解』

13　陸羯南「皇室典範の公布を望む」(『日本』明治二二年二月一一日)

14　鈴木正幸『皇室制度』(平成一五年七月、岩波新書)

15　前掲、『皇室典範義解』

16　伊東巳代治「調査着手ノ方針　四」(『秘書類纂　雑纂其二』昭和四五年九月、原書房)

17　皇室令の調査は帝室制度調査局設置以降行われるようになったが、上奏あるいは草案のままのものも多く、調査局廃局後も皇室令整理委員によって検討された。しかし明治天皇崩御により中断、大正五年に伊東が再度「皇室制度再審議」を唱えている。

18　『皇室典範』制定前後の状況については、小林宏・島善高編『日本立法資料全集一六・一七　明治皇室典範上下』(平成八年四月、平成九年五月、信山社)参照。

19　高木博志『近代天皇制の文化史的研究――天皇就任儀礼・年中行事・文化財』（平成九年二月、校倉書房）

20　『皇室制度資料　儀制誕生二』（平成一三年三月、吉川弘文館）参照。

21　岩倉具視の「旧慣」保存については、高木博志「一八八〇年代の天皇就任儀礼と「旧慣」保存」（前掲、高木博志『近代天皇制の文化史的研究――天皇就任儀礼・年中行事・文化財』）参照。

22　大正五年九月になされた伊東巳代治「皇室制度再審議」、引用は前掲、小林宏・島善高編『日本立法資料全集一七　明治皇室典範下』による。

23　滝川政次郎「知られざる天皇」（『新潮』四七―一〇、昭和二五年一〇月）

24　この意味において、先に伝記を参照した有栖川宮熾仁親王や伏見宮貞愛親王の生涯とは決定的に異なっている。

25　特に、維新史を巡る旧藩意識は強かったとされる。秋元信英「『三条実美公年譜』の一考察」（『日本歴史』四五〇、昭和六〇年一一月）は『三条実美公年譜』の記述に対する津和野藩側から抗議のあったことを紹介している。あるいは、森谷秀亮は彦根藩井伊家の史料探訪で感じた旧藩意識を後に語っている（「座談会　維新史研究の歩み――維新史料編纂会の果した役割――」『日本歴史』二四六、昭和四三年一一月）。

あとがき

『伊沢蘭軒』「その百二十五」には、文政四年秋に詠まれた蘭軒の詩が挙げられているが、そのうち「秋行」の絶句について「わたくし」は次のように述べている。

序にわたくしは此「秋行」の絶句の本草家蘭軒の詩たるに負かぬことを附記して置く。それは石蒜が珍しく詩に入つてゐることである。「荒径雨過滑緑苔。花紅石蒜幾茎開。」［荒径雨過ぎて緑苔滑らかなり、花紅にして石蒜幾茎か開く。］詩歌の石蒜を詠ずるものはわたくしの記憶に殆無い。桑名の儒官某の集に七絶一首があり、又昔年池辺義象さんの紀行に歌一首があつたかとおもふが、今は忘れた。わたくしは大正五年の文部省展覧会の洋画を監査して家に還り、其夜灯火に此文を草する。昼間観た油画に児童が石蒜数茎を摘んで帰る図があつて、心にこれを奇とした。そして夜蘭軒の詩を閲して、又此花に逢つたのである。石蒜は和名したまがり、死人花、幽霊花等の方言があつて、邦人に忌まれてゐる。しかし英国人は其根を伝へて栽培し、一盆の価往々数磅に上つてゐる。

大正五年八月、『伊沢蘭軒』連載中だった鷗外は、第十回文部省美術展覧会の審査委員の西洋画、彫塑の主任に任命された。そして同年一〇月から一一月にかけて実施された文展には「石蒜」すなわち彼岸花の西洋画が出品されていた。「わたくし」は文政四年の蘭軒の詩「秋行」を読み、「石蒜」を詩に読む珍しさに本草家としての蘭軒の姿を見出す。そして、「石蒜」という題材へと考察を広げ、文展審査の過程で目にした西洋画と蘭軒の詩を重ね合わせる。蘭軒の詩を読むことによって、帰宅後「又此花に逢つたのである」。この場面に象徴的に見られるように、鷗外の歴史叙述は、一つの物や出来事や人物が契機となり、そこから話題が広がる形で展開していく。その広がりは、文学者としてだけでなく、平行して様々な業務をこなしていた鷗外だからこそ見えていたものも少なくない。本書のタイトルに「歴史地図」という言葉を用いたのは、これまで別個に扱われてきた「史伝」「天皇皇族実録」「帝室博物館総長」といった営為を総体的に捉えたいという意図による。本書では鷗外作品を近代史学との関係性を踏まえた上で読み解き、鷗外の歴史叙述の生成する過程を検証してきた。外崎覚や沼田頼輔、富士川游ら多くの史家たちとの出会いが大きな影響を与えていたように、鷗外の歴史叙述は同時代の歴史学の影響下で、時にはそれに巻き込まれながら生成されたといえる。唯一の歴史というものが成り立たなくなった明治末から大正という時代において、固定化したものを解体していく動向の中に鷗外の歴史叙述も位置づけていくべきであると思われる。こうした歴史学とのかかわりを踏まえずには、鷗外の歴史叙述の置かれた場所の精確な「歴史地図」の見取り図も描けないだろう。

「彼岸花」はここで述べられているように、「死」のイメージを持つ花である。本書の各論で見てきたように、『渋江抽斎』はまず抽斎の探墓から始まり、抽斎の人生とともに歿後も描かれていく。史伝に特徴的なこのスタイルは、続く『伊沢蘭軒』『北条霞亭』にも受け継がれていくが、そこで重要となってくるのは人の生死である。ある人物がどのように生き、そしてどのように生涯を終えたか、その生涯を遺族や師友がどのように受け継いだか、史伝にはそのように様々な人々の生涯が描かれているのだといってよい。それは様々な人々の、様々な死の積み重ねである。死を契機に物語が始まっていくように、いかに死んだかを描くことは同時にその人の人生そのものを残していく作業でもある。鷗外の歴史叙述にとっての過去の検証とは、一人一人の個人がいかに生きたかを丁寧に見つめることであり、そうすることによって死者を祭ることである。過去を検証する鷗外の歴史叙述には、事実とは何か、虚構とは何か、という文学研究を巡る根本的な問題が提示されている。このような視点から眺めるとき、歴史に対する鷗外の問題意識は、狭義の歴史叙述にとどまらない、多岐にわたる鷗外の文業に相渉るものとして見えてくるだろう。

本書は二〇一〇年に筑波大学大学院人文社会科学研究科へ、博士（文学）論文として提出した『森鷗外の歴史叙述』をもとに、その後発表した論文を加え、再編したものである。大学院に進学した時、『渋江抽斎』を自分なりに解き明かしてみたいと考えたのが、本書の出発点である。まだまだ道半ばであるが、これまで取り組んできた成果の区切りとして上梓する次第である。本書は多くの方の学恩がなければ成立しなかった。これまでお世話になった方々に感謝の意を記したい。特に、指導教員の新保邦寛先生には学群時代から数え切れないほどご指導いただいた。記して感謝いたします。調査に当たっては、資料の閲覧に際し、東京大学史料編纂所、東京大学大学院法学政治学研究科附属近代日本法政史料センター明治新聞雑誌文庫、宮内公文書館、東京国立博物館資料館にご高配いただいた。また、本書の出版を快く引き受けてくださった翰林書房の今井肇氏、静江氏に、そして表紙イラストを作成してくださったＬａｄｉｐ田頭雅代氏に、心より御礼申し上げます。

二〇一八年一月

村上　祐紀

初出一覧

序章　「近代史学の中の森鷗外――「かのやうに」その他」『小山工業高等専門学校研究紀要』四三、平成二三年一二月）をもとに、書き下ろし

Ⅰ　歴史を語る

探墓の歴史――森鷗外『渋江抽斎』論（『日本近代文学』八三、平成二二年一〇月）
歴史叙述の実験――森鷗外「津下四郎左衛門」（『稿本近代文学』三〇、平成一七年一二月）
〈立證〉と〈創造力〉――森鷗外「椙原品」（『日本語と日本文学』四四、平成一九年二月）

Ⅱ　歴史を綴る

森鷗外と外崎覚――『渋江抽斎』の歴史地図（『鷗外』八七、平成二二年七月）
集古会から見る『渋江抽斎』（『稿本近代文学』三六、平成二三年一二月）
好古と考古――森鷗外「烏八臼の解釈」と『伊沢蘭軒』（『鷗外』九一、平成二四年七月）

Ⅲ　歴史を作る

接続する「神話」――『天皇皇族実録』『日本神話』『北条霞亭』（『文学』一四―一、平成二五年一月）
帝室博物館総長としての鷗外森林太郎――「上野公園ノ法律上ノ性質」（『鷗外と美術』平成二六年七月、双文社出版）
「皇族」を書く――『能久親王事蹟』論（『鷗外』八八、平成二三年一月）

ら

わ

は

ま

や

な

た

さ

索引

【著者略歴】
村上祐紀（むらかみ　ゆき）
1979年、福岡県北九州市生まれ。筑波大学大学院博士課程人文社会科学研究科文芸・言語専攻日本文学領域修了。博士（文学）。東京経済大学特任講師を経て、2016年より拓殖大学政経学部准教授。専攻は、日本近代文学。
主な論文は「森鷗外『西周伝』論」（『小山工業高等専門学校研究紀要』42・平成22年３月）、「森鷗外、統計学論争のプロブレマティーク」（『人文・自然・人間科学研究』38・平成29年10月）ほか。

森鷗外の歴史地図

拓殖大学研究叢書（人文科学）19

発行日	2018年２月26日　初版第一刷
著　者	村上祐紀
発行者	拓殖大学
発行所	翰林書房
	〒151-0071 東京都渋谷区本町1-4-16
	電 話　(03) 6276-0633
	FAX　(03) 6276-0634
	http://www.kanrin.co.jp/
	Eメール●Kanrin@nifty.com
装　釘	Ladip田頭雅代
印刷・製本	メデューム

落丁・乱丁本はお取替えいたします

ISBN978-4-87737-422-8